HOMENS,

MULHERES

&FILHOS

Chad Kultgen

HOMENS, MULHERES & FILHOS

Tradução de
Fabiana Colasanti

1ª edição

EDITORA RECORD
RIO DE JANEIRO • SÃO PAULO
2014

CIP-BRASIL. CATALOGAÇÃO NA FONTE
SINDICATO NACIONAL DOS EDITORES DE LIVROS, RJ

K98h
Kultgen, Chad, 1976-
   Homens, mulheres e filhos / Chad Kultgen; tradução Fabiana Colasanti. – 1ª ed. – Rio de Janeiro: Record, 2014.

   Tradução de: Men, women & children

   ISBN 978-85-01-07069-2

   1. Ficção americana. I. Colasanti, Fabiana. II. Título.

14-16198
CDD: 813
CDU: 821.111(73)-3

Título original:
Men, women & children

Copyright © 2011 by Chad Kultgen

Texto revisado segundo o novo Acordo Ortográfico da Língua Portuguesa.

Todos os direitos reservados. Proibida a reprodução, no todo ou em parte, através de quaisquer meios. Os direitos morais do autor foram assegurados.

Direitos exclusivos de publicação em língua portuguesa somente para o Brasil adquiridos pela
EDITORA RECORD LTDA.
Rua Argentina, 171 – Rio de Janeiro, RJ – 20921-380 – Tel.: 2585-2000, que se reserva a propriedade literária desta tradução.

Impresso no Brasil

ISBN 978-85-01-07069-2

Seja um leitor preferencial Record.
Cadastre-se e receba informações sobre nossos lançamentos e nossas promoções.

Atendimento e venda direta ao leitor:
mdireto@record.com.br ou (21) 2585-2002.

EDITORA AFILIADA

Nosso planeta é um pontinho solitário na grande escuridão cósmica que nos cerca. Em nossa humilde condição, em toda essa vastidão, não há qualquer indício de que alguma ajuda virá de outro lugar para nos salvar de nós mesmos.

carl sagan

capítulo um

Don Truby estava pensando no ânus de Kelly Ripa. Pensava em como ficaria quando deslizasse seu pênis para dentro dele. Essa imagem era tudo em que conseguia se concentrar nos 45 minutos que ainda restavam de sua cada vez mais curta hora de almoço. Deu as maiores mordidas que pôde num Big Mac enquanto dirigia para casa, ultrapassando o limite de velocidade em 10 quilômetros, em média, durante todo o percurso. Sentia ao mesmo tempo ansiedade e vergonha pelo esforço absurdo que estava disposto a fazer para criar uma folga de 15 a 20 minutos durante a qual pudesse se masturbar. Amenizou o peso desses sentimentos incômodos ao recordar o que seu médico lhe dissera algumas semanas antes, durante o exame de rotina: para cada ano que um homem vive ao passar dos cinquenta, as chances de ter algum tipo de problema na próstata, cancerígeno ou não, aumentam em 5%. E para reduzir essa probabilidade, o médico acrescentou que o melhor a fazer era manter a próstata o mais saudável possível, o que significava dedicar-se à produção de ejaculação com o máximo de frequência. Don só tinha 37 anos, mas concluiu que a masturbação regular podia ser considerada uma forma de medicina preventiva. Essa conclusão foi o que o fez continuar seguindo a caminho de casa.

Restando mais ou menos 35 minutos de sua hora de almoço, Don entrou em casa. A essa altura, a justificativa passara da prevenção médica à culpa da mulher pela falta de disposição em se envolver em atividades sexuais. Estavam casados desde os vinte e poucos anos e tinham um filho de 13, Chris. Don sabia que ambos os fatos eram capazes de diminuir a libido de qualquer pessoa normal, homem ou mulher. Mesmo assim, ele não pôde deixar de sentir que, no último ano, algo havia mudado. A frequência de suas relações sexuais diminuíra para uma vez a cada mês e meio, e sua mulher, Rachel, parecia totalmente desinteressada e pouco disposta a lhe oferecer sexo oral ou alívio manual como alternativas ao coito quando ela não estava a fim, o que se tornara excessivamente frequente. Don sentia que não tinha opção a não ser se dedicar à única atividade sexual com a qual ainda podia contar: a masturbação regular ocasional.

Entrou no quarto que compartilhava com a mulher, sentou-se em frente ao computador e tentou reprimir o sentimento de autocomiseração que sempre parecia invadi-lo exatamente nesse ponto do processo. Mas lembrou que, levando em conta a rotina de todos os outros na casa, esses vinte ou trinta minutos eram os únicos que teria para si o dia inteiro, e, portanto, os únicos que poderia usar para saciar sua necessidade biológica de ejacular.

O computador, que ficara tempo demais na tela de carregamento do Windows, pela estimativa de Don, voltou à tela de inicialização. Don vira isso acontecer em seu antigo computador. Das duas, uma: ou o computador estava só ficando velho e ultrapassado e era hora de substituí-lo ou, o que era mais provável, ele visitara sites pornográficos demais e o infectara acidentalmente com algum tipo de vírus, adware ou spyware que o tornara inoperante. Decidiu desligar o computador e lhe dar mais uma chance de sair da tela de carregamento para alguma espécie de status operacional, mas, quando ligou a máquina de novo, a mesma coisa aconteceu. Ele não gostava da ideia de ter de levar o computador para a Tropa de Nerds da Best Buy, como havia feito uma vez, mas essa era a menor de suas preocupações. Com vinte minutos para o fim de seu horário de almoço e sem qualquer revista pornográfica em casa, devido a Rachel ter acidentalmente encontrado sua coleção alguns anos antes — momento no qual o forçou a destruí-la na sua frente —, Don pensou em se masturbar usando apenas a imaginação. Ele odiava se masturbar sem ajuda de pornografia, pois achava esse tipo de orgasmo menos prazeroso. Porém, a fim de chegar à fonte ilimitada de pornografia on-line à qual ficara tão acostumado, teria de recorrer a algo que nunca havia feito. O que estava considerando levar adiante superaria em muito qualquer grau de vergonha que pudesse ter sentido por se masturbar na hora do almoço ou no trabalho (como já fizera duas vezes) ou dentro do carro, em frente à própria casa, ou em praticamente qualquer outro cenário no qual possa ter se visto a serviço da ejaculação.

Abriu a porta do quarto do filho Chris, deixando de lado todos os sentimentos de culpa ou vergonha. Sabia que não teria tempo para isso se pretendia voltar ao trabalho antes do fim da hora de almoço. Ele comprara um laptop para Chris no último Natal, essencialmente para trabalhos escolares e edição de vídeos. Chris expressara interesse em seguir carreira em pós-produção de televisão ou cinema, então, quando pediu uma filmadora e um computador no qual pudesse editar os vídeos, Don e Rachel concordaram em estimular esse seu interesse. Don pensou nisso tudo por um breve instante antes de abrir o laptop e ligá-lo.

O procedimento que Don usava para apagar o histórico do navegador do computador que havia no quarto do casal se tornara algo automático. Não era nada complexo: ele simplesmente apagava o histórico inteiro após cada uso da máquina para propósitos masturbatórios. Don sabia que Rachel não tinha experiência suficiente com computadores para entender por que o histórico do navegador fora apagado. Com pouquíssima frequência ele tinha de responder a uma de suas perguntas a respeito do misterioso desaparecimento, naquele "lugar que tem uma setinha em que você clica e aparece uma listinha", de um site que ela vira na *Oprah*, mas um 'não sei' indiferente ou um "às vezes o negócio todo apaga mesmo" pareciam contentá-la. Ele tinha absoluta consciência de que esse não seria o caso com Chris, que entendia muito mais de computadores e internet que o próprio Don.

Antes de entrar no BangBus.com, o site que o levara a adquirir um cartão de crédito separado e secreto especificamente para pagar pela assinatura de seis meses, Don planejou olhar o histórico do navegador do laptop do filho e anotar cada site. A ideia era apagar o histórico depois de usar o computador do filho durante os cinco ou dez minutos que presumia que levaria para chegar ao clímax. E, por fim, Don Truby planejava entrar de novo em todos os sites presentes originalmente no histórico do navegador, na ordem em que os havia anotado. Ele não conhecia nenhuma técnica que pudesse ser mais eficiente, apesar de haver várias.

A lista continha muitos sites de redes sociais, alguns de música, outros de notícias sobre cinema, a página da sua escola – a Goodrich Junior High School – e alguns outros sites que Don anotou sem prestar muita atenção. Um deles, no entanto, era desconhecido e não dava, pelo nome, uma indicação clara de sua natureza: KeezMovies.com. Com alguns minutos apenas sobrando para se masturbar, a curiosidade de Don superou seus impulsos carnais pelo breve segundo que o levou a entrar no KeezMovies.com, em vez de só anotá-lo e depois abrir uma janela para o seu BangBus.com. O que viu encheu sua mente de pensamentos e reações que foram difíceis de conciliar.

KeezMovies.com, Don descobriu, era um site que continha páginas e mais páginas de pequenas imagens representando vídeos em streaming que podiam ser acessados simplesmente clicando-se nos ícones. Os vídeos variavam de tamanho, de alguns minutos até bem mais de meia hora, e eram todos pornográficos. Era gratuito e parecia oferecer maior variedade de conteúdo explícito que o BangBus.com. Don lembrou-se imediatamente do dia em que achou a coleção secreta de pornografia do pai. Ele estava mais ou menos com a mesma idade de seu filho agora: 13 anos. Tinha ido à garagem para cumprir uma tarefa inocente: pegar uma chave de boca na caixa de ferramentas do pai para ajustar a corrente de sua bicicleta. Depois de alguns minutos procurando a ferramenta em vários lugares, Don achou uma caixa de papelão rotulada "Tralhas da Casa Velha" e a abriu. Lá encontrou mais ou menos umas dez revistas *Penthouse* e *Playboy*, assim como um rolo de filme Super 8, que se tornou a obsessão da sua adolescência. Ele não fazia ideia se seus pais tinham um projetor de Super 8 e, além do mais, não saberia como operar tal mecanismo mesmo que tivessem.

De tempos em tempos, quando ficava cansado de recorrer às mesmas imagens daquelas dez revistas, ele segurava a película contra a luz da garagem e usava as imagenzinhas estáticas como combustível para suas primeiras sessões de masturbação. Lembrava-se vividamente da maioria delas, e, obviamente, a descoberta da "coleção" de pornografia do filho o levou de volta ao instante em que descobrira a do próprio pai. O que foi estranho.

Num primeiro momento, Don lamentou o fato de a tecnologia ter progredido a ponto de a primeira experiência de um garoto adolescente com pornografia nunca mais incluir a descoberta da coleção do pai. Percebeu que as crianças que chegassem à adolescência nunca mais precisariam que os pais fossem os fornecedores de seus primeiros vislumbres da sexualidade humana, intencionalmente ou não. Don foi acometido por uma breve onda de tristeza por não ter feito parte daquele instante na vida do filho, por não estar envolvido no que considerava um estágio essencial do crescimento. Ainda assim, estava aliviado pelo fato de os gostos pornográficos do filho não incluírem nada homossexual nem qualquer aberração. Então viu o relógio no computador do menino e se deu conta de que tinha apenas alguns preciosos minutos para se masturbar antes de ter de voltar para o carro e dirigir novamente até o escritório, onde passaria mais quatro horas tentando convencer pessoas a investir seu dinheiro ou a adquirir apólices de seguro de vida da empresa na qual trabalhava, a Northwestern Mutual. Há anos ele tinha parado de questionar como sua vida havia chegado àquele ponto, mas, de vez em quando, ao desabotoar as calças, desensacar a camisa e jogar a gravata por cima do ombro a fim de se masturbar despindo-se o mínimo possível no horário de almoço de um trabalho que desprezava, sua mente disparava alguma objeção quase imperceptível. Isso não era o que ele achava que estaria fazendo aos 37 anos.

O primeiro ícone em que clicou expandiu um vídeo em streaming de uma garota que ele nunca vira, chamada Stoya. Ela era extremamente atraente e muito pálida. Don nunca havia considerado garotas pálidas especialmente atraentes, mas sabia que se ficasse preso na armadilha de ter de clicar em vários vídeos até encontrar um do qual gostasse, provavelmente chegaria atrasado ao trabalho e teria de dar explicações a seu gerente. Puxou o elástico da cueca para baixo de forma a encaixá-lo bem atrás dos testículos, aplicando um pouco de pressão.

Don havia começado a implementar essa técnica muitos anos antes, depois de descobri-la por acaso. Ele tinha passado uma noite inteira acordado, porque as nádegas da mulher ficaram pressionando seus genitais enquanto dormia. Havia tentado roçar suavemente a ereção nela, já que isso o levava à ejaculação plena, mas naquela noite Don estava com uma cueca samba-canção de material mais grosso que o normal, e isso só o deixava mais ansioso. Ele sabia que os movimentos abruptos de uma masturbação escancarada certamente acordariam a mulher e provocariam um bombardeio de perguntas que ele não estava disposto a responder. Em algum momento, a mulher, Rachel, levantou-se da cama e foi ao banheiro. Don aproveitou a oportunidade para puxar a cueca para debaixo dos testículos pela primeira vez e se masturbar rapidamente, botando a mão em concha para pegar o sêmen ejaculado e limpá-lo na lateral da cama antes de Rachel voltar. Ele não sabia se o elástico da cueca colocado atrás dos testículos fazia o orgasmo vir nem mais rápido nem mais forte, mas gostou, e daquele momento em diante passou a aplicar essa técnica ocasionalmente, em especial em situações que exigiam que completasse a sessão masturbatória num curto espaço de tempo.

E foi esse o caso quando Don ejaculou num guardanapo do McDonald's, que amassou e jogou de volta no saco junto com a caixinha vazia de Big Mac e de batata frita. Ele desligou o laptop do filho e o colocou de volta onde o havia encontrado. Lembrou-se, mais uma vez, do momento da devolução da pornografia do pai ao local secreto na garagem, esperando que sua transgressão não fosse detectada. Enquanto saía de casa, presumiu ser excessivamente improvável que se desenrolasse a série de acontecimentos necessários para que sua mulher descobrisse o guardanapo do McDonald's coberto de sêmen em sua lata de lixo. Mas não viu sentido em se arriscar sem necessidade, então jogou o saco do McDonald's na lata do vizinho.

No caminho de volta para o trabalho, ele pensou em seu filho e mais uma vez ficou aliviado pelo gosto pornográfico de Chris parecer normal. Enquanto entrava no escritório, Don ficou tentando imaginar o que o filho estaria fazendo na escola e, mesmo sem querer, não pôde deixar de supor quais seriam os hábitos masturbatórios do garoto — quando ele o fazia, onde, e dentro de qual objeto ele expelia o sêmen

Pensou apenas brevemente no que a mulher poderia achar das incursões do filho no mundo da pornografia. Mas não contaria a ela o que havia descoberto.

capítulo
dois

— **Jesus Cristo!** — disse Danny Vance. Chris Truby havia acabado de lhe mostrar um vídeo no celular em que uma mulher transexual com seios fartos enfiava o pênis dela no ânus de um homem com o rosto encoberto por uma máscara de hóquei. Danny e Chris eram amigos de infância, por isso Danny não se surpreendeu com o fato de Chris ter pornografia no celular, mas a natureza desse vídeo em especial o deixou muito constrangido. Danny ficou ainda mais incomodado por Chris ter escolhido lhe mostrar isso durante o almoço, dando a qualquer um dos cinco ou seis professores que monitoravam aqueles trinta minutos a oportunidade de ver o que estavam fazendo, presumir que Danny era tão culpado quanto Chris e suspender os dois, o que faria Danny perder pelo menos um jogo, talvez dois, arruinando sua temporada do oitavo ano como *quarterback* titular dos Olympians da Goodrich Junior High antes mesmo de ela começar.

— O que é isso?

— É um traveco comendo a bunda de um cara com uma máscara de hóquei. Muito engraçado, né?

— Engraçado? Eu diria *horrível, gay, nojento*, um monte de outras coisas antes de *engraçado*. E o que deu na sua cabeça de me mostrar essa merda na hora do almoço? Vai arrumar encrenca pro nosso lado.

— Relaxa. Ninguém viu.

Assim que Chris guardou o celular no bolso, Brooke Benton sentou-se à mesa deles e beijou Danny na bochecha. Brooke tinha cabelo louro, olhos azuis, era musculosa, mas ainda assim feminina, e possuía uma estrutura óssea que a fazia ser considerada, quase por unanimidade, a garota mais atraente da Goodrich Junior High. Ela era a líder de esquadra das Olympiannes, um precursor, no ensino fundamental, das líderes de torcida do ensino médio. Era também namorada de Danny havia mais de um ano.

— Ei, gato, o que vocês estavam vendo? — perguntou ela.

— Nem queira saber. Sério — respondeu Danny.

— Quer ver? — perguntou Chris.

— O que é?

— Esquece, gata. Você não vai querer saber mesmo.

— Não dá para descrever. Tem que ver — desafiou Chris.

— Não caia nessa — disse Danny.

Chris entregou o celular para ela por debaixo da mesa. Brooke ligou-o e fez uma careta ao ver aquilo. Devolveu o telefone e disse:

— Que nojo. Isso são dois caras transando? Você virou gay agora, é?

— Não são caras — disse Chris. — É um traveco e um cara. E, sim, eu sou gay. Adoro chupar pau e tomar no cu e beber copos de porra.

— Você tem problemas, Chris — rebateu Brooke. — Sabe disso, né? Você não é normal.

— Foda-se. Acho engraçado pra caralho. Só porque vocês são dois frescos. Que merda. Tenho que fazer a prova de segunda chamada do Sr. Donnelly. Fui!

Chris saiu, passando por trás de Brooke e fazendo uma imitação silenciosa de um boquete para Danny enquanto andava. Danny estava acostumado com as gracinhas de cunho sexual de Chris e não esboçou nenhuma reação.

— Animado pro primeiro jogo? — perguntou Brooke.

— Estou, e você? — perguntou ele.

— Também. Mal posso esperar para ver você em campo e torcer pelo time e tudo mais. Este ano vai ser sensacional. Acho que temos chance de vencer o campeonato distrital.

— Espero que sim — disse Danny.

— Você me acompanha até a minha casa hoje? — perguntou Brooke.

— Acho que não, gata. O técnico Quinn vai fazer aquele lance dele de começo de temporada depois da aula.

— Quanto tempo vai demorar? Eu posso esperar.

— Não sei. Tipo meia hora, talvez.

— Legal. Vou dar um tempo com a Allison até vocês ficarem liberados. Posso aproveitar para ajudar nas faixas e nas outras coisas que ela está fazendo para o jogo.

— Boa. Ah, espera, esqueci. Minha mãe perguntou se você quer ir jantar lá em casa hoje.

— Quero, se minha mãe deixar, claro. Vou mandar uma mensagem de texto para ela depois do almoço.

— Legal. E acho que meu pai pode me pegar depois do lance do técnico Quinn, pra gente não ter que ir a pé.

O resto da conversa passou por assuntos que iam de trabalhos escolares a filmes e programas de televisão. Enquanto

Brooke descrevia detalhadamente um episódio de *The Soup* a que assistira na noite anterior, Danny olhou para o outro lado do refeitório, para Tim Mooney, que se levantou, jogou o lixo fora e abandonou o recinto. Danny e Tim tinham sido amigos por todo o ensino fundamental e até durante o sétimo ano inteiro. Danny sabia que Tim seria um dos principais motivos pelos quais os Olympians de Goodrich teriam uma boa chance de ganhar o campeonato distrital.

Tim saiu do almoço dez minutos mais cedo, verificou o e-mail no celular muito rapidamente para se assegurar de que sua guilda em *World of Warcraft* ainda estava planejando atacar a Cidadela da Coroa de Gelo na hora predeterminada, às 19h, e se dirigiu para a sala do técnico Quinn com um propósito específico. Ele não queria chegar tarde para a aula de história americana, mas sabia que não ficaria boiando no assunto do dia se chegasse só uns minutinhos atrasado. Ele já lera o capítulo da matéria seguinte na noite anterior e fizera a tarefa do livro que sabia que seria dada como dever de casa, para poder se juntar à guilda em sua raide sem ter que se preocupar em fazer os trabalhos escolares depois que a raide terminasse às 23h.

A escola era fácil para Tim. Ele considerava quase tudo muito banal, mas sabia que precisava se sair bem para poder manter uma média de notas que o colocariam em turmas avançadas quando passasse para o ensino médio, o que iria, por sua vez, lhe garantir uma vaga numa boa faculdade. O problema era que, ultimamente, Tim Mooney estava achando mais e mais difícil manter essa atitude.

Seus pais estavam separados havia pouco mais de um ano. Tim sempre suspeitara de infidelidade por parte da mãe, achava que essa tinha sido a razão da separação, mas nem o pai nem a mãe jamais discutiram isso com ele. Ambos insistiam que só precisavam de um tempo separados. Quando a mãe, Lydia, anunciou que iria se mudar para um apartamento do outro lado da cidade, Tim ficou surpreso com o fato de que aquilo tudo parecia ter tão pouco impacto em sua vida. Ele ficou morando com o pai para poder continuar estudando na mesma escola, mas via a mãe com frequência. Pouca coisa havia mudado. Então, no começo do verão antes do oitavo ano, seus pais se divorciaram oficialmente. Tim soube que tudo ficaria mais difícil dali em diante. Sua família não existia mais. Seus pais não tinham esperança de poder resolver as coisas nem de voltar a morar na mesma casa.

Mais ou menos uma semana depois do divórcio, a mãe de Tim lhe deu outra notícia. Ela ia se mudar para a Califórnia para morar com um homem chamado Greg Cherry, que trabalhava com marketing. Tim mais uma vez foi forçado a escolher com quem iria morar, mas dessa vez a decisão teve mais peso. Era provável que fosse ver pouco ou quase nada daquele com quem não estivesse morando. Como já vinha morando com o pai, Kent, e não tinha muita vontade de mudar para uma escola nova, permaneceu onde estava. A mãe não fez nenhuma objeção. Como resultado dessa decisão, ele não a via desde que se mudara, havia quase quatro meses. O contato entre os dois se tornava cada vez menos frequente a cada semana, reduzido a um telefonema todos os sábados cuja duração ela normalmente encurtava, alegando estar muito ocupada.

No verão, Tim passou a ficar acordado até três ou quatro horas da madrugada todo santo dia. Ele jogava videogames, mais *World of Warcraft* que qualquer outra coisa, e via televisão, interagindo cada vez menos com o pai, ficando cada vez mais incomodado perto dele conforme o comportamento de Kent ia se tornando mais passivo-agressivo e frio na ausência da mulher. Certa noite, Tim deparou com um documentário baseado no livro *Manufacturing Consent*, de Noam Chomsky. Assim que terminou de ver o programa, foi procurar on-line alguns textos desse autor que tratavam do assunto do documentário, da mídia como negócio, e, consequentemente, passou a achar que não havia mesmo sentido em nada, que o livre-arbítrio era uma ilusão e que as coisas nas quais as pessoas mais investiam tempo e energia eram sistemas de controle criados por aqueles que almejavam manipular o povo. E era nisso que estava pensando quando bateu na porta da sala do técnico Quinn, interrompendo-o enquanto ele comia um sanduíche e assistia ao programa *SportsCenter*, no canal ESPN.

Tim era o melhor capitão de time defensivo que o técnico Quinn já vira. Era mais alto que a maioria dos garotos de sua idade, muito mais rápido e mais musculoso, como o pai dele tinha sido. Era praticamente uma defesa inteira num homem só, deixando a maioria dos adversários com menos de dez pontos por partida, quase sozinho.

A menos de uma semana do primeiro jogo da temporada contra os Park Panthers, o técnico Quinn estava confiante de que teria uma temporada vitoriosa e de que poderia até ganhar o campeonato distrital, o que lhe ajudaria na procura de um emprego como técnico em uma das escolas de ensino médio da região.

— Tim, entre — disse ele.

Tim entrou na sala do técnico Quinn e se sentou.

— Você está fenomenal nos treinos, Tim. Animado para o próximo jogo contra o Park?

— Na verdade, técnico Quinn, era sobre isso que eu queria falar com o senhor.

O técnico Quinn começou a suar frio. Tim Mooney era um componente-chave no que ele achava ser sua melhor chance em anos de ascender para além da categoria de técnico de ensino fundamental.

— Qual é o problema, Tim?

— Técnico, acho que não posso jogar este ano.

— Como é?!

— Só queria dizer que estou saindo do time, técnico. Acho que é a coisa certa a fazer — respondeu o garoto.

— Por que isso agora, Tim? Você não pode tomar uma decisão dessas assim, sem pensar. Tem alguma coisa errada? Problemas em casa?

— Está tudo bem em casa. Na verdade, já pensei muito nisso. É que eu não vejo muito sentido em esportes.

— Eles têm um sentido, sim, Tim. Os esportes representam os melhores momentos da juventude. Seu pai mesmo pode lhe dizer isso. Tem certeza de que vai jogar isso fora?

— É, acho que vou — respondeu Tim.

— Bem, eu não posso obrigar você a continuar com o futebol americano, Tim, mas acho que deveria repensar sua decisão. Deus lhe deu um dom, filho. Não se joga fora um presente de Deus assim.

— Vou pensar nisso, técnico. Mas, por enquanto, estou fora desta temporada.

Tim se levantou e virou-se para sair. O técnico Quinn ficou olhando o garoto ir, sabendo que a melhor chance de poder fazer as obras que a mulher queria na casa acabava de deixar sua sala.

Tim saiu da sala do técnico Quinn e seguiu para a aula de história americana. Sentou-se ao lado de uma garota chamada Brandy Beltmeyer. Tim nunca havia namorado, mas achava que Brandy daria uma boa namorada. Ela era bem comum, nem de longe o tipo de garota por quem a maioria dos caras se interessaria. Tim gostava do fato de ela ser discreta. Ela não se envolvia nas mesmas bobagens adolescentes com as quais todas as colegas dela pareciam se preocupar, e isso deixava Tim curioso. Para ele, Brandy parecia o tipo de garota que as pessoas que dedicavam tempo para conhecê-la achavam extremamente interessante.

Tim havia sido designado para fazer dupla com ela num trabalho de inglês no fim do sétimo ano, uma apresentação sobre *As aventuras de Huckleberry Finn*. Eles se deram bem, e Tim gostava da voz de Brandy ao falar certas frases que pareciam exclusividade dela e que repetia com frequência. "Isso não tem nem como ser verdade" estava entre suas preferidas.

Em algum momento do verão, Tim havia mandado para Brandy uma mensagem de texto convidando-a para um cineminha, mas ela nunca respondeu. O que Tim não sabia é que ela teria ficado muito feliz em ir ao cinema com ele, só que não recebeu a mensagem. Na verdade, ficou triste por Tim nunca ter entrado em contato após o término do trabalho, pois tinha desenvolvido uma paixonite por ele durante o tempo que passaram juntos e havia fantasiado que Tim seria o primeiro menino a beijá-la.

A mensagem de texto de Tim, que dizia "topa ver 1 filme, talvez?" foi interceptada pela mãe de Brandy, Patrícia, que coordenava um grupo de vigilância chamado PAtI, iniciais de Pais no Ataque à Internet e também uma abreviação de seu nome, uma combinação que ela considerava inteligente. Ela formou o grupo de vigilância depois de assistir a um episódio de *Tyra* sobre um fenômeno chamado *"sexting"*. Além de obrigar a filha a informar a senha de cada uma de suas contas de e-mail, seu perfil no Myspace e qualquer outra conta on-line, quando Patrícia deu a Brandy um celular novo, instalou um software que permitia que a mãe acessasse o telefone a partir de seu próprio aparelho. E quando Patrícia viu a mensagem de Tim convidando a filha para ir ao cinema, decidiu imediatamente que era cedo demais para a menina começar a namorar e a deletou. Tim interpretou a ausência de resposta de Brandy como falta de interesse e não fez outra tentativa de maior aproximação. Mas ele ainda pensava nela, e ficava imaginando se fora atrevido demais com sua mensagem de texto ou, o que era mais provável, se Brandy simplesmente não o achava atraente.

Tanner Hodge, o meio de campo dos Olympians, passou por Tim a caminho de sua cadeira.

— Vamos acabar com os Panthers — disse, e ofereceu a Tim o punho cerrado para um soquinho, que ele deu. Tanner não fazia ideia de que o amigo tinha acabado de deixar o time de futebol.

Tim abriu o livro no capítulo que já havia lido na noite anterior e ficou imaginando o que sua mãe estaria fazendo naquele momento na Califórnia enquanto a Sra. Rector começava a aula sobre a Festa do Chá de Boston.

capítulo
três

O técnico Quinn começava as temporadas do oitavo ano com um discurso, na semana do primeiro jogo, para motivar o time. Ele havia feito isso tantas vezes que o discurso era quase sempre idêntico, com algumas pequenas variações na inflexão ou no tom, e talvez uma ou duas alterações de palavras.

O técnico Quinn tentara várias vezes, nos últimos anos, conseguir emprego como técnico de futebol americano em alguma escola de ensino médio. Seu consolo costumava ser a satisfação que tinha em ser o técnico do oitavo ano, mas, com o passar do tempo, isso dera lugar à frustração, alimentada principalmente pelo desejo da mulher de morar em uma casa maior, dirigir um carro novo e, em algum ponto da vida, até se mudar para outra cidade. Ele esperava que este ano fosse seu último na Goodrich Junior High School. Mas, se quisesse aumentar suas chances de conseguir um emprego em outro lugar, uma temporada bem-sucedida seria imprescindível.

Alguns dos 32 jogadores do time do oitavo ano já haviam começado a perceber que Tim Mooney não estava entre eles. O técnico Quinn podia ouvir seus sussurros questionando a ausência do astro da defesa. Se quisesse ter qualquer esperança de salvar a temporada, sabia que precisaria lidar logo com quaisquer perguntas e preocupações que os jogadores tivessem, em vez de ignorá-las e torcer para que Tim voltasse ao time. Com isso em mente, o técnico Quinn decidiu improvisar o discurso de abertura dessa temporada pela primeira vez em sua carreira.

— Pessoal, às vezes Jesus lança uma bola curva. Esta tarde, ele lançou uma difícil de acertar. Mas Jesus não está querendo tirar a gente do jogo. Jesus nunca faria isso. O motivo de ele ter jogado uma bola curva é porque ele quer que a gente rebata. Ele quer que a gente faça um *home run*. O nome dessa bola curva é Tim Mooney.

"Por motivos que me fogem à compreensão, Tim Mooney não vai jogar este ano. Ele veio à minha sala hoje à tarde e me disse que não via razão para jogar, que futebol americano não era importante. E sei que vocês todos provavelmente acham que isso é ruim, mas cheguei a uma conclusão esta tarde. Isso não é nada ruim. Um time é tão forte quanto seu elo mais fraco, e Tim estava psicologicamente fraco. Ele não tinha o que é preciso para se sobressair e ajudar o time a ganhar um campeonato distrital este ano.

"Portanto, não quero ouvir falar mais do Tim pelo resto da temporada. Decidi que Bill Francis vai ser o nosso novo capitão da defesa e vai nos fazer esquecer totalmente Tim Mooney. Não é, Bill?"

Nenhum dos jogadores presentes no vestiário ficou mais surpreso que Bill Francis com os acontecimentos daquela tarde. Ele gaguejou de leve antes de responder:

— Sim, senhor.

— Quando olho em volta, vejo talento — continuou o técnico Quinn. — Sei que vocês sabem como ganhar o distrital este ano. E deixem-me dizer só uma coisa: para alguns de vocês, agora é a hora, a temporada do oitavo ano. Alguns vão continuar a jogar futebol americano no ensino médio, e outros, não. Então, para os que não vão, esta é a última chance de fazer algo especial, de jogar aquela temporada de futebol da qual vão se lembrar pelo resto da vida. Pensem nisso em todos os jogos, em todas as jogadas este ano. Só me façam um favor, rebatam essa bola curva e vamos ter uma chance real, cavalheiros. Com ou sem Tim Mooney.

O técnico Quinn fez uma pausa dramática e tirou o boné:

— Agora, nosso primeiro jogo será nesta sexta-feira, contra os Park Panthers. Sabemos que eles jogam duro e que são muito habilidosos com a bola. Precisamos estar preparados para isso. Então, vamos fazer um bom treino hoje e nos concentrar nos Panthers.

Enquanto todo mundo se levantava e se preparava para treinar, Danny Vance continuou sentado nos fundos, perto de Chris Truby. Ele ficou pensando na saída de Tim Mooney do time. Ficou zangado por Tim ter encontrado algo mais importante que futebol na vida e ficou ainda mais chateado com o fato de que ele muito provavelmente havia acabado com as chances de os Olympians ganharem o campeonato distrital. Apesar de tudo o que o técnico Quinn tinha dito, Danny já vira Bill Francis no treino. Mesmo sendo, sem dúvida alguma, o melhor candidato para substituir Tim como capitão da defesa, ele não chegava nem perto de ser tão bom. Danny sabia que, para terem uma chance verdadeira de ganhar o distrital, ele teria de liderar o ataque, sem poder depender da defesa para segurar um placar apertado, por exemplo. A temporada inteira estava sob sua responsabilidade e era tudo culpa do Tim.

Aos 13 anos, Danny só tinha um sonho na vida: ser o *quarterback* titular dos Nebraska Cornhuskers. Seu pai havia sido jogador desse time. Sua irmã estava na equipe de vôlei deles. E a mãe fora líder de torcida quando o pai era jogador. Foi assim que se conheceram. Ele fora criado para jogar futebol americano pelo Nebraska. Sabia que, levando em conta suas habilidades de passe, deveria entrar como *quarterback* do time principal quando fosse para o nono ano, mas isso não era garantido, principalmente se não ganhassem o distrital. Se outra escola de ensino fundamental vencesse o campeonato, sabia que o *quarterback* daquele time entraria no nono ano com holofotes extras apontados em sua direção. Se os Olympians pudessem vencer o distrital, dando-lhe a oportunidade de mostrar suas habilidades como *quarterback*, poderia ter uma chance de entrar para o time principal no primeiro ano do ensino médio e ser a segunda opção depois de Mike Trainor, que seria veterano, o que lhe daria uma chance maior de ser titular no time principal no segundo ano: um feito que só três outros jogadores haviam conseguido na história da escola. E, se conseguisse fazer muitos pontos e ganhasse um ou dois campeonatos estaduais durante o ensino médio, chamaria a atenção do Nebraska. Este era o plano. E jurou se ater ao plano, apesar de Tim ter tornado tudo mais difícil.

Ele tinha esperança de que as defesas dos times das outras escolas não estivessem prontas para um jogo de passes certeiros. Sabia que nenhum outro *quarterback* do oitavo ano tinha um braço tão forte quanto o seu e nem era tão preciso, e as defesas das outras escolas iriam presumir que os Olympians fariam jogadas por baixo. Treinariam contra jogadas corridas e mandariam seus *cornerbacks* e líberos para atacar e deter jogadas baixas que escapavam dos jogadores de meio de campo na defesa. Ele precisava ter esperança, e aquela estratégia lhe dava alguma.

Danny olhou para Chris, que seria seu recebedor nesta temporada. Chris teria de dar o melhor de si. Ele sabia que Chris era mais rápido que a maioria dos garotos da idade deles e tinha mãos grandes. Tudo isso, combinado ao fato de que Danny era capaz de arremessar passes precisos de 35 ou 45 jardas com regularidade, levava Danny a acreditar que eles teriam uma chance de fazer mais de uma jogada de passe em profundidade. Ficou imaginando se poderia contar com Chris, se ele seria capaz de fazer o trabalho. Enquanto se perguntava essas coisas a respeito do amigo, percebeu que, em vez de prestar atenção no técnico Quinn, Chris estava olhando imagens pornográficas no celular. Pelo que pôde ver, pareciam mostrar mulheres muito gordas e homens extremamente magros envolvidos em vários atos sexuais.

Do outro lado do recinto, Tanner Hodge, o *tailback* titular dos Olympians, estava tendo uma reação muito menos estratégica à descoberta da rejeição de Tim pelo esporte. Como Danny, Tanner nutria o sonho de um dia ser jogador profissional de futebol americano, o que significava ter de ser bem-sucedido durante o ensino médio e a faculdade, o que ele sabia que seria mais fácil com um campeonato distrital no ensino fundamental.

Mas além da decepção que Tanner Hodge sentia por Tim ter abandonado o time, ele estava ofendido num nível mais profundo; ele estava tomando aquilo como algo pessoal. Tanner e Tim haviam jogado juntos em times de futebol e beisebol juvenil desde pequenos. Tanner pensava em Tim como um atleta à sua altura, o que, para Tanner, impunha mais respeito que a amizade. Tanner sentia que havia uma conexão, uma camaradagem entre todos os integrantes da equipe. Na cabeça de Tanner, Tim estava jogando fora essa ligação que haviam construído no decorrer de vários anos praticando diversos esportes juntos. Estava desprezando a identidade que todos eles, de alguma forma, partilhavam. Essa rejeição era imperdoável.

Tanner pensou no cumprimento de punho fechado que trocara com Tim algumas horas antes e ficou furioso. Num instante, Tim Mooney se tornou o objeto de uma fúria e um ódio que Tanner Hodge nunca havia sentido. Ele queria dar um soco em Tim. Queria matar Tim.

No ginásio, Brooke Benton e Allison Doss faziam faixas para a abertura da temporada. As meninas se conheciam desde pequenas e sempre haviam feito parte de alguma espécie de grupo de torcida juntas. Elas tinham orgulho de suas habilidades na confecção de faixas e cartazes. Estavam trabalhando num cartaz que mostrava um Olimpiano cortando a cabeça de uma pantera, quando Brooke falou:

— Seu cabelo está tão lindo. E você está bem magrinha este ano. Está muito bonita.

Allison, que recentemente havia pintado o cabelo de preto, retrucou:

— Valeu. Fiz uma superdieta no verão e aí fiquei, tipo, "eu devia mudar meu cabelo também".

— Bem, funcionou.

— Valeu.

Allison perdeu 10 quilos no verão porque simplesmente não comeu quando sentiu fome. Ela tinha 1,57m e pesava 37 quilos. Apesar de ficar tonta com frequência e ter sangramentos nasais, sentia-se repulsivamente gorda e estava determinada a perder mais alguns quilos para se assegurar de que não acabaria como a mãe, o pai ou o irmão caçula, todos acima do peso, para não dizer obesos.

— E aí, você e o Danny vão transar este ano ou não? — perguntou Allison.

— Por mim, acho que não. Não sei se a gente está pronto, sabe? E não é como se a gente sentisse que tem que transar nem nada. Sabe?

— É, acho que sei. Não estou com pressa de transar nem nada também. É só, tipo, vocês dois estão juntos há tanto tempo, que não seria como se você estivesse transando com um cara qualquer só por transar nem nada.

— Pode ser.

Hannah Clint, primeira e única integrante das Olympiannes a ter seios fartos, se meteu na conversa, tendo ouvido os últimos comentários enquanto trabalhava em sua faixa a um metro dali.

— Tenho quase certeza de que vocês sabem que no próximo ano vamos estar no nono, e vocês sabem que o Mike Trainor já vai ser veterano. Ele vai ser o *quarterback* titular da North East e, Brooke, você provavelmente vai ter uma boa chance com ele. Você é muito mais gata que basicamente qualquer uma das líderes de torcida que vão estar lá ano que vem. E com certeza não vai querer que sua primeira vez seja com ele. Ele vai ver que você não sabe o que está fazendo.

Brooke jamais gostara de Hannah. Ela a tolerava porque era das Olympiannes, mas não a considerava à altura de ser sua amiga. Apesar de não possuir provas concretas, sentia que, desde pequena, Hannah invejava sua beleza. Hannah parecia querer ser tudo o que ela era, mas sempre ficava um passo atrás. Os peitos de Hannah cresceram mais cedo que os das outras meninas, e, na opinião de Brooke, isso só fizera com que sua campanha para se tornar a menina mais bonita da escola parecesse ainda mais patética, porque claramente os exibia além do necessário. De vez em quando, Brooke ficava acordada à noite pensando nas roupas e na maquiagem de Hannah e se perguntando se algum aluno achara Hannah mais atraente que ela naquele dia. Hannah não fazia ideia de que isso acontecia.

— Ele não vai ver coisa nenhuma — disse Brooke.

— Está brincando? Você devia transar com o Danny agora mesmo, para não acabar sendo um desastre com o Mike — sugeriu Hannah.

— Como você sabe? Você ainda não transou com ninguém — retrucou Brooke, enquanto mandava uma mensagem de texto para Allison que dizia "a Hannah é uma vaca".

— Eu paguei um boquete no verão.

— Para quem? — perguntou Allison, enquanto respondia à mensagem de texto de Brooke com "né? Ela acha que os peitos fazem dela um presente de Deus ou sei lá o quê".

— Um cara que conheci quando minha mãe e eu estávamos na Flórida. Aqui, olha. — Hannah sacou o celular e começou a vasculhar as fotos até chegar a uma em que estava com o pênis de um menino desconhecido na boca, evidentemente tirada por ela mesma durante o ato, a cabeça do garoto fora da imagem. Mostrou a foto para Allison e Brooke.

— Ai, meu Deus, foi nojento? — perguntou Allison, enquanto mandava uma mensagem de texto para Brooke que dizia "que vadia".

— Não, não foi tão ruim assim. Era meio salgado, acho.
— Você deixou ele, sabe, terminar o serviço na sua boca? — perguntou Brooke, enquanto respondia à mensagem de texto de Allison com "né?".
— Hmm... deixei. Senão, como ia saber que era salgado?
Brooke e Allison se mandaram simultaneamente a seguinte mensagem de texto: "que nojo!!!".
— De qualquer jeito, depois desse verão tenho quase certeza de que estou pronta de verdade para transar e vou fazer isso antes de entrar para o ensino médio, para não dar uma de retardada com um garoto mais velho.
— Para mim, você deveria saber primeiro com que vai transar antes de tomar esse tipo de decisão.
— Eu estava pensando no Chris.
— Ai, meu Deus. Isso é nojento. Ele é muito tosco. Ele me mostrou hoje na hora do almoço o vídeo pornô mais nojento que eu já vi em toda a minha vida.
— E daí se ele te mostrou um vídeo pornô? Eu só não quero chegar ao ensino médio sem ter transado. E ele é bem gatinho, e acho que gosta de mim, então... que se dane.
Hannah olhou para o celular quando ele acendeu indicando uma nova mensagem de texto e disse às outras duas:
— Minha mãe chegou. Vejo vocês amanhã.
Hannah pegou a bolsa e saiu do ginásio.
Brooke e Allison tiveram uma breve discussão sobre a probabilidade de Hannah e Chris transarem antes do fim do oitavo ano. Ambas pareciam achar que era improvável que esse evento acontecesse, mas nenhuma das duas estava disposta a desconsiderá-lo como possibilidade. E, se transassem, Hannah e Chris seriam os primeiros entre seus colegas a fazê-lo, o que era significativo tanto para Allison quanto para Brooke. Apesar de não estar pronta para transar, Brooke

confidenciou à Allison que sempre achara que ela e Danny seriam o primeiro casal entre seus colegas a realizar o ato. Eles estavam juntos por mais tempo que qualquer outro casal na Goodrich. Permitir que Chris e Hannah tivessem a distinção de serem os primeiros de seus colegas a transar parecia errado para Brooke. Allison concordou e acrescentou que toda a sua dedicação a uma dieta rígida no verão fora feita para atrair um garoto este ano e que ela esperava que fosse valer a pena.

Brooke não debateu o fato de que a natureza competitiva que o pai havia incutido tanto nela quanto no irmão caçula desde bebê era o que a fazia ficar furiosa diante da ideia de Hannah vencer dela em qualquer coisa, incluindo ser a primeira com uma vida sexual ativa. Não que Brooke tivesse qualquer desejo de se tornar sexualmente ativa. Na verdade, era o contrário. Ela sabia que não estava pronta para entrar nessa fase da vida e até achava que fazer isso no oitavo ano era meio clichê. Já vira episódios suficientes de *Tyra, Dr. Phil, Oprah* e outros programas de televisão falando sobre gravidez na adolescência e prostituição para concluir que atividade sexual antes dos 16 ou 17 anos não era algo em que estivesse interessada. Mas não pôde deixar de sentir vontade de praticar sexo oral pelo menos uma vez, para que Hannah Clint não fosse melhor que ela em nada. Brooke nunca recebera uma nota abaixo de A- em nenhum fichamento, prova ou trabalho. Ela era a capitã das Olympiannes e estava determinada a ser capitã das líderes de torcida da North East High School logo de cara. Esse direito normalmente era reservado a uma veterana, mas Brooke decidira que ia conseguir o cargo no início do ensino médio e tinha quase certeza de que seria capaz de atingir seu objetivo se trabalhasse o suficiente para isso.

Essa atitude ultracompetitiva levava Brooke a achar que, como capitã das Olympiannes e a garota mais bonita da escola, deveria ser a melhor em qualquer coisa, incluindo o quesito experiências sexuais.

Em frente ao estacionamento da Goodrich Junior High School, Hannah Clint saiu do prédio e entrou na Mercedes da mãe, com 14 anos de uso. Dawn, a mãe, disse:

— Comprei uma lingerie nova pra você. Recebemos o pedido de um assinante, então precisamos fazer uma sessão rápida de fotos hoje à noite.

Enquanto Dawn dirigia para a casa da própria mãe, onde ela e Hannah moravam desde que a filha nascera, olhou para o apoio de braço de couro com suas iniciais gravadas. O carro era o último sobrevivente de sua antiga vida, o último resquício físico do que ela deixara para trás.

Dawn já havia morado em Los Angeles. Aspirava ser atriz, como a mãe, Nicole, fora. Nicole tivera uma carreira moderadamente bem-sucedida nos anos 1950. Só atuou em alguns filmes, mas sua carreira lhe permitiu socializar com várias pessoas proeminentes na indústria do entretenimento, e até se envolveu romanticamente com algumas. Aos trinta e poucos anos, esteve envolvida com três homens diferentes, e o pai de Dawn pode ter sido qualquer um deles. Ao engravidar, tomou a decisão de voltar para a casa dos pais e ter o bebê. Depois que Dawn nasceu, Nicole teve dificuldade de se imaginar voltando para Los Angeles numa tentativa de retomar de onde havia parado. Então ficou em sua cidade natal e criou a filha sozinha.

Quando Dawn se formou na North East High School, mudou-se para Los Angeles, seguindo o próprio sonho de tentar a vida como atriz. Não obteve o mesmo sucesso inicial da mãe, tendo sido escalada para uma peça ou filme feito por estudantes uma ou duas vezes por ano, mas nada relevante. Como era atraente, ela se envolvera em relacionamentos com vários homens que acabaram expressando a intenção de se casar com ela e constituir família, mas Dawn não ia permitir que um relacionamento atrapalhasse seus objetivos.

Em seu 28º aniversário, estava comemorando com alguns amigos no Bar Marmont quando começou a pensar no fato de que estava ficando mais velha, de que mesmo os testes insignificantes aos quais se forçava a ir eram cheios de garotas dez anos mais novas que ela, de que talvez seu sonho de uma vida inteira tivesse chegado ao fim. Naquela noite, um produtor de televisão de sucesso moderado lhe pagou um drinque, convenceu-a a lhe dar seu número de telefone e a levou para jantar na semana seguinte.

Depois de pouco mais de um ano de namoro, foram morar juntos. Alguns meses depois ele vendeu um programa para a CBS e, para comemorar, comprou para ela uma Mercedes com monogramas nos bancos. O programa precisava de uma atriz para o papel pequeno de uma vizinha atraente, porém ligeiramente mais velha. Ele prometeu a Dawn que, se a CBS produzisse o episódio piloto, o papel seria dela. A emissora foi em frente e ele cumpriu sua palavra, mas o piloto não foi bem recebido pelo público, e o programa nunca virou um seriado. Dawn não se destacou em seu papel secundário e, por causa disso, não chamou atenção de agentes, empresários, executivos de emissoras nem de estúdios.

Duas semanas depois de o piloto ser oficialmente rejeitado pela CBS, ela descobriu que estava grávida. O namorado lembrou-lhe de que sempre afirmara não querer filhos e completou dizendo que, se Dawn escolhesse dar à luz em vez de abortar, ele nunca teria contato com a criança. Afirmou que pagaria qualquer valor de pensão alimentícia exigida por lei, mas não seria pai de maneira nenhuma.

A combinação do trauma emocional causado pelo piloto fracassado com o posterior fim do relacionamento mais longo que já tivera a levou a voltar para a casa da mãe em sua cidade natal, exatamente como a própria mãe fizera um dia. Hannah nascera nove meses depois e, apesar de aquele arranjo ter sido inicialmente temporário, as três gerações de mulheres Clint vinham morando sob o mesmo teto desde então.

Ainda muito nova, Hannah disse à mãe e à avó que ela também se interessava bastante pela carreira de atriz. Nicole, tendo mais experiência com o que a busca de um objetivo tão estatisticamente improvável podia fazer psicológica e emocionalmente com uma pessoa, aconselhou Dawn a encorajar o interesse de Hannah em outras áreas. Mas Dawn, tendo chegado tão perto de alcançar algum sucesso nesse *métier* sem ter recebido uma chance justa, viu em sua filha uma nova oportunidade.

Como os cheques da pensão alimentícia eram relativamente substanciais, Dawn nunca precisou de emprego. Dedicava todas as horas do seu dia a garantir que a filha alcançasse o sucesso como atriz que ela nunca tivera — que nem sua mãe, que atuara em filmes "de verdade", nunca tivera. Matriculou-a em cursos de atuação, aulas de canto, aulas de dança. Ficava acordada à noite com Hannah, ensinando a ela técnicas extraídas de vários livros de atuação, dança e canto, e participando do processo seletivo para vagas nessas três áreas. Estava tão disposta a fazer qualquer coisa para proporcionar à filha as experiências de vida que não fora capaz de obter, que se viu presa num relacionamento baseado em sexo casual com o diretor do teatro comunitário, que ela achava repulsivo, só para garantir que Hannah fosse escalada para todas as produções.

Foi esse desejo ardente de ajudar a filha que fez Dawn ter a ideia de criar um site para Hannah. No começo, não era diferente de nenhum outro de aspirante a ator. Listava informações de contato, mostrava fotos, um currículo e alguns videoclipes de várias produções das quais Hannah havia participado. Foi apenas no verão antes do oitavo ano, quando os seios de Hannah começaram a crescer, que Dawn teve a ideia de postar fotos da filha em traje de banho, na expectativa de que pudesse conseguir trabalho em anúncios de revista para moda de verão.

Algumas semanas após publicar as primeiras duas fotos de Hannah de maiô vermelho, o site recebeu um primeiro e-mail perguntando se poderiam ser postadas mais algumas imagens de Hannah, só que dessa vez de biquíni. O e-mail ainda pedia que as fotos de Hannah fossem tiradas com ela deitada ou com o tronco curvado para a frente.

Curiosa, e também entusiasmada pelo site ter gerado interesse em Hannah, Dawn respondeu ao e-mail perguntando ao remetente se ele era um agente ou empresário interessado em representar a filha ou um fotógrafo procurando modelos. O remetente respondeu que não era nem agente nem empresário nem fotógrafo, apenas um fã autoproclamado de Hannah.

Dawn então se deu conta de que era provável que a pessoa que mandava os e-mails tivesse um interesse sexual por sua filha. Mas a pessoa ainda não pedira nada ilegal. Dawn se convenceu de que postar mais fotos de Hannah em diferentes trajes de banho não seria uma coisa ruim se gerasse mais interesse, não importando de quem viesse. Também percebeu que podia haver uma oportunidade de transformar o site em negócio, de ganhar algum dinheiro. Mandou um e-mail para o remetente perguntando se ele estaria disposto a pagar uma taxa mensal para acessar uma seção reservada do site, na qual seriam disponibilizadas as fotos sob encomenda. O remetente respondeu explicando que ficaria feliz em pagar uma taxa mensal de 12 ou 15 dólares para ter acesso a tais fotos e também para poder escolher determinadas roupas ou poses uma ou duas vezes por mês.

Apesar de estar totalmente consciente do fato de que o que ela estava prestes a fazer era, no mínimo, exploração e talvez beirasse o ilegal no que dizia respeito ao tratamento dado à própria filha, Dawn criou uma conta no PayPal e contratou um web designer para criar uma seção apenas para assinantes no site. Conversou com Hannah para saber se ela não teria problemas em usar roupas mais reveladoras nessa seção do site. Hannah explicou que tinha orgulho de seu corpo e entendia que, se fosse para ser descoberta por um diretor como Darren Aronofsky ou Paul Thomas Anderson e eles quisessem que ela participasse de uma cena de nudez, não hesitaria em fazer a vontade deles. Isso, pensou, era só um treinamento para qualquer papel num longa-metragem que pudesse surgir para ela no futuro.

Após quatro meses da estreia da seção para assinantes, Dawn acumulava 87 clientes, cada um pagando US$ 12,95 por mês para ver sua filha de biquíni e lingerie em várias poses. Dawn dividia o dinheiro com Hannah e dizia a ela para não contar a ninguém sobre aquilo, nem mesmo à avó. Hannah sentiu que havia algo de devasso no que estavam fazendo e decidiu que era melhor guardar segredo que contar às amigas na escola. Ela gostava demais daquilo para se arriscar a ser descoberta e ter o site encerrado. Hannah se sentia famosa toda vez que a mãe recebia um e-mail pedindo uma nova pose ou uma nova roupa, ou apenas perguntando como ela estava e qual era sua cor preferida. Apesar de a mãe nunca deixar que ela respondesse aos e-mails nem que interagisse com nenhum dos assinantes, ela os considerava como fãs e via a experiência como uma espécie de treinamento para o que sua vida seria quando fosse famosa de verdade, o que seria inevitável, na sua opinião.

Ao saírem da Mercedes, Hannah disse:

— Você acha que a gente podia fazer um vlog para os assinantes? Tipo uma coisinha de um minuto que eu pudesse fazer toda semana? Tipo falar da minha vida e tal? Acho que eles iam gostar disso.

— Vamos ver. Vamos só ficar com as fotos por enquanto. Tome. — Dawn entregou para a filha um conjunto de sutiã e calcinha e um par de meias três-quartos, todos da Hello Kitty.

— Meias? Para quê?

— Para usar com a lingerie. — E deu de ombros para a filha, sem mais explicações.

capítulo
quatro

Depois da aula, Chris Truby fez o dever de casa; jantou com a mãe, Rachel, e o pai, Don; assistiu a um episódio de *Two and a Half Men* com eles; e então disse que tinha uma prova difícil de ciências no dia seguinte, que exigiria muitas horas de estudo se quisesse tirar uma nota decente. E com certeza também precisaria de uma boa noite de sono, então se recolheu mais cedo que o normal, deixando os pais na sala de estar.

Don olhou para a mulher. Ela começara um novo trabalho como contadora de uma agência nacional de cobrança seis meses antes. O emprego não lhe proporcionava nenhuma oportunidade de se exercitar ou se movimentar além de atender o telefone, digitar num teclado e fazer viagens ocasionais ao banheiro ou até o carro. Don podia ver claramente que Rachel engordara, talvez uns 4 ou 5 quilos, por causa da natureza sedentária do emprego.

A atração física de Don pela mulher diminuíra com o passar dos anos, resultado do excesso de familiaridade dele com o corpo dela e de suas feições cada vez mais envelhecidas. Mas independentemente de quão pouco atraente ela tivesse se tornado aos seus olhos, a necessidade básica de se envolver em relações sexuais o estimulava a tentar iniciar alguma forma de intimidade física com certa regularidade. Apesar das tentativas frequentes, a última vez que Rachel estivera disposta a transar com ele fora há mais de um mês e meio.

Com Chris tendo ido para o quarto pelo resto da noite, Don inclinou-se para perto da mulher e disse:

— E aí, o que você acha?

— Do quê? — indagou Rachel.

— De a gente... você sabe...

— Hoje?

— É. Faz quase dois meses, Rachel.

— Não faz, não.

— A última vez foi depois daquele churrasco na casa da sua irmã. O Chris estava na casa de um amigo.

— Sério? Como você se lembra disso?

— Como você não se lembra?

— Sei lá, acho que o emprego novo está só me deixando cansada.

— Ainda está cedo. Podemos fazer e você já vai estar dormindo às nove.

Rachel olhou para Don. Ela tinha consciência de que não o estava satisfazendo e não sabia exatamente por quê, mas a ideia de sexo com o marido chegava a ser quase repugnante. Não sabia se era porque estavam juntos há tanto tempo ou porque sabia que tinha engordado e não se sentia bonita, ou porque, como Don, achava o corpo e o rosto envelhecidos dele menos atraentes do que um dia haviam sido, mas ela certamente sabia que não era por qualquer motivo relacionado ao trabalho, a desculpa que usava com maior frequência. Mesmo sendo a última coisa que queria fazer aquela noite, Rachel respondeu:

— Tudo bem, mas tem que ser rápido.
— Vai ser.
— Rápido mesmo.
— Tudo bem.

Enquanto Don inseria o pênis na vagina da mulher, tudo em que conseguia pensar era nas imagens da atriz pornô Stoya. Desde que a descobrira no computador do filho, ficara ligeiramente obcecado e se inscrevera em vários sites que disponibilizavam os vídeos dela. Não era só o fato de ser incrivelmente linda que excitava Don; ela parecia gostar mesmo de sexo — algo que Rachel não demonstrava havia muito tempo.

Don olhou para o rosto desinteressado da mulher e sentiu a ereção amolecer dentro dela. Não querendo desperdiçar o que presumiu ser sua única chance de transar por pelo menos um mês, ele disse:

— Vira.
— Por quê? — perguntou Rachel.
— Você sabe, pra fazer tipo cachorrinho.
— Por quê? Termina desse jeito mesmo.

Don sentiu a ereção se dissipar mais um pouco a cada segundo da negociação entre eles.

— Por favor — pediu.

Rachel disse "tudo bem" e virou de barriga para baixo, ficando de quatro. Don enfiou o pênis algumas vezes de olhos fechados, pensando em Stoya e em como o rosto dela ficava quando era penetrada por trás. Para Don ela parecia feliz — e, mais do que seu corpo perfeito ou sua disposição de ficar em qualquer posição ou aceitar um pênis em qualquer orifício, sua felicidade era o que Don achava mais atraente. Foi essa imagem de Stoya, sorrindo e mordendo o lábio inferior ao ser penetrada por trás, que Don manteve na cabeça enquanto segurava os quadris da mulher e enfiava o pênis nela, imaginando no rosto de Rachel a mesma expressão que Stoya tinha nos inúmeros vídeos que ele vira.

Rachel fechou os olhos e tentou imaginar qualquer coisa que a ajudasse a curtir aquilo. Ela queria se sentir atraída pelo marido de novo. Queria mesmo sentir desejo por ele. Mas parecia que aquela fase do relacionamento já tinha passado para ela. Enquanto ele a penetrava e gemia, ela se lembrou da noite de núpcias. Tentou recordar como era feliz naquela época, mas não conseguiu invocar a emoção que costumava associar à lembrança daquele dia. Então sentiu Don ejacular em sua vagina e deslizar para fora o pênis, que diminuía rapidamente.

— Vou ao banheiro — disse ela.

Don disse "está bem" e deitou-se de novo na cama, imaginando se algum dia faria sexo de novo com uma mulher que gostasse daquilo.

A poucos metros dali, Chris não estava estudando para a prova de ciências. A prova nunca existira. Em vez disso, ele estava baixando, de vários sites, diferentes coleções de pornografia mostrando mulheres com mais de 50 anos. Enquanto esperava o download desses vídeos, ele se masturbou com um vídeo de 3 minutos e 45 segundos de uma mulher transexual recebendo de um homem uma massagem na próstata, o que resultou em uma longa ejaculação. Esta era a primeira vez que ele se masturbava com pornografia transexual.

A alguns quilômetros dali, Allison Doss chegou em casa, largou a mochila e entrou na cozinha, onde a mãe, Liz, o pai, Neal, e o irmão caçula, Myron, estavam comendo. Ela sempre considerara todos na família gordos, e de fato eram. Ela também havia sido assim, até a metade do sétimo ano. No primeiro dia de aula daquele ano, um menino do oitavo, Gordon Hinks, dera à Allison o apelido de "Bolo Fofo". Ela ficou surpresa com o quão rápido se acostumou à dor emocional e ao tormento que sofria. Seu ritual incluía chorar no vestiário das meninas por alguns minutos antes do início das aulas todos os dias. Não fez nenhuma tentativa de remediar a situação até que um menino por quem estava levemente obcecada, outro aluno do oitavo ano e amigo de Gordon chamado Brandon Lender, disse: "Eu te comeria se conseguisse encontrar o buraco."

A declaração em si, aliada à influência que tinha sobre Allison, visto que vinha de seu primeiro interesse amoroso — um garoto cujo rosto ela desenhava no caderno, cujo sobrenome ela sonhava em ter como seu, em quem ela imaginou inúmeras vezes dar seu primeiro beijo —, a fez ir para casa naquela noite e não jantar. Em vez disso, foi para o quarto e procurou conselhos de dietas na internet. Encontrou um post no site Everything2.com chamado "Como se Tornar uma Anoréxica Melhor". O artigo ensinava várias estratégias para reduzir as dores da fome, como ingerir o máximo de aipo possível, porque ele não contém calorias mas faz o corpo queimá-las durante o processo de digestão, ou garantir que a água que você bebe esteja o mais fria possível, para que o corpo tenha de gastar algumas calorias a mais para aquecê-la. Além disso, esse post listava vários links para sites pró-anorexia como a Gruta Clandestina da Ana, que fazia uma apologia a esse distúrbio ao permitir que garotas postassem autorretratos que dessem destaque aos ossos dos quadris, às costelas e, em alguns casos, à coluna vertebral. Essas fotos eram normalmente consideradas na comunidade pró-anorexia como *thinspiration*, inspiração para a magreza.

Allison descobriu que a dor física provocada pela fome era tão fácil de aceitar como uma constante em sua vida quanto fora antes a dor emocional que advinha de ser gorda. Durante os seis meses seguintes, criou a própria conta no site Anjos de Ana e frequentou outros como Arte da Redução, Thin2Be's Diary e Com Fome de Perfeição. Apesar de não ter conhecido pessoalmente nenhuma das pessoas com as quais se comunicava nesses sites, ela sentia que eram suas amigas e valorizava muito mais seus conselhos e a interação com elas do que a orientação da própria família, que não fazia ideia de como vinha tratando a comida e sua alimentação.

A mãe de Allison, Liz, trabalhava na confeitaria Marie Callender's e sempre levava tortas para casa. Enquanto Allison passava pela cozinha, Liz disse:

— Querida, trouxe torta de pêssego.

Era a preferida de Allison. Ao atravessar a cozinha, o cheiro da torta foi quase mais do que ela podia aguentar. Sentia que começava a salivar e a sensação de ligeiro formigamento no fundo da boca se tornou evidente.

— Obrigada, mãe. Deixe na geladeira que eu como um pedaço mais tarde. Tenho que começar a fazer o dever de casa — disse Allison.

O pai e o irmão de Allison não disseram nada, e ela subiu para o quarto e entrou no Anjos de Ana a fim de olhar fotos de garotas que eram mais magras que ela e ler posts sobre como ignorar desejos incontroláveis por suas comidas preferidas.

A alguns quarteirões dali, Brandy Beltmeyer estava de pé atrás da mãe, Patrícia, que fazia o que denominava "verificação semanal" no computador do quarto da filha. Essa verificação consistia em Brandy ser forçada a dar as senhas de todos os sites nos quais tinha conta para a mãe. Patrícia então entrava em cada um deles, incluindo a conta do Gmail da filha, o perfil do Myspace e do Facebook e a conta de usuário no Syfy.com. Patrícia lia todas as interações nas quais a filha estava envolvida em cada um desses sites e a interrogava se encontrasse qualquer coisa que parecesse fora do comum. Isso tudo era feito para proteger a filha de predadores na internet.

Enquanto Patrícia passava pelos comentários na página do Myspace da filha, chegou a um, postado por um usuário do sexo masculino chamado DILF cuja idade estava listada como 28, que dizia "VC EH GOSTOZA".

— Quem é esse tal de DILF? — perguntou Patrícia.

— Sei lá, um cara qualquer. Não posso fazer nada se algum cara aleatório encontra a minha foto e acha que sou bonita.

— Bem, eu posso — disse Patrícia, enquanto deletava o comentário de DILF. A filha reagiu revirando os olhos e suspirando. Patrícia se levantou da cadeira da menina e disse: — Você sabe que eu só faço isso para garantir que nada de mal lhe aconteça.

— Eu sei.

— Eu te amo, filha.

— Eu também te amo.

Patrícia saiu do quarto da filha, desceu as escadas, e encontrou o marido, Ray, que lhe perguntou se ela "estava limpando a internet da menina". Desde o ensino médio, Ray trabalhava em uma loja de artigos esportivos que fora fundada pelo avô. Seu irmão mais velho era agora o dono da loja, e Ray era o próximo na fila no caso de o irmão querer se aposentar. Eles usavam os mesmos métodos de contabilidade populares nos tempos do avô. Nunca houvera computador na loja. Ray continuava achando que os computadores eram totalmente desnecessários e se recusava até a criar uma conta de e-mail.

Patrícia riu e respondeu:

— Sim, querido, limpei a internet dela. — Então eles se sentaram no sofá para assistir a um episódio de *According to Jim*, o programa favorito dos dois.

No andar de cima, Brandy entrou numa conta do Myspace que a mãe desconhecia. Seu nome de usuário nessa conta era Freyja. Ela o escolheu depois de pesquisar na internet por "deusas sexy". Foi direcionada para uma página dedicada a Freyja, a deusa nórdica do amor e do sexo. Dizia-se que Freyja era transportada numa carruagem de ouro puxada por gatos selvagens. Brandy gostava de gatos. Ela se maquiou no estilo gótico, fez selfies de sutiã e calcinha e enviou as fotos para essa conta, apagando-as do celular logo depois de terminado o upload. Mentiu sobre sua idade e localização e, mesmo sem nunca ter beijado na boca, encheu o blog associado a essa conta com postagens que descreviam encontros amorosos fictícios e preferências sexuais que, presumiu, os homens fossem querer que tivesse, incluindo bissexualidade, uma predileção por sexo anal e a vontade de ser estrangulada ou de que cuspissem nela.

Ela se comunicava diariamente com seus 5.689 amigos e sempre fazia novos. Havia alguns com quem falava mais frequentemente. Dungeonmax, GothGod1337 e LovelyPallor estavam entre eles. Conversavam sobre uma grande variedade de assuntos, a maioria de cunho sexual, quase todos desconhecidos para Brandy, mas ela sempre podia pesquisar rapidamente no Google e então repetir o que leu, em alguns casos copiando e colando vários pedaços de outros blogs em seus chats. Ela não estava muito interessada em perder a virgindade nem de praticar qualquer tipo de ato sexual na sua idade, mas achava que era um modo fácil de atrair o interesse de uma quantidade significativa de pessoas que se envolveriam em conversas instantâneas com ela sobre uma grande variedade de assuntos.

Brandy havia criado sua identidade como Freyja no sétimo ano, quando a mãe e o pai se mudaram para outro bairro, o que a levou a ter de se matricular na Goodrich, em vez de no colégio para o qual passaram seus colegas da escola anterior. Em vez de fazer novos amigos na Goodrich, Brandy achou mais fácil buscar interações significativas e divertidas com pessoas on-line. Ainda mantinha contato com Lauren Martin, sua melhor amiga, e a via quase todo fim de semana.

Ela fazia de tudo para não permitir que a mãe descobrisse seu segredo, apagando o histórico do navegador, os cookies e os caches a cada 15 minutos mais ou menos, no caso de a mãe entrar e exigir uma verificação surpresa do computador, o que já havia acontecido antes. Seus colegas de turma também não sabiam da existência dessa página do Myspace, pois Brandy supôs que, caso eles soubessem, algum deles acabaria contando para sua mãe.

Freyja tinha 18 novas mensagens, muitas inofensivas, duas pedindo fotos dela nua e uma de uma mulher casada e obesa, de Tucson, Arizona, de maquiagem gótica, se autodenominando Lady Fenris e oferecendo um ménage à trois com ela e o marido, ambos totalmente livres de doenças e de vícios em drogas.

A alguns quarteirões dali, Tim Mooney terminou de comer os 12 nuggets que havia na embalagem da lanchonete Chik-fil-A que seu pai, Kent, levara para o jantar dele, e um para o seu próprio. Enquanto Tim se levantava da mesa e levava as embalagens vazias para o lixo na cozinha, Kent perguntou:

— Quer bater uma bolinha?

Com frequência, Kent e Tim brincavam de arremessar a bola de futebol americano depois do jantar. Era algo que já faziam antes mesmo de a mãe de Tim e mulher de Kent, Lydia, deixar os dois para morar na Califórnia com aquele Greg Cherry que trabalhava com marketing. Mas desde que ela partira, Kent sentia que aquela brincadeira os aproximava mais como pai e filho. Era algo que estreitava o laço deles como dois homens abandonados. Tim sentia a mesma coisa. Algumas horas antes, ele havia pensado em concordar em jogar bola com o pai e não dizer a ele que abandonara o time de futebol, mas não conseguiu. Não queria mentir nem fazer qualquer tipo de mistério sobre o assunto. Tinha respeito pelo pai e esse respeito, pensou, merecia a verdade. Portanto, falou:

— Pai, eu, é... Eu saí do time de futebol hoje.

Foi difícil, para Kent, ouvir essas palavras saindo da boca do filho, mas ele não se surpreendeu. Desde que Lydia os deixara, Kent sentira o filho se afastando, ficando mais introvertido, perdendo o interesse pelas coisas que sempre haviam prendido sua atenção. A reação normal de Kent à notícia que o filho lhe dera teria sido raiva. Kent teria gritado com ele e ameaçado puni-lo se não voltasse para o time. Mas, assim como o filho, desde que sua mulher partira, ele achava cada vez mais difícil sentir qualquer coisa além de uma certa tristeza vazia.

— Ah, tá. Você tem certeza? — perguntou Kent.

— Tenho. Eu só... É, tenho certeza, pai — respondeu Tim.

— Bem, é claro que não vou forçar você a jogar. Quer dizer, não posso fazer isso, mas acho que você deveria pensar melhor. E não é porque... Só pense um pouco mais no assunto.

— Eu já sei.

— Eu sei, mas pense mesmo assim. Você pode voltar, tenho certeza.

— Tudo bem.

Tim passou pelo pai a caminho da cozinha, jogou a caixa de nuggets vazia no lixo e foi para o quarto sem dizer mais nada. Kent jogou fora a própria embalagem, abriu a primeira do que seriam sete Bud Lights seguidas e sentou-se para uma noite de campeonato mundial de pôquer na televisão. Em vários momentos, ficou tentando imaginar o que a mulher estaria fazendo na Califórnia — o que o levou a pensar nela transando com Greg Cherry, um homem que Kent nunca vira na vida. Ele o imaginava baixo e intelectual, fisicamente fraco, talvez usasse óculos e devia ser meio afeminado — o oposto de Kent. Era difícil imaginar que a mulher pudesse tê-lo largado por um homem igual a ele em qualquer aspecto. Para Kent, a decisão de abandonar a família só fazia sentido se ela tivesse percebido que queria algo completamente diferente, pelo menos por enquanto.

Kent voltou o pensamento para o filho. Ele havia notado que Tim se tornara mais introvertido e mal-humorado, e achava que todos os garotos da idade dele deviam estar atravessando uma fase como essa, mas a ausência da mãe provavelmente não ajudava muito. Kent agarrava-se à esperança de que, depois que essa fase passasse, Tim voltaria para o futebol americano. Kent presumiu que não poderia dizer mais nada ao filho para acelerar o processo além de esclarecer sobre os benefícios de fazer parte do time, então decidiu deixá-lo em paz para resolver as coisas sozinho. Kent descobriu que pensar no quanto ele queria que o filho voltasse para o time lhe deixava menos tempo para pensar na sua em breve ex-mulher, Lydia, morando na Califórnia com Greg Cherry que trabalhava com marketing.

Tim sentou-se em frente ao computador e entrou no *World of Warcraft*, no servidor Shattered Hand, cinco minutos antes do horário marcado pela guilda para atacar Ulduar, a masmorra de nível mais alto do jogo até aquele ponto. O personagem principal de Tim era um mago com poder de fogo frio chamado Firehands, que com frequência mantinha o maior índice de danos por segundo nas raides. Ele era um integrante valioso de sua guilda, o que exigia que sua produção de dano derrotasse todos os chefes em Ulduar.

Assim que fez o login, foi cumprimentado no chat da guilda por outros integrantes que iriam participar da raide. Na janela verde do chat do grupo, no canto inferior esquerdo da tela de Tim, uma série de frases apareceu: "Achei que sua mãe tinha chupado o meu pau ontem à noite, mas quando estiquei o braço pra baixo e passei a mão no rosto dela, senti uma barba, então percebi que era o seu pai. Me enganei." "E aí, crioulo?" "Já comeu alguma bucetinha na escola?" "Ai, como eu queria voltar pro ensino fundamental. Eu ia comer geral, até as neguinhas."

Tim já havia se acostumado ao tom e ao conteúdo das conversas do grupo. Ele não acreditava que aquelas pessoas fossem realmente pedófilas, homofóbicas nem racistas, e achava graça nos diálogos barra-pesada no chat, sabendo que a maioria dos jogos multiplayer em massa on-line havia desenvolvido um estilo e um tom similar de comunicação entre seus jogadores, principalmente porque muitos deles passaram tanto tempo digerindo o que havia de mais tosco no conteúdo da internet que agora estavam dessensibilizados diante de quase tudo o que a maioria das pessoas consideraria ofensivo. Apesar de Tim nunca ter sabido qual era o nome verdadeiro de seus companheiros de guilda, ele os considerava seus amigos com base na frequência de sua interação, que era diária. Ele não batia papos profundos com aquelas pessoas e suas conversas incluíam poucos assuntos além de *World of Warcraft*, humor racial e relatos de experiências sexuais que raramente eram verdadeiras. Tim não contara a ninguém sobre sua mãe ter se mudado ou sobre sua decisão de parar de jogar futebol americano, os dois acontecimentos mais importantes em sua vida até o momento. Tim gostava dessa comunicação superficial que tinha com os companheiros de guilda. E não queria nada além disso.

Ele conhecia Chucker apenas como o paladino de proteção que era quem mais contribuía com frases de falso ódio racial na guilda. Nem desconfiava de que a pessoa do outro lado do computador era um gerente de financiamentos de 28 anos, de Annapolis, em Maryland, que precisava implorar à noiva que o deixasse jogar *World of Warcraft* praticamente todas as noites e que, na maioria das vezes, esperava ela dormir para ir de mansinho até o computador no escritório e entrar no jogo.

Ele conhecia Baratheon apenas como o anão sacerdote das sombras que mudava para sacerdote sagrado antes de todas as raides, e aí não conseguia curar adequadamente o tanque diante de pelo menos um chefe por vez, levando a uma matança geral. Nem desconfiava de que a pessoa que jogava como Baratheon era um estudante universitário, filho de mãe coreana e pai franco-canadense, com 1,80m e 150 quilos, e que estudava engenharia e contabilidade só para fazer a vontade dos pais, embora no fundo quisesse ser jogador de futebol americano.

Ele conhecia Selkis apenas como o elfo noturno ladino que podia causar mais dano que a maioria dos magos na guilda deles. Nem desconfiava de que a pessoa que jogava como Selkis era um eterno universitário de 26 anos que não tinha a menor intenção de se formar, comia um sanduíche Baconator da lanchonete Wendy's pelo menos uma vez por dia e morava com os pais e cinco gatos.

Após o líder da guilda dar o comando "Entrem no Vent" via chat, Tim se logou no servidor Ventrillo da guilda, um programa que permite que os integrantes do grupo falem uns com os outros através do uso de microfones. Colocou os fones de ouvido e todos entraram na instância. Pelas quatro horas seguintes, Tim ficou feliz por não pensar na mãe na Califórnia com Greg Cherry, nem no pai sentado em silêncio na sala de estar desejando que ele voltasse para o time, nem na falta de sentido em tudo isso.

A alguns quarteirões dali, Carl Benton estava incomodado com o fato de a filha passar tanto tempo com o namorado, Danny Vance. Carl estava ciente de que a filha havia herdado a beleza da mãe, o que significava que seria a primeira fantasia sexual de muitos dos meninos com quem estudava. E, mais que uma fantasia, ela seria a primeira experiência sexual de Danny Vance. Carl não gostava nada disso. Enquanto jantava com a mulher, Sarah, e o filho de 7 anos, Andrew, ele falou:

— Ela passa muito tempo lá. Deveríamos mesmo ficar assim tão relaxados com isso como parece que estamos?

Sarah não se incomodava de Brooke passar muito tempo na casa dos Vance. Carl e ela conheciam os Vance havia muitos anos, e o filho deles, Danny, estava entre os meninos mais inofensivos da sua idade. Brooke nunca havia chorado por algo que ele tivesse feito, o que, levando em conta sua experiência de muitos anos como professora de ensino fundamental antes de se aposentar, Sarah sabia ser raro. Ela respondeu:

— Acho que deveríamos ficar mais do que relaxados com isso. Ela está se divertindo. Deixe a menina em paz.

— Posso ir jantar com os Vance? — perguntou Andrew.

— Muito engraçado, seu bostinha — respondeu Carl.

Depois que terminaram de jantar, Carl ajudou Andrew com o dever de casa e o colocou para dormir. Então foi para o quarto e encontrou Sarah lendo um livro do qual ele nunca ouvira falar.

— Querida, você não está mesmo preocupada com Brooke e Danny?

Sarah continuou lendo enquanto falava.

— Não. Nem um pouco.

— Ela está crescendo. Entende o que quero dizer?

— Entendo exatamente o que você quer dizer. Se está com medo que ela comece a transar, converse com ela sobre isso.

— Essa não deve ser uma conversa entre pai e filha. Isso é conversa entre mãe e filha.

— Nós já falamos sobre sexo com os dois. Ela sabe que não deve fazer nenhuma besteira.

— É, mas nós conversamos com eles quando ela ainda era uma criança. E não é mais. Você tem reparado nela ultimamente? Daqui a pouco vai ter uma fila de garotos batendo na nossa porta.

— Então deveríamos ficar felizes por ela estar com um bom menino como o Danny mantendo os outros a distância. Ela vai ficar bem.

Sarah botou o livro na mesinha de cabeceira e apagou a luz de leitura. Carl entrou no banheiro e escovou os dentes. Quando voltou, Sarah estava dormindo.

A alguns quarteirões dali, e poucas horas antes, Jim Vance abriu a porta de casa e entrou com Danny e Brooke. A mãe de Danny, Tracey, já havia posto a mesa.

— Oi, Brooke. Que bom que você veio jantar conosco — disse Tracey.

— Obrigada, Sra. Vance. O prazer é todo meu.

— Quantas vezes vou ter que lhe dizer? Pode me chamar de Tracey.

— Foi mal.

— Tudo bem. O jantar vai ficar pronto daqui a uns dez minutos. Vocês, crianças, podem ir ver TV, se quiserem.

Danny levou Brooke para a sala de estar. Tracey virou-se para Jim e disse:

— Ela é tão lindinha.

— Exatamente como você era — comentou Jim.

— Era? — E então deu um tapinha em Jim, que riu e beijou a mulher antes de entrar na cozinha para pegar uma cerveja Beck's.

Assim que o jantar ficou pronto, os quatro ocuparam seus lugares à mesa e Jim perguntou:

— E aí, como vai a equipe este ano?

— Tim Mooney deixou o time hoje, então vai ser muito mais difícil ganhar sem ele, mas acho que vai ficar tudo bem. O técnico Quinn deve me botar para fazer muitos passes nessa temporada e o Chris deve conseguir cumprir o papel dele, então acho que temos uma chance de ganhar o distrital.

— Tim Mooney saiu do time? — perguntou Jim.

— Saiu.

— Por quê?

— O técnico não disse.

— Isso é tão triste — lamentou Tracey. — Ele deve estar passando por uma fase difícil depois que a mãe foi embora.

— Sei lá — disse Danny.

— E você, Brooke? Como está tudo este ano? — perguntou Tracey.

— Tudo ótimo. A gente também está começando a se preparar para o início da temporada. Estou muito animada. Não vejo a hora de assistir ao Danny jogando. Tenho certeza de que eles vão arrasar.

O teor do restante da conversa à mesa variou dos times das escolas que Danny enfrentaria durante a temporada até o *American Idol*, com Tracey contando algumas histórias do gato do vizinho, que parecia estar fazendo suas necessidades nos degraus da escada na frente da casa deles quase diariamente. Depois do jantar, Brooke ajudou Tracey a tirar a mesa.

— Brooke, você quer uma carona até a sua casa? — perguntou Tracey. — O Jim pode levar você.

— Ah, a gente ia jogar um pouco de *Rock Band* e depois eu ia levar a Brooke pra casa a pé, se não tiver problema — explicou Danny.

— Desde que sua mãe não ache ruim vocês andando na rua à noite, Brooke.

— Não, ela não acha ruim. E minha casa fica só a cinco minutos daqui.

Danny e Brooke subiram para o quarto dele.

— Você não acha que eles estão... transando, acha? — perguntou Jim.

— Duvido. Mas talvez você devesse ter aquela "conversa" com ele — respondeu Tracey.

— Jesus Cristo, jura? Quantos anos a gente tinha quando começou a mandar ver?

— Nós estávamos na faculdade, mas isso não significa que eles vão esperar tanto tempo. Seguro morreu de velho. Talvez você devesse comprar umas camisinhas pra ele.

— Ai, meu Deus, você está falando sério? Eles não aprendem tudo sobre sexo na TV e na internet? Eu tenho mesmo que fazer isso?

— Não seja ridículo. — Ela o beijou e acrescentou: — Só converse com ele.

Jim deu um gole na Beck's e disse:

— Não sei por que tenho que fazer isso.

— Eu tive essa conversa com a nossa filha e você tem que falar com o nosso filho. Foi esse o trato.

— Eu sei, eu sei. Vou fazer isso no fim de semana. Não quero encher a cabeça dele antes do primeiro jogo.

No andar de cima, Danny ligou o Xbox 360 e aumentou o volume da televisão para que os pais não conseguissem ouvir nada além da música do vídeo introdutório do *Rock Band* vindo do quarto dele. Então se sentou na cama ao lado de Brooke e a beijou. Por quase um mês, eles vinham fingindo que jogavam *Rock Band* ou que faziam o dever de casa com música alta tocando, enquanto se engajavam nas mais diferentes formas de preliminares, nunca tirando a roupa, mas ficando vez mais atrevidos com o que faziam com as mãos. Danny apalpou, por cima da blusa, os seios pequenos e ainda em formação de Brooke, que sentira a ereção de Danny enquanto acariciava as pernas e os genitais dele por cima da calça. Danny havia ejaculado na calça uma vez durante uma dessas sessões. Envergonhado, não falou nada a respeito e fingiu que aquilo nunca aconteceu. Apesar de o episódio ter tido um efeito curiosamente excitante em

Brooke, ela também não mencionou nada sobre o incidente, presumindo que o silêncio de Danny indicasse sua indisposição para falar do assunto.

Enquanto Danny refazia cada um dos passos da sessão de amassos anterior, beijando o pescoço de Brooke, deslocando a mão do quadril em direção ao seio, passando a língua na orelha e, em algum momento, levando a mão para o seio esquerdo, ele sabia que o único passo seguinte possível, o único jeito de manter a evolução de seu relacionamento físico em um ritmo regular seria se ele a acariciasse por baixo da blusa. Afastou a mão do seio de Brooke, moveu-a em direção à bainha da blusa e deslizou os dedos de leve por baixo, roçando a barriga. Ela gemeu.

Danny esperava que Brooke não fosse ser capaz de detectar seu nervosismo enquanto ele subia um pouco a mão, colocando a palma inteira na barriga, a ponta dos dedos tocando a base do sutiã. Ele parou ali por um instante e acariciou a barriga dela, sem ter certeza se essa ação ousada constituiria progresso suficiente para uma noite na opinião de Brooke.

Apesar de Brooke estar curtindo o momento, foi difícil não lembrar da imagem, no celular, de Hannah praticando sexo oral com um menino qualquer. Ela não teve alternativa senão se comparar a Hannah e, quando o fez, sentiu-se inferior. Enquanto Danny acariciava sua barriga, ela decidiu que Hannah não seria a única garota do oitavo ano a ter colocado o pênis de um menino na boca. E, além disso, ela racionalizou que Hannah não amava o garoto com quem partilhara seu primeiro ato sexual, portanto Brooke ainda podia ser a primeira menina no oitavo ano a praticar sexo oral estando em um relacionamento amoroso, e isso era mais importante do que simplesmente ser a primeira a fazê-lo.

Brooke pegou a mão de Danny, que estava debaixo da sua blusa.

— Foi mal. Eu não queria ir rápido demais nem nada.

— Você não foi — disse Brooke, e então rolou para cima dele e o beijou.

Ela beijou o pescoço e levantou a camisa dele, ao mesmo tempo descendo e beijando o tórax e a barriga, enquanto acariciava, por cima da calça, a ereção.

Danny podia se sentir prestes a ejacular de novo.

— O que você está fazendo? — perguntou ele.

— Uma coisa.

— A gente não tem que fazer isso. Você tem certeza de que a gente está, sabe, tipo, pronto pra isso?

Danny estava nervoso e inseguro sobre como se comportar em uma situação como aquela. Apesar de ele e Brooke estarem se envolvendo em um comportamento cada vez mais sexual nos últimos meses, ele chegara à conclusão de que não estava pronto para nada além do que vinham fazendo. E tinha esperança de que Brooke sentisse o mesmo.

— Eu sei que a gente não tem que fazer isso, mas, por mim, tudo bem se a gente fizer. A gente já namora há muito tempo. Acho que a gente devia. — Brooke interpretou a hesitação de Danny como alguma espécie de cavalheirismo obrigatório e desnecessário da parte dele. Ela não queria transar, mas havia se convencido de que praticar sexo oral em seu namorado de mais de um ano não tinha, na verdade, tanta importância assim quanto podia parecer. Além do mais, concluiu que preferia fazer sua primeira tentativa com uma pessoa que amava a ter essa experiência com um estranho, como Hannah. — Só relaxa — acrescentou.

Ela logo sentiu o cheiro. Achou um tanto desagradável e se perguntou se Danny teria tomado banho depois do treino de futebol. Ela sabia que, às vezes, quando o treino era leve, ele não tomava. Botou o pênis na boca, tomando cuidado para não roçar os dentes nele. Todas as instruções para realizar sexo oral que lera em várias revistas e sites mencionavam que os homens não gostavam de contato com dentes nessa hora.

Durante a experiência, Danny invocou todos os pensamentos não sexuais que pôde na tentativa de evitar a ejaculação imediata — equações de álgebra, jogadas de futebol americano, códigos de trapaça do *Grand Theft Auto*, a lembrança da avó urinando nas calças no último Natal em família — mas chegou a um ponto no qual não conseguiu mais se controlar. Ele não fazia ideia de qual seria o jeito certo de avisar a Brooke sobre o que estava prestes a acontecer. Só conseguiu bater no ombro dela três vezes em rápida sucessão, o que apenas serviu para confundi-la o suficiente para que tirasse o pênis da boca exatamente no momento da ejaculação. Primeiro sentiu o sêmen atingir o lábio superior e entrar um pouco por uma narina; a segunda contração da próstata de Danny expeliu sêmen na bochecha de Brooke, o que fez com que ela recuasse. As últimas contrações resultaram em sêmen depositado na cueca samba-canção da Old Navy e na camiseta de Olimpiano da Goodrich.

Eles ficaram calados por alguns segundos, Danny olhando para o teto, sem querer estabelecer contato visual com Brooke, sentindo-se um pouco constrangido. Brooke também se sentia constrangida por não ter sido capaz de conter melhor o sêmen. Ela ouvira dizer que os homens preferem quando a mulher engole a ejaculação. Mas só o cheiro já lhe provocara um certo nojo, e o gosto, supôs, era ainda pior. Ela não tinha certeza se algum dia seria capaz de engolir sêmen. Tentou limpar o rosto com a mão, mas a textura do líquido tornava difícil a remoção.

— Acho que preciso de uma toalha ou coisa assim.

— Tá. Peraí.

Danny se levantou da cama, ainda sem estabelecer contato visual com Brooke, foi até o banheiro e pegou uma toalha de mão. Usou-a primeiro, limpando o máximo de sêmen que pôde e torcendo para que a mãe não reparasse na toalha no meio da pilha de roupa suja quando fosse botar a trouxa para lavar no dia seguinte. Então voltou para o quarto e entregou a toalha para Brooke, que mal ou bem conseguiu se limpar, mesmo transferindo para o rosto e para mãos algumas vezes um pouco do sêmen que Danny depositara na toalha.

— E aí, gostou? Quer dizer, fiz tudo direito?

— É... fez.

— Tem alguma coisa que eu poderia ter feito, tipo, melhor?

— É... acho que não.

— Tá, beleza.

— É.

— Bem, por mim, acho legal a gente ter feito, você não acha?

— É.

A verdade é que nenhum dos dois achava legal. Danny sentiu-se meio estranho assim que acabou, da mesma forma que Brooke. Eles haviam ultrapassado algum tipo de limite, realizado um ato que representava sua entrada no mundo adulto. Qualquer inocência que tivessem carregado um dia, embora não tenha sido de todo perdida, fora de alguma forma maculada, e ambos sentiam isso.

Danny soube de cara que não queria fazer aquilo de novo tão cedo. E, mais do que o receio de ter de repetir esse ato, ele temia que a escalada de seu relacionamento físico acabasse culminando em coito, algo para o qual não tinha certeza de estar preparado. Ficou se perguntando se poderia fazer algo para protelar esse passo final até se sentir mais preparado. Seus pensamentos foram desviados para a possibilidade de terminar com Brooke. Essa talvez fosse a única opção.

Brooke também estava arrependida do que fez. Sua competitividade foi o que a levou a realizar o ato, e seu único consolo foi a sensação de estar no mesmo patamar de Hannah Clint. Mas agora, supôs, Danny esperaria pelo menos aquele nível de intimidade física dali para a frente. Brooke sabia que não poderia atender a essa expectativa, muito menos superá-la com algo como o coito, que foi o que ela logicamente presumiu que ele exigiria num futuro próximo. Ela, também, começou a considerar o fim do namoro.

Danny e Brooke desceram as escadas passando pelos pais dele, que assistiam ao programa *Dancing With the Stars* por determinação de Tracey, e saíram pela porta da frente, sem deixar transparecer qualquer indício de sua atividade sexual. Quando chegaram à casa de Brooke, ela se inclinou para dar um beijo na boca de Danny, que era como sempre se despediam, mas ele falou:

— Tem problema se a gente só se abraçar? Você acabou de colocar o meu, tipo, lance, na sua boca.

— Tá, tudo bem.

Eles se abraçaram. Brooke entrou e viu que todos já estavam dormindo. Ficou aliviada por não precisar se engajar na conversa estranha com a mãe ou o pai que, presumia, iria se desenrolar, e durante a qual teria de mentir sobre os detalhes da noite e esperar que a mãe ou o pai não percebessem nada do que realmente fizera. Ela subiu para o quarto, onde lavou o rosto direito, encontrando um pouquinho do sêmen de Danny no cabelo acima da orelha direita, depois deitou na cama e ficou olhando para o teto por alguns minutos, tentando reprimir a estranha náusea que vinha sentindo desde que praticara a felação em Danny. Esticou a mão para o celular e mandou uma mensagem de texto para ele que dizia "te amo".

Apesar de estar bem-disposto ao andar de volta para casa e se deitar na cama, Danny também tentou reprimir uma certa náusea, do tipo advindo de uma incerteza angustiante que sentia em relação a seu futuro com Brooke e ao impacto que um término de namoro poderia ter no oitavo ano. Pensou por um instante na possibilidade de ter de fazer sexo oral em Brooke da próxima vez que estivessem juntos, para ficar quites com ela. E se deu conta de que não teria a menor ideia de como fazer aquilo. Decidiu que não tentaria, a menos que ela pedisse. Danny respondeu à mensagem de Brooke com um "eu tb".

capítulo
cinco

Brooke Benton e Allison Doss seguravam, uma de cada lado, a faixa em papel pardo de 6 metros por 2 metros que dizia "Força Olympians, Vencer! Vencer! Vencer!", esticando-a bastante atrás da *end zone* em frente ao vestiário dos Olympians da Goodrich. Hannah Clint, assim com as outras Olympiannes, estava ali, de frente para a torcida, entoando vários gritos de guerra, pulando e batendo palmas. A mãe de Hannah, Dawn, estava dentro do campo tirando fotos das meninas. Ela havia convencido o diretor Ligorski e a Sra. Langston, a treinadora das Olympiannes, a deixá-la ficar como fotógrafa e organizadora do álbum das Olympiannes aquele ano, concordando em realizar esse serviço sem custo, o que faria a escola economizar 700 dólares, valor normalmente cobrado pelo fotógrafo local. Dawn via nisso a oportunidade de produzir um ótimo material para o site da filha, que seria impossível de conseguir de outra forma.

Na arquibancada estavam, lado a lado, Don Truby, Jim Vance e Kent Mooney. Don passou uma garrafinha de bourbon para Jim, que recusou a oferta, incitando Don a passá-la a Kent, que deu um gole generoso e disse:

— Valeu. Eu precisava disso mais do que você imagina.

— O trabalho anda uma merda?

— Não. Não mais que o normal — respondeu Kent. — Só essa coisa de a Lydia ter ido embora e o Tim não estar jogando hoje, sabe?

— É, o Chris comentou que o Tim saiu do time — disse Don. — Sinto muito, cara. Mas, veja pelo lado bom. Eu sei que não é isso o que você quer ouvir agora, mas, quanto ao lance da Lydia, você tá melhor sem ela, cara. Sério. Você é um homem livre. Pode comer a mulher que quiser.

— Não ando a fim de comer ninguém ultimamente, Don.

— Ouve o que estou dizendo. Rachel me deixa transar com ela uma vez por mês, no máximo. Estou preso a ela, cara. É com essa porra que os caras casados têm que lidar até morte.

— Fale por você — comentou Jim Vance.

— Ai, olha aí o senhor "Meu filho é a porra do *quarterback* e eu como a minha mulher três vezes por dia" — resmungou Don. — Lorota pura.

— Não é lorota. Tracey e eu ainda transamos pelo menos algumas vezes por semana. Então, nem todos os caras casados estão na sua situação, Don.

— Caralho, duas vezes por semana?

— É.

— Sério?

— É.

— Meu Deus. Puta que pariu, que sorte. Eu cheguei, não sei por que diabos estou contando isso para vocês, cheguei a ficar tão desesperado uns dias atrás que usei o computador do Chris pra ver pornografia — disse Don, dando um longo gole na garrafinha.

— Ai, meu Deus. Você é nojento. Sabe disso, né? Você precisa de ajuda.

— Todos precisamos.

— Kent, você acha que o Tim pode voltar a jogar nesta temporada?

— Sei lá — respondeu Kent. — Não sei qual é o problema do Tim. Ele parece não estar mais interessado, mas acho que é só uma fase, sabe? Espero que ele volte.

— Acho que todos nós esperamos.

Na cabine do locutor, o diretor Ligorski ligou o microfone e falou através do sistema de som:

— Senhoras e senhores, bem-vindos ao primeiro jogo da temporada na Goodrich Junior High. Obrigado por comparecerem esta noite para apoiar nosso time. E agora, aqui estão eles, os seus Olympians da Goodrich!

No campo, Brooke e Allison esticaram a faixa o máximo que conseguiram. As portas do vestiário se abriram e o time de futebol Olympians da Goodrich do oitavo ano correu em direção ao campo, todos os jogadores gritando. Os do time convidado, os Park Panthers, não foram agraciados com uma entrada triunfal dessas. Eles observaram calados, do lado oposto do campo, Danny Vance liderar o time a toda velocidade, atravessando a faixa que Brooke e Allison seguravam. Brooke tentou fazer contato visual com Danny enquanto ele corria. Ela chegara à conclusão, no espaço de um dia, que não queria terminar com Danny. Na verdade, desejava desesperadamente ficar com ele, mas ainda estava apreensiva quanto à nova natureza de seu relacionamento físico. Ela planejava adiar, o máximo que pudesse, qualquer contato mais íntimo que levasse a algo relacionado a sexo. E, caso fosse pressionada a fazê-lo, conversaria com Danny sobre como se sentia, momento no qual, supôs, ele poria um fim no namoro.

Ela queria mandar um beijo para Danny, mas em momento algum ele desviou o olhar, mantendo-o fixo à frente, enquanto passava rasgando a faixa. Ele também estava angustiado com aquilo, pensando na natureza do relacionamento físico dos dois. O jogo em si e seu desempenho nele deveriam ter sido seu principal foco naquele momento, Danny sabia, mas descobriu que a única coisa que preenchia sua mente era uma reprise em câmera lenta de Brooke botando o pênis dele na boca e, no fim, do sêmen espirrando no rosto dela. Isso o perturbava. Ele já tinha visto pornografia, mas a visão do próprio pênis na boca de uma garota que ele conhecia de verdade era, de certa forma, muito mais perturbadora. Chegou à conclusão de que evitaria qualquer tipo de situação que levasse a um contato íntimo com Brooke até que ela forçasse o assunto. Aí diria a ela como se sentia e enfrentaria qualquer que fosse sua reação, possivelmente um rompimento.

Os pais dos jogadores bateram palmas e gritaram quando eles surgiram em campo. Kent sacou seu telefone e pensou em mandar uma mensagem de texto para o filho, Tim, para dizer a ele que o jogo estava começando. Botou o telefone de volta no bolso sem mandar a mensagem, concluindo que não havia sentido naquilo.

Os dois cocapitães dos Olympians, Danny Vance e Chris Truby, entraram na linha das 50 jardas junto com dois jogadores dos Park Panthers e os juízes. Danny ganhou no cara ou coroa e determinou que os Olympians dessem a saída com a bola; alguns segundos depois, o jogo já estava rolando

Chris Truby, o jogador mais rápido dos Olympians, atuou como retornador do chute inicial, a partir do qual a bola quicou várias vezes antes de finalmente chegar a Chris. Ele a retornou por 12 jardas antes de ser derrubado numa pilha de corpos perto da linha de 35 jardas.

Enquanto Danny Vance e o restante do ataque da Goodrich Junior High School entravam em campo para sua primeira jogada ofensiva da temporada, o técnico Quinn o puxou de lado. Apesar de já ter sido determinado que a primeira jogada seria o chamado "X fade", um passe projetado para enganar a defesa — fazendo-os pensar que todos os recebedores estavam realizando jogadas curtas, enquanto Chris Truby esperava na linha e então disparava pela lateral como recebedor principal —, o técnico Quinn disse:

— Danny, vamos mudar. Vamos fazer a 7-3-9.

Danny não teve tempo de protestar contra a decisão do técnico Quinn de adotar um lance de passes curtos na primeira jogada da temporada. Entrou correndo no campo e falou:

— Tá, 7-3-9 em um. Pronto... vai!

A alteração repentina da jogada deixou todos um tanto confusos. Danny resolveu a confusão deles, esclarecendo:

— Sei que a gente devia fazer o X fade, mas o técnico Quinn mudou de ideia. Então vamos nessa. Derrubem os bloqueios.

Eles fizeram a jogada e perderam 1 jarda, pois Randy Trotter não conseguiu derrubar seu bloqueio e deixou um dos Park Panthers da primeira linha defensiva entrar direto atrás da linha de *scrimmage*.

Da lateral, o técnico mandou Tanner Hodge entrar com a próxima jogada. Era o 4-2-6 para a direita, outro lance de passes curtos. Danny comandou a jogada como o técnico

Quinn pediu, para mais uma perda, desta vez de 3 jardas, pois Tanner tentou correr pelo buraco errado. O terceiro lance foi outro de passes curtos, desta vez executado com um ganho de 4 jardas, deixando os Olympians com o quarto *down* em 10 jardas. Apesar de só terem se passado 45 segundos no primeiro quarto do jogo, Danny pediu tempo e foi para a linha lateral. Ele se aproximou do técnico Quinn, que exclamou:

— O que você pensa que está fazendo?

— Técnico Quinn, não faz o *punt* — protestou Danny. — Deixa eu arremessar. A gente pode conseguir um primeiro down com o X fade ou com um arremesso cruzado de fundo. Só deixa eu arremessar pro Chris. A gente consegue.

Na arquibancada, vários pais de jogadores faziam comentários na direção de Jim, tipo "O que o seu filho está fazendo pedindo tempo, Vance?" e "Ele acha que está na NFL?" e "É a porra do primeiro quarto".

Na linha lateral, o técnico Quinn pensou na probabilidade de Danny completar um passe para Chris Truby pela quantidade de jardas suficientes para conseguir um primeiro *down*. Ele sabia que os Park Panthers não estariam preparados para um arremesso. Eles já tinham um jogador posicionado ao fundo esperando o *punt*. Parecia que poderia funcionar, porém, mais importante para o técnico Quinn era fazer Danny entender que ele não podia desautorizar uma decisão do técnico e certamente não podia fazer isso desperdiçando um pedido de tempo do seu time.

O técnico Quinn acreditava ser mais que só um técnico para seus jogadores. Ele acreditava estar lhes ensinando habilidades que poderiam usar em quaisquer desafios que encontrassem pela vida. Disciplina e capacidade de obedecer ordens de um superior eram habilidades que ele achava que seus jogadores deveriam possuir quando fossem para o ensino médio. Tomou a atitude desafiadora de Danny como uma ofensa pessoal, mas também a viu como a oportunidade de ensinar a Danny o valor da subserviência.

E, além disso, o técnico Quinn passara recentemente por dois incidentes que o deixaram sentindo-se um tanto impotente. Depois de tentar engravidar a esposa durante três anos sem sucesso, ele ouviu de um especialista em fertilidade que sua contagem de esperma era insuficiente para gerar um bebê. Havia métodos através dos quais ele e a esposa poderiam conceber um filho usando o esperma dele, mas eram todos cirúrgicos, e o técnico Quinn deixou a decisão inteiramente a cargo da mulher. Logo em seguida, menos de uma semana após ter descoberto sobre a baixa contagem de esperma, ele foi rejeitado para um cargo como técnico de uma escola de ensino médio num bairro próximo. O cargo teria significado mais dinheiro e um passo em direção a seu verdadeiro objetivo: ser técnico de nível universitário.

O técnico Quinn usava as horas em campo no papel de líder dos Olympians da Goodrich Junior High como uma oportunidade de retomar o controle de sua vida. E, por mais que acreditasse que seus atletas precisavam aprender disciplina e respeito, ele também precisava administrar essas coisas a fim de sentir que tinha controle sobre algo em sua vida. Ele olhou para Danny e disse:

— Vamos chutar, Danny. Sente-se.

E, naquele momento, algum interruptor foi ligado em sua mente e isso o fez decidir que aquele jogo, e todos os subsequentes, seriam dominados por lances de passes curtos, nem que fosse só porque ele precisava ter controle absoluto sobre alguma coisa, e nem que aquela coisa fosse o time de futebol americano do oitavo ano que ele comandava.

Danny tirou o capacete, sentou-se no banco ao lado de Chris e ficou olhando Jeremy Kelms chutar um *punt* de 25 jardas. Brooke viu Danny sentado no banco e fez uma pausa momentânea na torcida para se aproximar dele e falar:

— Você mandou muito bem lá. Te amo.

— Valeu. Tenho que continuar concentrado, gata. — E botou o capacete de novo.

Brooke entendeu. Ela se voltou para a multidão e continuou a torcer.

A defesa da Goodrich entrou em campo e, na arquibancada, Jim disse:

— Acho que vai dar pra ver agora o quanto a gente precisa do Tim. Lá vamos nós.

Kent cutucou Don, pedindo a garrafinha de novo, e deu um golão. Ele nunca havia assistido a um jogo de futebol americano juvenil no qual o filho não estivesse jogando. Obviamente queria que a escola dele ganhasse, mas se viu desejando não só que o substituto de Tim fracassasse como também que se machucasse durante o fracasso. Ele queria que ficasse mais que óbvio para todos os que estavam ali que seu filho, do jeito que jogava antes de a mãe ir embora, fazia muita falta.

Os Park Panthers fizeram um lance de ataque do *quarterback* como primeira jogada e ganharam 8 jardas, com o *quarterback* correndo direto por um Bill Francis que mergulhava e finalmente sendo bloqueado pelo líbero, que mudou de posição para cobrir o erro do capitão da defesa.

— Merda. Isso não é um bom sinal — disse Jim.

Kent estava feliz. Pensou mais uma vez em mandar uma mensagem de texto para o filho e de novo desistiu. Estava satisfeito em saber que sentiam falta do Tim.

Tim estava em casa checando sua conta no Myspace, pensando apenas por um breve instante no fato de estar perdendo a abertura da temporada. Tentou encontrar uma pequena parte de si que se importasse ou que sentisse falta do futebol americano, mas não conseguiu; aquilo parecia sem sentido para ele. Sua raide noturna fora cancelada porque o líder da raide, de 26 anos, tinha tirado alguns dias de folga para se mudar da casa dos pais para o apartamento no qual iria morar sozinho pela primeira vez. Tim não possuía novas mensagens de nenhum dos seus 102 amigos, a maioria alunos da Goodrich e outros que conhecera pelo Myspace com base em vários interesses que tinham em comum — pessoas que integravam as páginas de fãs de Noam Chomsky ou de *World of Warcraft*.

Perto da base da página inicial de Tim, seis perfis estavam sendo sugeridos a ele como pessoas nas quais poderia se interessar, partindo de amigos em comum. Um deles era o perfil de uma garota de aparência gótica chamada Freyja, que dizia ter 25 anos. A semelhança de Freyja com Brandy Beltmeyer, a menina que Tim tentara, sem sucesso, convidar por mensagem de texto para um cineminha no ano anterior, era extraordinária. A maquiagem que Freyja usava era transformadora o suficiente para lançar dúvidas na mente de Tim de que se tratasse mesmo de Brandy Beltmeyer disfarçada — um alter ego. Mas a pequena cicatriz acima da sobrancelha esquerda, que ele sabia que Brandy tinha, afastou qualquer dúvida que a maquiagem tivesse plantado em sua mente.

Ele viu que Freyja estava on-line e teve o impulso de lhe mandar uma mensagem instantânea, perguntando se conhecia Brandy Beltmeyer ou se era parente dela, ou talvez até dizendo abertamente que conhecia sua verdadeira identidade. Em vez disso, clicou na seção de fotos e olhou os 23 álbuns que continham selfies de Brandy com várias roupas góticas e maquiagens diversas. Achou estranha a coincidência de o perfil dela lhe ter sido sugerido aleatoriamente, quaisquer que fossem os meios que o Myspace usasse para definir essas sugestões. Tim concluiu que devia ter algo a ver com o fato de que tanto ele quanto Freyja possuíam uma grande quantidade de amigos com links para outros amigos interessados em jogos de fantasia e em estilos de vida góticos. Ele leu algumas postagens no blog dela: "Meu 1º Ménage", "Anal Só Dói um Pouco no Começo", "Meu 1º Ménage com 2 Garotas" e "Engolindo". Ficou tentando imaginar quantos desses posts seriam baseados em experiências reais ou se era tudo inventado. Se partissem da realidade, Tim se perguntou se sua inexperiência sexual teria influenciado a decisão dela de ignorar seu convite por mensagem de texto para irem o cinema no ano anterior. Ele tinha uma vaga noção de que a mãe de Brandy coordenava algum grupo de vigilância parental para abusos cometidos na internet, por causa dos panfletos que seu pai havia recebido divulgando reuniões mensais na casa de Brandy e dando dicas úteis para os pais manterem as crianças a salvo de predadores virtuais. Ele se perguntou se a mãe de Brandy sabia que Freyja era a sua filha.

Tim escreveu uma mensagem curta para Freyja: "O lance de sugestões de amizade do Myspace mostrou você quando fiz o login. Resolvi dar um oi." Tim não queria que Brandy descobrisse que ele sabia quem ela era. Decidiu esperar a reação ao seu e-mail antes de tomar qualquer atitude.

Brandy havia acabado de responder a um e-mail de Dungeonmax, parte de uma conversa prolongada sobre True Blood e os vampiros que achavam mais atraentes, quando viu a mensagem de Tim aparecer no seu inbox. A linha de assunto dizia "Olá". No mesmo instante, ficou nervosa e com medo de ter sido descoberta por um de seus colegas de turma — e não qualquer colega de turma, mas um no qual estivera interessada no ano passado. Abriu a mensagem e leu. Pareceu inofensiva e não fez soar nenhum alarme. Nada na mensagem a levava a crer que ele sabia que era ela e, mesmo se soubesse, Tim não parecia ser do tipo que contaria para a mãe dela nem para nenhuma outra pessoa. Apesar disso, Brandy decidiu ignorar a mensagem dele e a deletou.

Em seu quarto, Tim esperou mais 15 minutos para que Brandy respondesse. Nesses 15 minutos ela não ficou off-line em momento algum, mas não respondeu. Ele presumiu que o raciocínio de Brandy tenha sido o mesmo de quando ele lhe mandara a primeira mensagem de texto: ela não estava interessada.

Danny teve permissão de fazer dois passes longos na primeira metade do jogo, cada vez resultando num ganho de mais de 15 jardas. Numa das vezes, o arremesso para Chris Truby, que estava sozinho na *end zone*, terminou em *touchdown*. Apesar do sucesso das duas jogadas, o técnico Quinn forçou Danny a executar uma bateria de lances curtos. Na última jogada do primeiro tempo, Danny entregou a bola para Tanner Hodge, que avançou 3 jardas. Quando os Olympians da Goodrich seguiram para o vestiário, o placar estava 13 a 7 a favor dos Park Panthers. No rastro do time de futebol, as Olympiannes entraram em campo para fazer um show de intervalo que tinham treinado a semana inteira.

Na arquibancada, os pais conjecturavam sobre o time, sobre o resultado da temporada e sobre os erros que certamente seriam cometidos na segunda metade do jogo. Jim, Don e Kent estavam entre eles.

Don, que estava embriagado, disse:

— A situação não parece nada boa, né, pessoal?

— Nada disso. Estamos indo bem. Danny e Chris vão fazer outras dobradinhas antes do fim do jogo. Vocês vão ver — disse Jim.

— Não vai adiantar muito se a nossa defesa não puder impedir o adversário de marcar — retrucou Kent.

— É. Eu sei — respondeu Jim. — E os Park provavelmente têm as jogadas mais fracas de todas as escolas este ano. Odeio parecer um disco arranhado, mas você tem que dar um jeito de fazer o Tim voltar.

Kent só fez que sim com a cabeça.

No campo, as Olympiannes formaram uma pirâmide, com Allison Doss no topo. Dawn Clint se ajoelhou perto da pirâmide para tirar fotos da filha, que estava no segundo nível. Ela descobriu que de um ângulo específico conseguia tirar algumas nas quais as nádegas de Hannah ficavam ligeiramente expostas — fotos que, sabia, seriam as favoritas de seus assinantes. Ao revisar uma série de dez, reparou que uma, na verdade, revelava uma pequena parte da vulva de Hannah, escapando da calcinha que usava por baixo da saia de líder de torcida. Dawn deletou aquela imagem imediatamente.

A formação em pirâmide deveria durar dez segundos, ao fim dos quais Allison Doss ficaria de pé nos ombros das duas garotas que a sustentavam, gritaria "Vão, Olympians" e cairia para trás, sendo segurada pela Sra. Langston e por Rory Pearson, o único integrante do sexo masculino no grupo. Allison ficou de pé no momento certo, mas se viu incapaz de gritar "Vão, Olympians" por ter ficado súbita e extremamente tonta. Ela caiu de costas do topo da pirâmide, inconsciente e sangrando pelo nariz. Quando a Sra. Langston pegou seu corpo mole e viu o sangue escorrendo de seu nariz, gritou: "Doutor!" O Sr. Kemp, técnico de atletismo da escola, alcançou as meninas o mais rápido possível, vindo das laterais do campo. A Sra. Langston disse para o restante das Olympiannes que continuassem o show com movimentos básicos e individuais, enquanto ela e o Sr. Kemp levavam Allison para o vestiário.

Lá dentro, o técnico Quinn explicava para o time que a linha de ataque precisava ser mais vigorosa, a fim de garantir que o jogo de passes curtos fosse tão eficiente quanto fora planejado para ser. Danny percebeu que o técnico Quinn não tinha a menor intenção de deixá-lo fazer um passe longo e não tinha certeza de como mudar essa situação. Estava prestes a compartilhar seus pensamentos quando o Sr. Kemp e a Sra. Langston passaram carregando Allison Doss pela porta da frente, levando o técnico Quinn a parar seu discurso e perguntar:

— Tudo bem com ela?

— Acho que sim, só ficou um pouco tonta, sangramento nasal. Nada sério. Só precisa ficar deitada por alguns minutos — disse o Sr. Kemp.

— Certo, podem usar a minha sala, se precisarem, ou qualquer coisa na sala de ginástica — acrescentou o técnico Quinn.

Então voltou sua atenção para o time e recomeçou o discurso sobre a importância de um jogo sólido.

Na sala de ginástica, o Sr. Kemp e a Sra. Langston deitaram Allison numa mesa geralmente usada para aplicar esparadrapo nas articulações dos atletas antes dos jogos. O Sr. Kemp pegou alguns sais aromáticos no armário de primeiros socorros e trouxe Allison de volta à consciência. Ele lhe deu uma toalha para enxugar o sangue do nariz.

— O que aconteceu? — perguntou Allison.

— Você desmaiou no topo da pirâmide — respondeu a Sra. Langston.

O Sr. Kemp lhe deu um Gatorade de uva e disse:

— Fique sentada aqui o tempo que precisar, beba isso e vai ficar bem. Tenho que voltar para o campo. Sra. Langston, a senhora pode ficar com ela?

— Sim.

Depois que o Sr. Kemp foi embora, a Sra. Langston falou:

— Não seria melhor ligar para os seus pais?

Allison não queria dar à família motivos para desconfiar de que algo anormal podia estar acontecendo, então disse:

— Não, os dois estão trabalhando e não poderiam vir de qualquer jeito. Estou bem, sério.

— Allison, você não precisa falar disso se não quiser, mas quero que saiba que estou aqui se quiser se abrir. Você tem comido direito?

Essa era a primeira vez que Allison era diretamente confrontada sobre seus hábitos alimentares, a primeira vez que alguém havia reconhecido que poderia haver algo fora do normal.

— Tenho. Comi bastante no almoço hoje — respondeu. — Quer dizer, sei que perdi um pouco de peso, mas acho que é só porque estou passando pela puberdade ou sei lá, sabe? A mesma coisa com os sangramentos do nariz. Eu li na internet que isso às vezes acontece enquanto a gente cresce.

— Pode ser. Só quero que você saiba que, se precisar, estou aqui para conversar. — A Sra. Langston também havia treinado Allison no sétimo ano. Ela sempre gostara da menina e sentia pena dela, pois sabia que depois que ingressasse no ensino médio, seria gorda demais para integrar a equipe de torcida. Portanto, quando Allison voltara para o oitavo ano não apenas mais magra do que fora no sétimo, mas mais magra do que praticamente todas as garotas da turma, pareceu provável, pelo menos na cabeça da Sra. Langston, que ela pudesse ter desenvolvido um distúrbio alimentar, apesar de não haver nenhuma evidência concreta na qual basear suas suspeitas. A Sra. Langston nunca enfrentara algo dessa magnitude e não sabia bem como deveria lidar com aquilo ou se deveria alertar mais alguém, então decidiu, naquele momento, deixar que Allison viesse a ela se achasse necessário; senão, ela continuaria quieta.

— Valeu — disse Allison, então olhou para o Gatorade e perguntou: — Na verdade, posso beber só água?

Na área principal do vestiário, o técnico Quinn disse as palavras finais de seu discurso do intervalo; então o time se levantou e começou a formar uma fila para voltar ao campo. Danny Vance pensou por um instante em abordar o técnico Quinn em particular antes que saíssem do vestiário, e reclamar por não poder usar suas habilidades de arremesso com tanta frequência quanto achava que deveria. Em vez disso, anos de disciplina e respeito forçado por qualquer tipo de autoridade, instilados nele por seu pai, o motivaram a ficar calado e esperar que o técnico Quinn percebesse que os Olympians deveriam usar mais a jogada de passes longos na segunda metade do jogo do que haviam feito até ali.

A primeira instrução que o técnico Quinn deu ao retomarem o jogo foi a opção 4-3-6, outro lance curto. As duas jogadas seguintes da primeira série também foram curtas, resultando num ganho efetivo de 3 jardas e forçando um *punt*. Enquanto Jeremy Kelms realizava um *punt* de 32 jardas, Danny ficou só olhando da lateral, imaginando o que deveria fazer a respeito da óbvia falta de capacidade de liderança que estava obstruindo seu time. Brooke se aproximou por trás de Danny e disse:

— Você está muito bem em campo, gato.

Danny achou a voz dela irritante e estridente naquele momento, um som que quebrava sua concentração no jogo.

— Agora não, estamos perdendo — disse ele.

Essa era a mesma reação que o pai de Danny tinha com a mãe quando ela fazia uma pergunta simples enquanto ele assistia a um jogo de futebol americano, profissional ou universitário, no qual seu time preferido estava atrás no placar, mas Danny jamais teria reconhecido a semelhança.

Brooke disse "Desculpe" com sinceridade, e voltou para seu lugar com as Olympiannes enquanto começavam um grito de guerra com "Vão! Lutem! Ganhem!"

Durante o quarto e meio seguinte, o técnico Quinn só ordenou jogadas curtas que não resultaram em nenhum ponto adicional. Os Park Panthers conseguiram explorar a fraca defesa central dos Olympians para marcar mais um *touchdown*, levando o placar para 20 a 7 com pouco mais de cinco minutos para o final enquanto Danny Vance e o ataque dos Olympians entravam em campo de novo.

Chris Truby correu para dentro do campo vindo da linha lateral e sussurrou a jogada para Danny, como era de praxe. Ele disse "5-3-2" e ocupou seu lugar no campo, esperando que Danny repetisse a instrução para o restante do ataque. Danny olhou para o relógio e soube que mais uma jogada curta seria um erro. Naquele momento, decidiu assumir a responsabilidade e falou:

— X fade em 2, X fade em 2. Prontos... já!

Chris era o único no time que sabia que Danny havia mudado a jogada e não fez nenhuma reclamação, porque o lance que Danny havia cantado era um passe longo tendo ele como recebedor principal.

Conforme os atletas foram se posicionando, o técnico Quinn percebeu que havia algo errado. Ele ia pedir tempo, mas a bola foi posta em jogo e o lance se desenrolou antes que conseguisse levantar a mão. Chris Truby ficou parado por alguns segundos na linha de frente enquanto Danny recuava para a posição de lançamento, e então Chris disparou pela lateral com o máximo de velocidade que pôde. Ele alcançou o *cornerback* direito e ficou sozinho em questão de segundos. Danny lançou a bola para Chris, que a pegou e correu para a *end zone*, finalizando com um *touchdown*. O técnico Quinn ficou confuso com o que viu. Não sabia qual dos jogadores havia decidido mudar a jogada que ele ordenara, mas o resultado fora benéfico para o time, então decidiu que deixaria passar essa única desobediência. Não haveria repreenda, nenhum questionamento sobre o assunto.

Depois do ponto extra, o placar ficou 20 a 14 com pouco menos de 5 minutos para o fim da partida, e a defesa dos Olympians assumiu o campo. Àquela altura, os Park Panthers já haviam percebido que o ponto mais fraco na defesa de seu oponente estava bem no meio. Se conseguissem fazer uma jogada de passes curtos através da linha de defesa, era quase garantido conseguirem passar pelo líbero, o que normalmente resultaria em jardas suficientes para um primeiro *down*. Com uma vantagem de 7 pontos e poucos minutos para o término da partida, o técnico dos Park Panthers decidiu que a melhor estratégia seria realizar passes curtos pelo meio até o fim do jogo.

A primeira dessas jogadas resultou num ganho de 7 jardas. A segunda, num ganho de 5 para um primeiro *down*. A terceira, 15 para um primeiro *down*. A quarta, um ganho de 4. A quinta, um ganho de 9 para um primeiro *down*. A sexta, 18 para um primeiro *down* e um avanço para a linha de 20 jardas dos Olympians, com pouco menos de 2 minutos para o apito final. Mesmo que não fizessem um *touchdown*, poderiam marcar um *field goal*, tornando praticamente impossível uma vitória dos Olympians.

O lance seguinte foi outra corrida pelo meio. Todos os jogadores da defesa dos Olympians esperavam por ela, mas um dos integrantes do time, um *lineman* chamado Eric Rakey, decidiu que em vez de partir para a derrubada, tentaria roubar a bola, sabendo que uma inversão na posse de bola poderia ser a única chance de os Olympians ganharem o primeiro jogo da temporada.

Quando o *tailback* dos Park Panthers passou pelo buraco à direita de Eric, ele levantou o braço e bateu na bola o mais forte que pôde, tirando-a da mão do outro, que caiu e foi recuperada por Bill Francis.

O ataque dos Olympians avançou para sua própria linha de 18 jardas faltando 1 minuto e 42 segundos no relógio. A primeira jogada cantada foi a 7-6-2, de passes curtos. O técnico Quinn não o repreendera por cantar a própria jogada antes, mas Danny presumiu que fazê-lo de novo poderia resultar em alguma punição. Ele prosseguiu com o lance como ordenado para um ganho de 1 jarda. A jogada seguinte também era uma de passes curtos. Ele obedeceu as instruções do técnico para um ganho de 2 jardas. No terceiro *down* o técnico ordenou mais passes curtos. Desta vez Danny decidiu desobedecer na tentativa de ganhar o jogo. Danny cantou o arremesso de fundo à direita, uma jogada criada para botar Chris Truby o mais avançado possível enquanto fazia parecer que o recebedor para o qual iria lançar a bola era o que estava mais perto da linha de *scrimmage* à direita.

Danny fez a bola chegar a Chris para um ganho de 30 jardas, botando os Olympians um pouco além da linha de 50 jardas. Nas arquibancadas, os pais deram ao técnico Quinn o crédito por finalmente decidir fazer um passe longo. Na lateral do campo, o técnico Quinn pediu seu último tempo. Enquanto o ataque se dirigia à linha lateral, Danny presumiu, corretamente, que chamar sua própria jogada uma segunda vez podia ter sido um erro.

O técnico Quinn falou:

— Não sei o que diabos está acontecendo, mas é a segunda jogada que eu ordeno e que é alterada. Quem está fazendo isso?

Nenhum dos jogadores abriu a boca.

— Bem, só pode ser uma de duas pessoas. Ou é o cara que eu mandei com a jogada ou é o Danny. Então, quem foi?

Mais uma vez, ninguém falou nada. Danny ficou surpreso por Tanner Hodge, o *tailback* que levara a instrução da jogada original para o time, não dizer nada. Tanner queria ganhar o jogo tanto quanto qualquer outro e também achava que o técnico Quinn parecia ter algum motivo pessoal para ordenar lances de passes curtos que não estavam funcionando.

Quando o juiz apitou para que os times voltassem a campo, o técnico Quinn falou:

— Tudo bem. Vamos dar algumas voltas extras na pista de atletismo amanhã. Agora, façam a 5-3-4. Entenderam?

O time inteiro respondeu em uníssono:

— Sim, senhor!

Enquanto entravam em campo, Danny disse:

— Galera, fui eu que mudei as jogadas e vou mudar de novo. Se a gente quiser ganhar essa partida, vai ser com um passe pro Chris. Tá todo mundo dentro?

Os outros integrantes do ataque Olimpiano fizeram que sim com a cabeça. Danny tinha seu apoio.

— Beleza. A gente tem 34 segundos e umas 50 jardas pra cobrir. O técnico Quinn não pode pedir mais tempo, então a gente vai fazer duas jogadas. A primeira, um gancho em Y à esquerda. Prontos... já!

Danny arremessou a bola para um ganho de 24 jardas, deixando os Olympians com 28 segundos e 23 jardas até a *end zone*. O técnico mandou Randy Trotter entrar com uma nova jogada — uma de passes curtos. Danny virou o corpo para a lateral do campo. O técnico olhava diretamente para ele. Tinha certeza de que era Danny quem estava chamando as próprias jogadas. Danny já sabia que iria sofrer alguma punição pelo que havia feito, então, àquela altura, não tinha motivos para obedecer o técnico Quinn. Ele chamou a cruz Z, outro lance de arremesso a distância para Chris Truby, que resultou em um *touchdown*. Depois do ponto extra, os Olympians estavam à frente por 21 a 20 com menos de 10 segundos restando no relógio. Os Park Panthers não conseguiram marcar mais nenhum ponto, e os Olympians venceram sua primeira partida da temporada.

Enquanto os jogadores corriam em direção ao vestiário, Hannah Clint procurou Chris Truby e disse:

— Ei, você mandou bem pra caramba lá.

Chris disse "Valeu" olhando fixamente para os seios dela.

Ela disse "Você é fofo", deu um selinho nele, riu e saiu correndo com as outras Olympiannes. Chris seguiu para o vestiário, pensando em como seu primeiro beijo na boca tinha ficado abaixo de suas expectativas.

No estacionamento, depois do jogo, Jim, Don e Kent estavam ao lado de seus carros, esperando que os filhos fossem liberados pelo técnico Quinn. Jim disse a Don:

— É, acho que os nossos garotos é que vão levar o time nas costas este ano.
— É o que parece — disse Don, que estava bêbado.
— Se o Tim estivesse lá, não teria sido um jogo tão apertado — disse Jim para Kent.
— Aquele garoto que botaram no lugar dele é bem ruim.
— Você realmente devia conversar com ele.
— É.

As Olympiannes saíram do campo e entraram no estacionamento. Dawn encontrou Hannah e disse:
— Ei, tirei umas fotos ótimas.
— Legal. Tentei empinar bem os peitos. Você pegou isso?
— É, acho que peguei. Você estava linda.
Brooke e Allison foram embora juntas. A mãe de Brooke, Sarah, esperava no estacionamento. Ela perguntou:
— Como foi o jogo, meninas?
— Nós ganhamos e o Danny arremessou o passe da vitória. Foi sensacional — respondeu Brooke.
— Que bom! Allison, sua mãe me ligou perguntando se eu podia te dar uma carona até em casa, então você vai com a gente.
— Obrigada, Sra. Benton — agradeceu Allison.
No vestiário, o time comemorava e parabenizava Danny e Chris por suas jogadas bem-sucedidas, as que todo mundo sabia terem sido o único motivo da vitória. O técnico Quinn estava lívido. Ele gritou:
— Todo mundo sentado e de boca calada!
Ele sabia que era contra a política da escola xingar um aluno, mesmo no contexto de um evento esportivo fora da escola. Achou difícil controlar sua raiva, mas conseguiu falar:

— Eu sei que nós ganhamos, e isso é bom, claro, mas a forma como ganhamos não foi boa. Vocês todos sabem que eu não gosto de apontar o dedo para ninguém, mas hoje uma pessoa nesse time passou por cima da minha autoridade, e não posso aceitar isso se vamos ter um time que trabalha junto como equipe. Danny Vance, você fez uma partida extraordinária, sem dúvida alguma, mas jogou para si mesmo, não para o time.

Danny tentou protestar.

— Técnico, a gente não teria vencido sem...

— Já chega! Você não sabe o que teria ou não acontecido se tivesse feito as jogadas que mandei. Agora, como eu já disse, nós ganhamos, isso é bom. Mas, na semana que vem, por ter provado hoje que não sabe jogar em equipe, Danny está suspenso. Kramer, você vai jogar como titular. E não se fala mais nisso. Vão para casa. Comemorem a vitória e voltem na segunda-feira de manhã prontos para trabalhar duro no treino. Vamos enfrentar a Irving na semana que vem. Podem não parecer adversários fortes, mas não podemos menosprezá-los. Então vamos trabalhar para isso. Todo mundo aqui.

Ao comando do técnico Quinn, o time inteiro se reuniu no centro do vestiário e juntou as mãos. O técnico Quinn falou "Um, dois, três", e todo mundo gritou em uníssono "Olympians!". Então o técnico Quinn se dirigiu à sua sala no vestiário, deixando o time guardar os equipamentos e sair em fila para o estacionamento, onde os pais os esperavam.

No caminho para casa, Jim disse a Danny que estava muito orgulhoso pela forma como ele havia jogado. Explicou que achava que o time não poderia ter vencido sem ele e que o técnico Quinn deveria ordenar muito mais jogadas de arremesso a longa distância do que fizera. Minutos depois, Danny recebeu uma mensagem de texto de Brooke que dizia: "Bom jogo, gato. Vc eh super sexy. Cine amanhã?" Ele respondeu com "Claro. Te ligo". Danny não fez nenhuma menção à reprimenda do técnico nem ao fato de que não jogaria como titular na semana seguinte.

capítulo
seis

Choveu no sábado. Para Dawn Clint, isso tornou a tarefa de estacionar no shopping Westfield Gateway mais chata que o normal. Enquanto passava pelas fileiras de carros à procura de uma vaga perto da entrada principal, invejou a filha, sentada no banco do carona enviando e recebendo mensagens de texto num ritmo frenético.

— Pra quem você está escrevendo?
— É só um cara da escola.
— Só um cara da escola e você não quer me dizer o nome. Acho que minha filha está paquerando alguém. Quem é?
— Chris.
— E o Chris é gatinho?
— É.
— E eu vou conhecer esse Chris?
— Hmm... tenho quase certeza de que você pode me deixar trocar mensagens sem me interrogar.

— Foi mal. Foi mal, só estou curiosa.

Hannah e Chris tinham passado a manhã trocando mensagens sobre nada em particular. Foi Hannah quem puxou papo enviando uma que dizia "Como vc tah?", ao que Chris respondeu com "Bem... O que vc tah fazendo?" Hannah descreveu um dia no shopping com a mãe, algo normal para ela nos fins de semana. Chris descreveu um dia em casa com a família, assistindo a uma partida da liga universitária de futebol americano com o pai, o que era normal para ele nos fins de semana.

A certa altura Chris mandou uma mensagem que dizia "O q foi akele bj?", à qual Hannah respondeu com um "Eu gosto de vc, bobo". Essa mudança de assunto, do relato mundano do dia deles para a atração de um pelo outro, levou a um caminho que instigou Hannah a enviar uma mensagem perguntando "Vc já transou?". Então Chris respondeu "Ñ. E vc?". Hannah, por sua vez, digitou "Só oral". Esse texto foi o que fez Chris sair da sala de estar e ir para o quarto, onde se masturbou deitado na cama pelo resto da conversa.

Nessas mensagens de texto, Hannah admitiu que só fizera sexo oral uma vez e que talvez precisasse de um pouco de prática. Chris se ofereceu para ser seu parceiro de treino enquanto continuava a se masturbar. Hannah falou que ia pensar a respeito. Chris lhe pediu que dissesse exatamente o que faria se eles ficassem sozinhos. Hannah levou alguns segundos para responder. Ela se perguntou se alguém além de Chris veria as mensagens. Até aquele ponto, eles não haviam escrito nada pornográfico, mas ela estava se aproximando do limite. No fim das contas decidiu que, mesmo se Chris mostrasse as mensagens para algum de seus amigos, como Danny Vance, elas só a tornariam mais desejável para o resto da população masculina da Goodrich Junior High School.

Enquanto Dawn estacionava na melhor vaga que conseguiu encontrar, Hannah respondeu "Eu chuparia seu pau até sua porra descer pela minha garganta. Tenho q ir agora. No shopping." Apesar da excitação que sentia por causa da conversa por SMS com Hannah, Chris se viu incapaz de chegar ao orgasmo. Ligou o laptop, acessou um site chamado Tnaflix.com e procurou especificamente por um vídeo em streaming de um homem recebendo sexo oral de uma mulher enquanto outra enfiava um bastão de vidro de formato fálico em seu ânus. Chris havia descoberto recentemente um tipo de pornografia que mostrava estimulação de próstata e comportamento sexual masculino submisso, e parecia ser a única coisa que o excitava o suficiente para levá-lo ao orgasmo. Ele tentou pensar em Hannah fazendo sexo oral nele enquanto inseria um consolo em seu ânus. Esse pensamento, juntamente com a imagem do homem no vídeo sendo chupado e simultaneamente penetrado, foi o bastante para Chris ejacular enquanto os pais assistiam ao segundo tempo do jogo Nebraska-Colorado.

Danny Vance e seu pai, Jim, também estavam no shopping Westfield Gateway naquela manhã. Jim havia prometido a Danny que, se ele fizesse um passe para um *touchdown* na partida de abertura da temporada, ele lhe compraria um novo jogo do Xbox 360. Jim também achou que isso lhe daria uma chance de conversar sobre sexo com o filho, o que a mulher exigiu que ele fizesse.

Enquanto percorriam o caminho da entrada principal até a GameStop, Jim perguntou:

— O que a Brooke achou da sua atuação no jogo ontem?
— Ela curtiu.

— Aposto que sim. — Sem saber como abordar o assunto, Jim disse: — Você se deu bem depois do jogo?

— O quê?

— Sei lá, eu só... Só estava brincando...

Jim ficou aliviado por chegar à GameStop, o que pôs fim a conversa. Enquanto Danny olhava vários jogos, Jim aproveitou o tempo para tentar elaborar outro plano de ação, que incluía um almoço na lanchonete preferida do filho: Chick-fil-A.

Após comprar a última edição do jogo de videogame de futebol americano *Madden* para Danny, Jim seguiu em silêncio com o filho até a praça de alimentação. Enquanto se aproximavam do mar de mesas, viram uma multidão de adultos, adolescentes e crianças formando uma grande fila que terminava numa mesa na qual as pessoas pareciam estar entregando alguma espécie de ficha de inscrição e tirando fotos. Danny não tinha o menor interesse no que quer que fosse aquilo. Seu pai também não. Eles ignoraram a fila e seguiram para o Chick-fil-A, onde Danny pediu a refeição Número 5 de 12 nuggets com batata frita grande. Jim pediu um sanduíche de frango e eles se sentaram para comer.

— Então, você e a Brooke, vocês estão, você sabe...

— Estamos o quê?

— Parece que estão namorando meio sério. Vocês se veem muito, né?

— É, acho que é sério.

Jim se lembrou de quando o próprio pai tivera aquela conversa com ele. Seu pai fora bem mais direto do que Jim achava que conseguiria ser. Aos 15 anos, numa certa manhã, o pai entrou em seu quarto e disse:

— Se você sentir vontade de transar com alguma menina na escola, lembre-se de usar camisinha. Não ligo de você transar na nossa casa, mas lembre-se de usar camisinha, isso é o mais importante. Transar é legal, e eu sei que você vai fazer isso em algum momento, se é que já não fez, mas ter um filho não é legal. Quer dizer, você é um bom garoto e sua irmã também, mas você deve usar camisinha todas as vezes. Estamos entendidos?

Jim deu uma mordida no sanduíche de frango e ficou sentado em silêncio diante do filho, imaginando por que achava tão difícil iniciar o que deveria ser uma conversa normal que todo pai precisa ter com o filho em algum momento.

Do outro lado da praça de alimentação, Hannah e a mãe entraram no shopping e viram a fila de pessoas diante da mesa e do fotógrafo. Ambas ficaram imediatamente curiosas. Ao se aproximarem da mesa, descobriram que um novo reality show chamado *Undiscovered* estava fazendo uma seleção, em shoppings por todo o país, em busca de novos talentos. O programa teria como foco 12 jovens, entre 6 e 16 anos, de várias partes dos Estados Unidos, que pretendiam seguir carreira artística em Hollywood. Tanto Hannah quanto Dawn ficaram mais que entusiasmadas. Dawn pegou uma ficha de inscrição e sentou-se com a filha para preenchê-la.

O questionário de duas folhas incluía informações básicas como altura e peso, assim como uma seção para experiências profissionais, que Dawn preencheu com os vários papéis que Hannah havia representado no teatro comunitário. Uma linha no formulário indicava que um site poderia ser incluído, se o candidato tivesse um. Dawn pensou em indicar o site da filha, mas acabou optando por omiti-lo.

A inscrição também incluía um espaço para um texto de próprio punho no qual o candidato deveria descrever onde se via dali a dez anos. Hannah adorou preencher essa parte. Ela pensava com bastante frequência em como sua vida seria no futuro. Sabia que moraria em Los Angeles, numa casa grande com piscina, e sabia que teria um namorado bonito que provavelmente também seria famoso, mas talvez não tanto quanto ela. Também tinha certeza de que teria um belo carro e que iria a festas com pessoas famosas todas as noites se quisesse. Ela raramente pensava no que faria, especificamente, para conseguir essas coisas, mas estava certa de que as teria. Hannah mencionou tudo isso em seu texto.

Depois de entregar a ficha de inscrição, ela posou para o fotógrafo, que colocou as fotos tiradas em uma pasta junto com a inscrição. Uma das pessoas que organizava as fichas lhes disse que receberiam uma resposta em algumas semanas caso Hannah passasse para a próxima etapa do processo de seleção.

Enquanto Dawn e a filha andavam pelo shopping, Hannah comentou:

— Não ia ser bem maneiro eu, tipo, num programa desses?

— Muito maneiro — concordou Dawn.

Dawn pensou em como as coisas haviam sido difíceis para ela em suas tentativas de se tornar atriz em Los Angeles. Para ela, o caminho para chegar à televisão incluíra anos de aulas de teatro, testes ruins e jantares com vários cidadãos que alegavam ser capazes de ajudá-la, mas que na verdade só queriam transar com ela. E, o pior de tudo, seu caminho incluíra inúmeras rejeições de produtores, agentes, empresários e daí por diante. Agora, parecia que as coisas haviam mudado. Não parecia que a filha teria de passar por nenhuma das situações pelas quais ela havia passado. Para Hannah, poderia ser tão simples quanto preencher uma ficha de inscrição de duas páginas. Ela invejava a filha e imaginou o quanto as coisas poderiam ter sido diferentes para ela se tivesse nascido 28 anos depois.

No caminho do shopping para casa, Jim sentiu uma certa ansiedade. Sua mulher havia lhe dado instruções específicas para que tivesse a tal conversa sobre sexo com o filho antes de voltarem. Em preparação para a conversa, Jim havia parado na Walgreen's no caminho do trabalho para casa dois dias antes. Ele conhecia muito bem o corredor 12 da Walgreen's perto do escritório. Vinha comprando camisinhas na seção de planejamento familiar exatamente naquele corredor desde que Danny nascera e sua mulher, Tracey, decidira não voltar a tomar o contraceptivo oral. Mas descobriu que entrar na seção de planejamento familiar do corredor 12 na Walgreen's era algo difícil para ele quando a intenção era comprar camisinhas para outra pessoa, especialmente em se tratando do filho. Muito mais difícil, no entanto, era levar uma embalagem com 12 preservativos Trojan de látex com lubrificante espermicida até o caixa da loja, pensando o tempo inteiro na possibilidade de o filho realmente vir a usá-los. Jim chegou a um nível tão alto de ansiedade que falou mais do que deveria para a senhora de 74 anos que o atendeu no caixa.

— Isso não é pra mim — disse ele. Como a mulher não fez nenhum comentário, Jim acrescentou: — É pro meu filho.

Jim sabia que provavelmente se lembraria daquele momento até morrer.

No carro com Danny, Jim falou:
— Por que você não abre o porta-luvas?
— O quê? Por quê?

— Abre aí.

Danny fez o que o pai mandou. Dentro do porta-luvas, em meio à bagunça de recibos de trocas de óleo, canetas, guardanapos, sachês de molho do Taco Bell e o manual do proprietário do carro, havia uma sacola da Walgreen's.

— E daí?

— Abre a sacola.

Danny abriu a sacola da Walgreen's e encontrou uma caixa com 12 preservativos Trojan de látex com lubrificante espermicida.

— É... — Danny hesitou.

— Tenho certeza de que você já sabe tudo sobre sexo e como fazer e como usar camisinha, então só estou te dizendo para usar isso se, você sabe... se você e a Brooke, sabe...

Ele encarou o filho, que olhou para ele com o que Jim interpretou como sendo uma expressão meio horrorizada, meio ofendida.

— Sei que isso é esquisito e eu provavelmente sou a última pessoa no planeta com quem você quer ter esse tipo de conversa, mas é assim que tem que ser. Ou você preferia falar disso com sua mãe?

— Não.

— Exatamente, então, só saiba que sua mãe e eu não ligamos se você e a Brooke começarem a, você sabe... quero dizer, a gente liga. Vocês definitivamente não deveriam fazer isso tão cedo nem nada e deviam esperar até estarem prontos e todas as outras merdas que eu tenho que falar nesse momento, mas eu sei como essas coisas são. Já fui jovem e também tinha esses desejos.

— Pai, qual é. A gente tem mesmo que falar disso?

— Só me deixa concluir, e aí acabou. Agora, como eu ia dizendo, sua mãe e eu não estamos tentando convencer você a transar nem nada. Definitivamente não estamos fazendo isso. Mas se você chegar a um ponto em que acha que vai fazer, preferimos que faça na nossa casa, onde é seguro, a se enfiar em algum estacionamento, sei lá. E, por favor, use esse negócio todas as vezes se começar a transar, tá?

Danny respondeu com um "tá". Então pegou o celular e mandou uma mensagem de texto para Brooke que dizia "Meu pai me deu camisinhas", ao que ela comentou "Eca". Ele continuou com um "Né?". Apesar dessa reação, tanto Danny quanto Brooke começaram a pensar em realmente transar, de uma forma mais concreta do que haviam imaginado antes. Brooke certamente havia pensado nisso mais do que teria admitido, porém, o sexo oral em Danny a deixara apreensiva sobre experimentar de novo qualquer coisa relacionada a sexo. Ela achava que tinha dado um primeiro passo importante e que chegara ao que considerava o maior patamar de experiência sexual comparado ao de qualquer uma das amigas; ficaria feliz em permanecer naquele nível de progresso no futuro próximo. Mas, com o pai de Danny basicamente lhes dando sua benção, ela começou a pensar na situação exata em que poderia perder a virgindade com Danny — pensar no fato de que, se chegasse ao coito, atingiria um nível ainda mais alto de experiência sexual, um que só ela ocuparia, sem partilhar nada com Hannah Clint, ficando acima de Hannah Clint, sendo melhor que Hannah Clint.

Danny também estava feliz com seu nível de atividade sexual — ainda que se sentisse um pouco desconfortável, na verdade — depois do sexo oral da namorada. Ele tinha praticamente certeza de que não queria realmente transar naquele momento. Havia gostado do sexo oral da Brooke, mas, ao mesmo tempo, aquilo o abalara. Não estivera totalmente preparado quando ela o fizera e não tinha certeza se estaria numa segunda vez. Mas, agora, com seu pai basicamente lhe dando carta branca para transar na própria casa, com um suprimento gratuito de camisinhas, ele começou a pensar em fazer sexo com Brooke na cama ou no chuveiro.

Danny mandou outra mensagem para Brooke que dizia "O q faço c elas?", para a qual ela respondeu "Eu guardaria... vai q..."

capítulo
sete

Depois de deixar o filho Chris na escola, Rachel Truby foi para o trabalho. Ela sentia alívio nas manhãs de segunda-feira. Seus fins de semana em casa com a família haviam se tornado cada vez mais incômodos. A desculpa que mais usava na hora de evitar contatos sexuais com o marido, Don, era que suas atividades num dia normal de trabalho a deixavam exausta demais para que conseguisse querer qualquer coisa além de um banho quente de banheira e cair na cama. Mas essa desculpa não se sustentava no fim de semana.

Quando a curiosidade a respeito do motivo pelo qual passou a se sentir assim foi abandonando sua mente, Rachel começou a se concentrar nas tarefas que, sabia, estariam esperando por ela na agência de cobranças. Nesse momento, o programa de Howard Stern — o marido havia instalado um rádio Sirius via satélite no carro para que pudessem acompanhar o programa dele — fez uma pausa para os comerciais.

O primeiro anúncio foi da AshleyMadison.com, site criado para ajudar pessoas em relacionamentos monogâmicos, incluindo o casamento, a encontrar parceiros com quem poderiam ter casos. Apesar da vontade cada vez menor de Rachel em se envolver em qualquer atividade sexual com o marido, ela nunca pensara em buscar sexo fora do casamento. De alguma forma, isso mudou quando imaginou que poderia ser tão simples quanto criar um perfil num site. E começou a considerar a logística envolvida na concretização de um caso extraconjugal.

Ela sabia que haveria alguma dificuldade em conseguir uma noite longe do marido e do filho. Calculou se poderia fazê-lo na hora do almoço e até cogitou tirar uma tarde de folga, alegando que tinha uma consulta médica. Talvez pudesse dizer que ia visitar a irmã, que morava a algumas horas dali. No fim das contas, não seria tão difícil assim arrumar tempo. Mas a ideia do encontro em si com o homem com quem teria o caso lhe gerava uma certa inquietação. Apesar de saber que estava sendo paranoica, ela tinha receio de que esse tal homem pudesse acabar sendo um assassino ou estuprador. Ninguém saberia o que ela estaria fazendo, ou aonde estaria indo, quando fosse se encontrar com essa pessoa. Ficaria vendida se a pessoa hipotética chegasse ao local escolhido para o encontro com intenções nefastas.

Quando chegou ao trabalho, ligou o computador, mandou alguns e-mails profissionais, pegou uma xícara de café e um bagel, imprimiu um memorando detalhando as contas inadimplentes cuja supervisão era de sua responsabilidade e colocou o documento na mesa do seu gerente. Então abriu seu laptop particular, para evitar ser flagrada usando o computador da empresa em atividades não relacionadas a trabalho, e acessou o AshleyMadison.com.

Ela conseguiu criar um perfil gratuito em poucos minutos. Escreveu um parágrafo curto descrevendo o que esperava encontrar no site: um homem que a fizesse se lembrar de como era gostar de sexo. Optou por não incluir foto no perfil, com medo de que alguém que ela conhecesse também pudesse estar no site. Mas então lhe ocorreu que, mesmo que fosse esse o caso, a pessoa também iria querer manter seu envolvimento no site em segredo, portanto não teria por que revelar a descoberta da conta dela. Para aplacar qualquer ansiedade que tivesse sobre o assunto, tirou uma selfie usando a câmera digital embutida no topo da tela de seu MacBook, editou-a, deixando a cabeça de fora da imagem, e a postou.

Vendo a si mesma sem rosto, Rachel percebeu com tristeza que havia engordado. Ela já sabia disso, mas se ver desse jeito a fez se perguntar por que o marido ainda queria transar com ela com tanta frequência. Pensou em tirar outra foto, mas mudou de ideia. Achou que seria melhor se seu caso em potencial soubesse exatamente o que esperar, se fossem se encontrar mesmo, e de certa forma nutriu a expectativa de que sua foto pudesse desencorajar qualquer um de abordá-la. Trair o marido não seria algo fácil para Rachel. Convenceu-se de que estava se inscrevendo no AshleyMadison.com mais por curiosidade do que qualquer outra coisa. Mesmo que alguém se interessasse por ela, Rachel muito provavelmente o ignoraria.

Com isso em mente, ela publicou seu perfil, saiu do site e resolveu que olharia a conta depois do almoço para ver se alguém registrara interesse.

Don Truby estava sentado à sua mesa naquela mesma manhã de segunda-feira, calculando se teria tempo suficiente para ir até em casa e se masturbar na hora do almoço. Achava difícil, mas depois de um fim de semana no qual a esposa concordara verbalmente em transar quando estava quase dormindo, mas não cumprira o prometido, ele precisava se masturbar.

Don sabia que seu supervisor não chegaria em menos de 45 minutos ou 1 hora, pois sempre se atrasava nas manhãs de segunda-feira, e o supervisor era a única pessoa que poderia procurar por ele. Don fechou a porta de seu escritório com a intenção de olhar uma quantidade suficiente de fotos vagamente eróticas na internet — imagens que não seriam bloqueadas pelo firewall ou por filtros da empresa — para excitá-lo a ponto de poder ir ao banheiro dos homens no primeiro andar, onde não havia funcionários da Northwestern Mutual, e se masturbar rapidamente.

Ele começou com o ModelMayhem.com, um site no qual modelos amadoras e aspirantes postavam suas fotos, o que permitia que fotógrafos, diretores de comerciais e outros pudessem selecionar tipos específicos de perfil para vários projetos. Don procurou morenas de pele clara, algo no estilo da atriz de filmes pornô Stoya por quem ele desenvolvera uma leve obsessão. Encontrou várias modelos que se encaixavam na descrição; algumas tinham fotos no estilo pin-up em seus portfólios. Don achou as imagens satisfatórias e excitantes. Ele refinou a busca para mostrar apenas modelos no estilo pin-up. Depois de olhar essas imagens por mais ou menos dez minutos e tentar conseguir uma ereção esfregando o pênis por cima da calça, Don percebeu que, para ficar excitado o suficiente a ponto de conseguir se masturbar até o clímax, precisaria ver pornografia de verdade; o que, apesar de seu nível quase entorpecedor de urgência libidinosa, ele não estava disposto a fazer, temendo perder o emprego.

Ele viu um anúncio na barra lateral do ModelMayhem. com que indicava um site chamado TheEroticReview.com, um banco de dados de opiniões de clientes, compilado pelos usuários do site, de seus encontros com prostitutas. A ideia de transar com uma prostituta era algo que ele revisitava com frequência cada vez maior nos últimos seis meses, desde que a mulher começara a negar seus avanços sexuais. Mas ele tinha certos receios. Primeiro: como achar uma prostituta que não fosse uma policial disfarçada? TheEroticReview.com parecia resolver essa preocupação inicial.

Descobrir o melhor momento para escapar da esposa e do filho por tempo suficiente para ter um encontro com uma prostituta também lhe parecia problemático, mas raciocinou que poderia muito bem fazê-lo na hora do almoço em vez de ir para casa se masturbar. Também estava apreensivo sobre ser capaz de encontrar uma profissional que considerasse atraente o suficiente para justificar pagar por sexo. Se pudesse ver fotos das mulheres no site, então esse problema também estaria resolvido. Clicou no anúncio e foi redirecionado para o TheEroticReview.com.

Don ficou surpreso ao ver como o site era rico em conteúdo. Não só havia uma quantidade aparentemente ilimitada de opiniões escritas por homens que já haviam procurado os serviços das prostitutas no site, e parecendo honestos em seus relatos, como a busca poderia ser feita por praticamente qualquer tipo físico. Havia 15 categorias, cada uma com um menu que Don poderia usar para encontrar o que estava procurando. Para tipo físico, Don selecionou a opção magra. Para altura, entre 1,65m e 1,70m. Idade entre 18 a 24. Para cor de cabelo, Don escolheu preto. E liso. Para comprimento do cabelo, até o queixo. Para tamanho dos seios, Don optou por 40 a 42. Para implantes nos seios, escolheu não.

Para aparência deles, escolheu empinados. Para piercings, escolheu mamilo. Para tatuagens, preferiu nenhuma. Para boceta, Don escolheu depilada. Para etnia, branca. Para transexual, escolheu não. Isso foi o mais próximo que Don conseguiu chegar da descrição da Stoya.

Seus critérios de busca retornaram quatro resultados que ficavam num raio de 30 quilômetros de seu CEP. Começou a ler as opiniões de cada um dos serviços e descobriu que havia toda uma subcultura de homens que praticavam sexo frequente com prostitutas e postavam comentários de suas experiências. Alguns homens, aparentemente, haviam até se tornado aficionados neste mundo da prostituição e suas opiniões tinham mais peso dentro da comunidade que outras.

O leve fascínio de Don pela cultura em torno dos clientes frequentes de prostitutas diminuiu quando ele chegou aos comentários a respeito — e às fotos — de Angelique Ice. Todas as opiniões sobre ela lhe davam nota 8 ou mais, muitas alegando que ela "ia além" ou que "não parecia que você estava pagando" ou que ela era "a melhor". Além de sua coleção impecável de elogios, Angelique Ice se parecia muito com Stoya. Era ligeiramente mais alta e talvez um pouco menos mignon, mas Don a achou perfeita. Presumiu que nunca na vida teria uma chance real de transar com a verdadeira Stoya, mas, pelo que a maioria dos relatos comentava que iria lhe custar 800 dólares, ele com certeza poderia fazer sexo com uma garota que se parecesse o suficiente com Stoya para satisfazê-lo. Don mandou para si mesmo uma mensagem de texto com o nome dela, Angelique Ice, para não esquecer.

Quando Rachel voltou do almoço, verificou seu perfil no AshleyMadison.com e descobriu que havia recebido uma indicação de interesse de um homem cujo nome de usuário era Secretluvur. Para ver a mensagem que ele havia mandado, Rachel precisava comprar créditos no site, o que lhe daria acesso a outros recursos, incluindo a permissão para se comunicar com outros assinantes. Ela usou um cartão de crédito cuja conta ela mesma pagava, para evitar que Don visse aquela cobrança no cartão deles.

Depois que recebeu permissão de acesso, ela leu a mensagem de Secretluvur que dizia: "Vi seu perfil e parece que precisamos da mesma coisa. Nunca fiz isso antes, sempre tive medo, acho, mas adoraria continuar conversando com você, se estiver a fim, e ver no que isso vai dar. Desculpe não ter postado uma foto. Só achei que seria melhor não arriscar ter alguém que eu conheço me vendo aqui. Mas posso mandar uma para um endereço de e-mail."

Rachel não se importou com o fato de Secretluvur não ter postado nenhuma foto. Na verdade, isso aumentava o entusiasmo que ela sentia por aquela interação. Fazia Secretluvur parecer muito mais misterioso do que ela presumia que ele fosse na verdade. Ela respondeu com "Oi, eu também nunca fiz nada parecido antes. Talvez a gente esteja procurando a mesma coisa. Também topo conversar um pouco mais para ver aonde isso vai levar. E você não precisa me mandar foto nem nada. Provavelmente é mais seguro manter nossa correspondência limitada a este site, de qualquer modo. Aguardo ansiosamente seu próximo contato". Não sabia se deveria assinar a mensagem com seu nome verdadeiro ou seu nome de usuária, que era Boredwife12345. Optou por simplesmente não assinar.

capítulo
oito

O diretor Ligorski iniciou a bateria de avisos da manhã de segunda-feira parabenizando o time Olimpiano pela vitória no jogo de abertura da temporada e elogiando, em especial, Chris Truby e Danny Vance pelo passe para o *touchdown* que lhes deu a vitória no último segundo.

    Hannah Clint estava sentada a algumas carteiras de Chris Truby na aula de história americana do primeiro tempo. Eles não haviam se falado desde a enxurrada de mensagens de texto sexualmente explícitas que trocaram dois dias antes. À menção do nome de Chris nos avisos do diretor, Hannah sorriu para ele. Ela se sentia um pouco constrangida e ficou imaginando se Chris também se sentia assim. A resposta era sim. Ele retribuiu o sorriso. Depois que os avisos terminaram, a Sra. Rector foi até o quadro branco e escreveu "11/9".

    — O que esses números significam para vocês? — perguntou ela.

Alguns estudantes levantaram o braço. A Sra. Rector apontou para uma aluna chamada Regina Sotts.

— É o 11 de Setembro. O dia em que terroristas atacaram o World Trade Center.

— Correto, Regina. Tirando o ataque a Pearl Harbor, foi a única vez que uma força estrangeira nos atacou em solo americano. Nos dois casos, houve mudanças na atitude e na diplomacia do nosso país. Vocês são jovens demais para se lembrar do 11 de Setembro, por isso vamos formar duplas e vocês terão uma semana para entrevistar alguém com idade suficiente para se lembrar dessa data, e depois farão uma apresentação na sexta-feira. Podem conversar com seus pais, com um professor daqui, com quem quiserem, sobre como foi o episódio e como isso mudou o nosso país.

A Sra. Rector falou por mais alguns minutos sobre a tarefa e, em seguida, começou a reunir os alunos em duplas. Chris e Hannah ficaram juntos. Depois que os grupos foram formados, a Sra. Rector destinou o restante do tempo de aula para que as duplas debatessem sobre quem iriam entrevistar, assim como a forma e os detalhes da apresentação.

Chris puxou a carteira mais para perto da de Hannah e falou:

— Então, acho que a gente devia entrevistar, tipo, um dos nossos pais, sei lá.

Durante todo o tempo da aula, Chris não conseguiu parar de olhar, discretamente, para os seios de Hannah; apesar de ter percebido, ela não protestou. Achou lisonjeiro, e, de certa forma, aquilo a fez se sentir valorizada e importante.

— É, parece que esse vai ser o jeito mais fácil, né?

— A gente pode só falar com o meu pai ou a minha mãe ou sei lá, se você quiser.

— É, pode ser.

— Tá. Legal.

— Como é que a gente vai apresentar?

— Não sei, o que você acha?

— Acho que a gente vai precisar de algum tipo de cartaz, sei lá.

— Tá.

— Mas não, tipo, com as Torres Gêmeas explodindo nem nada, né?

— É.

— Talvez com, tipo, fotos de bombeiros e policiais, tipo assim, né? Tipo meio patriótico.

— Beleza.

Eles continuaram discutindo o projeto e o que colocariam na apresentação. Em momento algum mencionaram o beijo que Hannah deu em Chris depois do jogo, as mensagens de texto picantes que haviam trocado, nem se seria possível que algo de natureza sexual fosse acontecer entre eles.

Quando a aula acabou, Chris disse a Hannah que achava que poderiam entrevistar os pais dele naquela noite, se ela estivesse disponível, claro. Ela estava. Concordaram em se encontrar na casa dele depois do treino, e então seguiram em direções opostas pelo corredor principal da Goodrich Junior High School.

A caminho da aula seguinte, Hannah pegou o celular e mandou uma mensagem de texto para Chris que dizia "Te vejo hj à noite". Ficou tentada a incluir algum conteúdo sexual, mas não o fez, convencida de que deveria esperar que Chris desse o próximo passo, o que, imaginou, fosse acontecer na resposta dele. Chris leu a mensagem e ficou decepcionado por Hannah não ter dado nenhuma indicação de seu desejo sexual por ele. Interpretou a omissão como sinal de que ela havia perdido o interesse nos últimos dois dias. Achou que poderia ter perdido a oportunidade de concretizar sua primeira relação sexual. E ficou se perguntando se deveria incluir algo na resposta que testasse o nível de interesse dela por diálogos picantes, pelo menos, e, quem sabe, por uma atividade sexual de verdade. Em vez disso, respondeu: "Te vejo hj à noite tb."

Quando tocou o sinal do almoço, Tim Mooney foi até o armário pegar o lanche que havia preparado na noite anterior. Seu pai, Kent, fugira à responsabilidade de fazer compras no fim de semana, por isso as opções de Tim ficaram reduzidas a um sanduíche de manteiga de amendoim e geleia com uma fatia de pão apenas, ou um peito de peru frio que estava na geladeira havia pelo menos um mês, se não falhava sua memória. Ele acabou optando pelo sanduíche de manteiga de amendoim e geleia.

Tim entrou no refeitório e escolheu um lugar bem no fundo, perto de um dos cantos, longe da maioria dos outros garotos. Enquanto se acomodava, alguns de seus colegas de turma, integrantes do time de futebol americano, começaram a falar alto o suficiente para que Tim ouvisse.

Um deles disse:

— É, acho que a gente não precisava mesmo daquele veadinho amarelão na defesa.

— A gente tá melhor sem aquela bichinha — disse outro.

— Total — concordou um terceiro.

Um outro jogou uma caixinha de leite vazia na direção de Tim, o que chamou a atenção do Sr. Donnelly, um dos monitores do corpo docente durante aquele horário de almoço. Quando questionado sobre o motivo, o aluno que havia jogado a caixinha de leite disse que "só estava tentando fazer uma cesta de três pontos, Sr. Donnelly", ao que o Sr. Donnelly comentou: "Bem, por que não deixamos o jogo de basquete para o ginásio?"

Tim já havia deixado o incidente de lado, dada a sua insignificância. Seu olhar se deslocara para Brandy Beltmeyer, sentada sozinha a algumas mesas dali, comendo seu lanche e lendo um exemplar de *Amanhecer*. Tim achou um tanto decepcionante que ela estivesse lendo um livro da série *Crepúsculo*, mas mesmo assim considerou pegar seu sanduíche e ir se sentar à mesa dela. Ficou se perguntando qual seria sua reação. Na última semana, por ter largado o time de futebol, Tim se tornara uma espécie de pária na Goodrich Junior High. Porém, levando em conta a falta de amigos por parte da própria Brandy, ele presumiu que ela não reagiria negativamente à sua aproximação.

Tim pensou vários minutos no que talvez fosse ser considerado um ato ousado, pelos parâmetros do refeitório da Goodrich Junior High, e em algum momento seus pensamentos vagaram para os vídeos do YouTube nos quais passara a se interessar: palestras e clipes de programas de televisão narrados ou apresentados por Carl Sagan e Neil deGrasse Tyson.

> *Saiba que as moléculas que compõem o seu corpo são formadas por átomos que remontam aos caldeirões que um dia foram os núcleos de estrelas massivas que explodiram sua matéria quimicamente enriquecida nas nuvens gasosas primitivas que carregavam a química da vida. Dessa forma, estamos todos conectados — biologicamente uns aos outros, quimicamente à Terra e atomicamente ao restante do universo.*

A explicação de Tyson sobre a natureza interligada do universo fazia Tim se sentir insignificante, e nessa insignificância ele foi capaz de se permitir deixar de lado qualquer ansiedade que possa ter sentido ao pensar em se aproximar de Brandy.

Tim se lembrou das previsões de que o universo iria acabar ou num grande colapso ou numa eventual dissolução por conta de seu ritmo de expansão cada vez maior e inevitável. Isso também era um consolo para ele. No fim, Tim sabia que nada que qualquer ser humano tivesse feito ou fosse fazer importaria, porque tudo seria varrido pelo tempo. Ele aplicou essa verdade inconteste a seu sentimento em relação a Brandy Beltmeyer. Se os atos de Hitler, Gandhi, Jesus Cristo — ou qualquer um que tivesse existido ou fosse existir — eram todos insignificantes, sentar-se ao lado de Brandy Beltmeyer seria uma atitude igualmente insignificante.

Enquanto vários de seus colegas observavam com curiosidade, Tim pegou seu sanduíche e andou 5 metros até a mesa de Brandy. Ela ergueu os olhos do livro e disse:

— E aí?
— Nada. Só vim sentar aqui. Tem problema?
— Tanto faz.
— Você curte *Crepúsculo*? — perguntou Tim enquanto se sentava.
— Acho que sim. Comecei lendo o primeiro livro e acabei achando que devia terminar de ler a série. É legalzinho.

Tim queria perguntar a Brandy sobre a mensagem que enviara para seu alter ego, Freyja, no Myspace. Ponderou que uma abordagem direta sobre aquilo poderia ser demais. Sabia que nada tinha importância, e ainda assim percebeu que, mesmo diante daquela verdade universal, ao menos para ele, algo no fato de conversar com Brandy tinha importância.

E, a despeito da filosofia que o havia motivado a sentar-se ao lado dela, achou que não deveria forçar o assunto. Isso, sim, tinha importância, pelo menos para ele.

Continuaram a conversar até o fim do almoço sobre nada em particular. Tim quis mencionar a mensagem de texto que mandara no verão, mas, de novo, pensou melhor Ficou satisfeito em ter alguém com quem conversar sobre qualquer coisa.

Enquanto conversava com Tim, Brandy sentiu voltar um pouco da afeição que desenvolvera por ele no sétimo ano. Lembrou das fantasias do primeiro beijo com Tim e se pegou fantasiando aquilo de novo. Gostou muito de ele ter se sentado a seu lado sem ser convidado.

Brandy ficou imaginando se Tim iria lhe perguntar sobre o perfil de Freyja no Myspace. Era um segredo que vinha guardando desde a criação do perfil. Estava ciente de que Tim já sabia que era ela, e um lado seu queria falar disso, só para ter alguém com quem conversar sobre o assunto. Mas não mencionou nada. Como Tim, ela já ficava satisfeita em ter alguém na escola com quem bater papo.

Quando tocou o sinal determinando o fim da hora de almoço, Tim falou:

— Valeu por me deixar sentar com você.

— Tranquilo — disse Brandy.

Os dois tinham mais a dizer, mas hesitaram. Cada um presumiu que esse novo relacionamento fosse mais frágil do que era na verdade. Mesmo assim, não falaram nada além disso e saíram do refeitório por portas distintas, cada um se dirigindo a salas de aula em partes diferentes do edifício. Pelo resto do dia, ficaram pensando um no outro e se perguntando se iriam sentar juntos no dia seguinte à hora do almoço. Só essa possibilidade já os deixou felizes.

capítulo
nove

Allison Doss e Brooke Benton chegaram à casa de Rory Pearson para fazer o dever de geometria uma hora depois de saírem da escola. Apesar dos trejeitos afeminados — e do fato de ser o único integrante do sexo masculino das Olympiannes da Goodrich Junior High, além de se sentir atraído por homens — Rory afirmava ser hétero porque os pais eram muito religiosos e faziam questão de lhe dizer diariamente que nenhum homossexual teria permissão para entrar no Paraíso e que, na verdade, todos os homossexuais iriam queimar no inferno de Lúcifer. A mãe de Rory frequentava as reuniões de um grupo militante anti-homossexual cristão que bradava o slogan "Deus Odeia Bichas", além de vários outros slogans "Deus Odeia..." referindo-se a outros grupos. Rory planejava continuar mentindo sobre sua orientação sexual até poder sair de casa e ir para a universidade. Ele considerava Brooke e Allison suas amigas. Presumia que as duas soubessem que era homossexual, mas nunca o haviam questionado sobre seu desejo de manter isso em segredo.

Quando as garotas entraram, ficaram surpresas ao ver o irmão mais velho de Rory, Cal, calouro na North East, e seu amigo Brandon Lender jogando *Band Hero*. Allison não tivera nenhuma oportunidade de interagir com Brandon Lender desde o fim do sétimo ano, quando ele lhe dissera "Eu te comeria se conseguisse encontrar o buraco". Allison sentiu uma fração da paixonite que havia desenvolvido por Brandon quando o viu sentado no sofá dos Pearson segurando um par de baquetas.

Ao ouvirem as garotas entrarem, Brandon e Cal se viraram. Cal perguntou:

— Qual é, meninas?

— Nada demais. Só dever de casa — disse Brooke.

— É, basicamente isso — acrescentou Allison.

— Maneiro — disse Brandon.

Após a breve interação, as garotas se dirigiram para o quarto de Rory, nos fundos da casa. Elas tiraram os livros de geometria das mochilas e começaram a fazer o dever de casa.

— Não sabia que o seu irmão era amigo do Brandon Lender — comentou Allison.

— É. Acho que os dois são titulares no time de futebol americano, sei lá — disse Rory. — Não sei. Ele é um merda, se quer saber.

— O seu irmão ou o Brandon? — perguntou Brooke.

— Os dois são uns merdas, na verdade. Mas e daí? Vamos fazer logo esse dever, aí podemos assistir à *Oprah* do Mike Tyson.

— Acho que você vê demais esse negócio — criticou Brooke. — A gente assiste a isso literalmente toda vez que vem aqui. Como é que você não se cansa?

— Tá de sacanagem, né? Por favor. Eu vi esse episódio praticamente todos os dias por, tipo, um ano. E vou continuar vendo até o DVR pifar e aí vou ver on-line. É a melhor coisa que já aconteceu na TV.

Eles terminaram o dever de casa e se sentaram na cama de Rory para assistir ao episódio de *The Oprah Winfrey Show* no qual ela entrevistou Mike Tyson. Allison ficou tentando imaginar o que Brandon achava dela agora que estava magra. Depois de alguns minutos, falou:

— Vou ao banheiro.

— Quer que a gente dê uma pausa? — perguntou Rory.

— Não. Volto já.

Allison saiu do quarto de Rory e foi ao banheiro mais próximo da sala de estar, onde Brandon Lender jogava *Band Hero* sozinho. Ela disse:

— Ei.

— Ei — respondeu Brandon, pausando o jogo.

— Cadê o Cal? — perguntou Allison.

— Foi ao mercado. A gente precisava de *mas unas* bebidas, e os pais dele queriam que ele comprasse alguma coisa pro jantar antes que voltassem do trabalho, daqui a tipo uma hora, sei lá.

— Ele foi andando até o mercado?

— Não, ele pegou a carteira de motorista provisória esta semana. Ele já está motorizado há, tipo, uns dois dias.

— Ah.

— Você pode sentar aqui, se quiser — convidou Brandon.

Ela se sentou ao lado dele, e Brandon disse:

— Então, você deve ter ido pro acampamento de dieta do *Biggest Loser* ou uma parada dessas durante o verão, né?

— É, só meio que comecei a prestar mais atenção no que eu como.

— Dá pra ver. Você tá, tipo, gostosa.

Allison não achou nada aviltante no que Brandon disse. Ela considerou a aprovação dele com relação à sua aparência uma recompensa justa pelo trabalho árduo que tivera no verão, e que continuava tendo, forçando-se sempre a pular refeições.

— Você já beijou? — perguntou Brandon.

— Não exatamente.

Ele pegou a mão dela e disse:

— Vem cá.

Brandon a guiou até o quarto de Cal e fechou a porta, trancando-a. Allison viu as ombreiras e o capacete de Cal no chão ao lado da cama. Podia sentir o cheiro do suor que impregnava ambos os itens. Brandon sentou-se na cama de Cal e deu tapinhas no espaço a seu lado. Allison sentou-se ali. Brandon esticou o braço, botou uma das mãos atrás da cabeça dela e forçou a boca da menina contra a sua. Allison havia imaginado que seu primeiro beijo seria algo bem diferente do que estava sendo. O beijo era mais forçado e desajeitado do que havia previsto em sua imaginação — não havia nada de doce nele, era urgente demais. Allison se afastou um pouco e Brandon perguntou:

— Qual é a parada? — E tirou a camiseta de futebol americano da North East.

Aquele era o menino por quem Allison tivera sua primeira paixonite, o primeiro no qual pensara de modo romântico, o primeiro com quem imaginara estar nessa situação. Isso era importante para ela, e agora esse menino estava sentado sem camisa ao seu lado numa cama. Quando Brandon esticou o braço de novo e a puxou em sua direção mais uma vez, ela cedeu. Ele a beijou com certa violência e colocou a mão por baixo da blusa dela, apalpando suas costelas e seus seios. Allison gostava de quase tudo em seu corpo, menos dos seios. Ela sabia que os meninos gostavam de seios grandes, e os dela estavam entre os menores das garotas do oitavo ano. Ela abriu a boca e deixou Brandon inserir a língua, fundo o bastante para os dentes dos dois se chocarem. Foi desagradável, mas ela estava preocupada demais tentando detectar qualquer insatisfação que Brandon pudesse ter tido com seus seios para protestar.

Allison sabia que não estava pronta para o que presumia estar prestes a acontecer, mas não queria frustrar Brandon. Não queria sentir a mesma rejeição que sentira da última vez em que haviam se falado, no sétimo ano.

Menstruara pela primeira vez no verão, mas a menstruação viera de forma irregular nos meses seguintes, então só inseriu absorventes íntimos na vagina duas vezes. Essas foram suas únicas experiências com qualquer coisa sendo inserida nela. Mas isso agora era muito diferente.

Ela preferiria que as técnicas de Brandon fossem mais suaves. A textura da mão dele era áspera, e seus movimentos eram bruscos e incisivos demais, às vezes dolorosos. Em algum momento ele tirou a blusa, a saia e a lingerie de Allison, de forma que ela ficou deitada completamente nua na cama de Cal Pearson. Ele então se levantou e tirou a calça jeans e a cueca, deixando as meias de futebol, que iam até os joelhos, emboladas nos tornozelos. Ela reparou nesse fato e adicionou-o à lista de detalhes dos quais sempre se lembraria e que sempre desejaria que tivessem sido diferentes.

Brandon se deitou de novo em cima dela e perguntou:
— Você já fez isso?
— Não.
— Maneiro.
— Você já?

— Tô no ensino médio. Já trepei umas três vezes. Você não tem que fazer nada. A maior parte é comigo. É só você ficar deitada. Você tem muita sorte, porque eu já fiz isso o bastante pra saber o que estou fazendo. Você vai adorar.

— Você tem, tipo, uma namorada?

— Claro que não.

Allison esperou Brandon começar o que quer que fosse fazer. Parecia até que ela estava no aguardo de um médico para lhe dar uma injeção. Tinha alguma esperança de que as coisas parecessem piores em sua cabeça do que de fato seriam na realidade. Ergueu os olhos para Brandon. Ele olhava para o lado, se concentrando, apoiando em um braço, e então entrou nela.

Aquilo foi diferente de qualquer coisa que Allison tinha sentido. Não parecia certo que algo tão grande fosse inserido em sua vagina. Enquanto ele enfiava nela cada vez com mais intensidade, sentiu o pênis dele forçando contra seu hímen e disse:

— Ai, ai, vai mais devagar.

— Ah, é. A primeira vez pra você vai doer um pouco, mas é uma coisa que você meio que tem que fazer pra acabar com isso — disse Brandon. — Eu tenho que tirar o seu cabaço. Entende? A gente pode parar se você quiser. Por mim, tudo bem. Mas em algum momento você vai ter que deixar algum cara fazer isso. Meu pau já está dentro e tal, mas eu não sou, tipo, um estuprador ou uma merda dessas. Você é quem sabe.

Allison pensou por um breve segundo. Parecia bastante racional o que Brandon estava dizendo. Ela ouvira falar que a primeira vez de uma garota podia doer, mas que melhoraria a cada transa. Concluiu que já estava ali, já estava transando e que era com um garoto de quem ela era a fim havia muito tempo — na verdade, o primeiro garoto de quem gostou.

— Tudo bem.

— Maneiro — disse Brandon, e projetou o quadril para a frente com mais intensidade que antes. Na quarta estocada, ele rompeu o hímen de Allison e disse: — Bum, tirei seu cabaço. — E colocou a língua na orelha dela enquanto continuava a deslizar para dentro e para fora.

A dor era intensa, mas Allison havia se acostumado com a dor física por causa da fome. Havia desenvolvido várias técnicas que empregava para ignorar dores. Neste caso, escolheu pensar numa época em que era mais nova e seus pais a haviam levado, com o irmão caçula, para uma visita ao SeaWorld em Orlando, na Flórida. Ela guardava uma lembrança específica daquele dia — uma coisinha à toa, mas que sempre associara a grande felicidade.

Seu pai havia parado numa barraquinha de sorvete e, sem que Allison precisasse pedir, comprara um de chocolate na casquinha com granulado — seu preferido. Algo na expressão do pai ao lhe entregar o sorvete sempre lhe remeteria à sensação de felicidade, a uma época em que um sorvete de casquinha era tudo para ela. Sentiu saudade do pai ali, deitada na cama de Cal Pearson com Brandon Lender em cima dela, dentro dela. Ficou imaginando o que o pai estaria fazendo naquele momento.

Brandon disse:

— Tô quase, tô quase. — Então seu corpo se convulsionou todo e ele mordeu com força o mamilo dela enquanto lhe enfiava o pênis uma última vez com toda força. — Puta merda! Isso foi tipo comer uma das irmãs Olsen. Tudo bem?

Allison fez que sim com a cabeça, à beira das lágrimas. Brandon disse:

— Maneiro. — E, ao sair de dentro dela e olhar para o pênis, completou: — Caralho! Cena do crime no meu pau.

Vou usar o banheiro aqui debaixo. Dá pra você usar o lá de cima pra se limpar?

Allison fez novamente que sim com a cabeça. Brandon disse:

— Legal. — E então vestiu a camisa e as calças e saiu do quarto de Cal, dizendo: — Melhor você se apressar. Daqui a pouco o Cal vai voltar e não ia gostar de saber que a gente transou aqui.

Allison ficou deitada na cama de Cal por alguns segundos, sentindo a dor entre as pernas. Não era mais virgem, o que de certa forma era um alívio, mas gostaria que tivesse sido diferente. Vestiu a blusa e puxou a saia, mas não colocou a calcinha, pois não quis sujá-la de sangue. Enquanto se levantava, sentiu a mistura de sangue e sêmen escorrendo pela perna e ficou imaginando se sexo seria sempre assim. Esperava que não.

Depois de lavar o que conseguiu das pernas e da vagina no banheiro de cima, vestiu a calcinha e desceu. Brandon estava no sofá jogando *Guitar Hero* sozinho. Ela pensou em se sentar ao lado dele, mas não recebeu qualquer indicação por parte dele de que era algo que ele quisesse, então mudou de ideia. Em vez disso, perguntou:

— Quer o número do meu celular pra me mandar um torpedo, sei lá?

— Me adiciona no Facebook se quiser trepar de novo ou sei lá. Mas não posta merda nenhuma no meu mural, nem nada. Sério. Essa porra é melhor por debaixo dos panos. Sacou?

— Tá.

Ela pegou o celular, procurou o perfil de Brandon no Facebook e lhe mandou um pedido de amizade com a mensagem "Gostei de ficar c vc". Enquanto voltava para o quarto de Rory, lembrou da comparação que Brandon havia feito entre ela e uma das gêmeas Olsen.

— Cara, você demorou, tipo, uns 15 minutos — protestou Rory. — Ou essa foi a cagada mais comprida do mundo ou você ficou azarando o meu irmão ou o Brandon. Desembucha.

Por um instante, Allison considerou contar a Rory e a Brooke o que havia acontecido, mas percebeu que o que sentia em relação a ter acabado de fazer sexo pela primeira vez era o mesmo que sentia em relação a não comer. Era um segredo que lhe gerava certa culpa, mas também certo poder. Era dela e só dela. Então falou:

— Damas não contam o que rola no banheiro.
— Sua piranha — disse Rory.

Allison subiu na cama dele, esperando que o sangue não vazasse pela calcinha, e os três continuaram vendo Oprah e Mike Tyson. Depois de mais ou menos meia hora sem que a solicitação de amizade fosse aceita por Brandon, Allison começou a se perguntar se ele a estava ignorando. Optou por se convencer de que ele talvez tivesse esquecido o celular em casa, ou que não tivesse mexido no telefone desde que o pedido de amizade fora enviado.

Tentando parar de pensar em quando, ou se, Brandon iria adicioná-la com amiga, Allison começou a escrever mentalmente os posts que iria publicar no fórum de discussões da Gruta Clandestina da Ana ao chegar em casa. Ela omitiria sentimentos de vergonha, culpa ou dúvida que pudesse ter tido durante o ato. Decidiu que o foco seria a ideia de que, se uma garota fizesse dieta e emagrecesse bastante, poderia ter qualquer garoto que desejasse — até um que, menos de um ano antes, a insultara por considerá-la gorda. Ficou imaginando quantos comentários elogiosos seu post receberia.

Chris Truby estava no quarto se masturbando e vendo o vídeo de uma garota urinando enquanto um homem fazia sexo anal com ela. Hannah Clint estava a caminho de sua casa para que os dois pudessem começar a trabalhar no projeto sobre o 11 de Setembro entrevistando os pais dele, que assistiam a uma reprise do programa *Deal or No Deal* na sala de estar. Chris chegou ao ponto de ejacular quando outro homem entrou em cena e urinou na boca da garota. O que estava praticando sexo anal disse "Bebe esse mijo, sua puta". Chris achou uma meia suja no chão, inseriu nela o pênis ainda ereto e continuou a se masturbar por alguns segundos, vendo a garota beber a urina enquanto era penetrada por trás, até que ejaculou na meia. Descobriu que esse método de masturbação era o mais eficaz com os pais ainda acordados, porque não precisava ir ao banheiro se limpar. Ele só tinha de remover a meia, contendo o sêmen, escondê-la debaixo da cama por 24 horas e depois jogá-la no cesto de roupa suja. Ele escondia a meia com o intuito de deixar o sêmen secar, para não haver chance de a mãe, por acaso, perceber a umidade no tecido, cheirá-lo e, por fim, descobrir o seu método.

Depois de abotoar as calças, Chris deitou-se na cama sentindo-se calmo, como normalmente ficava depois da masturbação. Ficou se perguntando se Hannah já teria se masturbado ou assistido a pornografia. Tentou imaginar se ela se incomodaria que ele lhe mostrasse algumas cenas no computador depois da entrevista. Imaginou se ela ainda nutria algum sentimento ou pensamento sexual por ele. Mas presumiu que essas perguntas não seriam respondidas naquela noite.

A campainha tocou alguns minutos depois e o pai do Chris, Don, atendeu a porta e se surpreendeu ao ver Hannah, a quem ele não estava esperando. Ele falou:

— Olá?

— Oi, o Chris está... ou...?

Don respondeu:

— Só um segundo.

Quando se virou, Chris já se aproximava.

— Oi, pai, então... eu viajei. Esqueci de avisar. Esta é a Hannah. A gente vai fazer um trabalho pro colégio. A gente precisa entrevistar você e a mamãe.

Don olhou para Hannah. Ela segurava um caderno e estava com uma blusa justa, decotada. Don reparou que, mesmo com 13 ou 14 anos, os seios dela eram maiores que os de sua esposa e tinham o formato perfeito de seios recém-formados — livres da flacidez que vinha com a idade. Don sentiu uma pontada de culpa pela inveja que teve do filho naquele momento, mas ela passou logo.

— Bem, Hannah, é um prazer conhecê-la. Entre e vamos ver o que podemos fazer para ajudar vocês.

Don guiou Hannah e Chris até a sala de estar, onde Rachel Truby via televisão sentada no sofá.

— Querida, esta é a Hannah — disse Don. — Ela e o Chris estão trabalhando num projeto para a escola e precisam nos entrevistar. Vamos nessa?

Rachel estava cansada, e seus pensamentos tinham estado concentrados no Secretluvur e na possibilidade de emoção que ele representava, além do fato de que, para experimentar essa emoção, ela teria de trair o marido. Ficou feliz por ter algo que desviasse sua mente daquilo, pelo menos por alguns minutos. Respondeu:

— Claro. Sobre o que vamos ser entrevistados?

— O 11 de Setembro — respondeu Chris.

— Jesus. Eles querem que vocês façam um projeto sobre o 11 de Setembro? Isso é bem sério — comentou Don.

— Eu acho uma boa ideia — argumentou Rachel. — Vocês dois nem devem se lembrar. Ou lembram?

— Não muito.

— Tenho quase certeza de que a gente era muito pequeno — comentou Hannah.

— Vamos para a cozinha — disse Rachel. — Vou preparar umas bebidas para nós e vocês podem nos perguntar o que quiserem.

Uma vez na cozinha, Hannah pegou o caderno e o abriu em uma página em branco. Chris disse:

— Você vai anotar? A gente pode só gravar.

— Acho que era bom fazer os dois, talvez?

— Tranquilo — respondeu Chris.

Ele pegou o celular, abriu um aplicativo de gravação de voz, apertou o botão de gravar e colocou o aparelho na mesa diante da mãe e do pai. Don olhou para a esposa e imaginou se esse momento família, algo raro nos últimos meses, lhe renderia alguma vantagem ao inspirar nela desejos por uma interação sexual. Ele torceu para que sim.

— E aí, como foi no 11 de Setembro? — começou Chris.

— Por que você não começa, querida? — perguntou Don, e colocou a mão no braço dela, aproveitando a oportunidade para iniciar o tipo de intimidade física que esperava poder resultar num avanço sexual mais tarde.

— Bem, acho que todo mundo ficou muito assustado — disse Rachel. — Até aquele momento, todos nos sentíamos seguros, como país, digo, e de repente aquela sensação de segurança passou. Foi assustador. Muito assustador mesmo. Não sei descrever de outra forma.

— Como foi que vocês, tipo, descobriram o que estava acontecendo e tal? — perguntou Hannah. — Vocês receberam uma mensagem de texto ou...

— Mensagem de texto? — repetiu Don. — Não. Mensagens de texto não existiam naquela época. Nem tínhamos celular ainda, tínhamos, querida?

— Não. Na verdade, só compramos no Natal daquele ano. E compramos porque achamos que, se algo como o 11 de Setembro acontecesse de novo, seria bom conseguirmos falar um com o outro o mais rápido possível.

— Ficamos sabendo através de um telefonema normal mesmo, uma ligação para o telefone fixo. Meu irmão, que morava em Nova York na época, telefonou para nós e disse apenas: "Liguem a TV. Estamos sendo atacados." E desligou. Ele é um cara estranho e faz umas brincadeiras, umas coisas dessas de vez em quando, mas eu soube pela voz dele que algo muito sério estava acontecendo, então liguei a TV mais ou menos um minuto antes de o segundo avião bater, e nós, a mãe do Chris e eu, ficamos sentados ali vendo tudo.

— Onde eu estava nessa hora? — perguntou Chris.

— Você estava no seu quarto, dormindo — respondeu Rachel. — Não sabíamos se seria melhor acordar você nem o que deveríamos fazer. Quer dizer, você era tão pequeno, não teria entendido o que estava acontecendo nem nada.

— O que vocês dois estavam fazendo, tipo, bem na hora que o seu irmão ligou?

Don sabia exatamente o que estavam fazendo. Eles estavam transando. Aquela foi uma época no seu relacionamento em que o sexo matinal antes do trabalho era muito comum, e os dois curtiam. Ficava difícil transar mais tarde porque Chris era pequeno e acordava no meio da noite, mas dormia a manhã toda, e isso lhes dava a oportunidade de fazer amor diariamente. Don se lembrava de cada detalhe do sexo na manhã do 11 de Setembro. Rachel o acordara acariciando lentamente seu pênis até ficar ereto, e então começou a chupá-lo. Don puxou uma das pernas dela, o que se tornara seu modo padrão de indicar que queria que a mulher posicionasse a vagina na cara dele a fim de que ambos praticassem sexo oral ao mesmo tempo. Fizeram isso durante alguns minutos e, em seguida, Rachel chegou o corpo para a frente e deslizou o pênis de Don para dentro da vagina, montando nele virada para o outro lado. Essa era uma das posições preferidas de Don, pois adorava a visão das nádegas de Rachel quando as separava com as mãos para ter uma visão melhor do pênis durante a penetração. Ele se lembrava de como era o corpo dela, de como Rachel gostava de sexo. Agora parecia que a mulher tinha se transformado numa outra pessoa, e seu desejo de transar com ela não tinha mais a ver com ela; era só um desejo básico que todos os homens tinham de enfiar o pênis em alguma coisa, e sua mulher era só isso — uma coisa. Uma pessoa que ele conheceu e por quem se sentiu atraído um dia, mas que agora era apenas uma coisa, a coisa mais próxima, em proximidade física, que continha locais em que poderia enfiar o pênis. Don sentiu-se patético, mas ficou pior ao pensar que essa coisa na qual queria colocar o pênis nem ao menos o deixava fazer isso com uma frequência aceitável. Pensou em contar a verdade para o filho e para a menina que acabara de conhecer: que ele estava transando com a mulher enquanto o mundo acabava — como deveria ser —, mas sabia que isso eliminaria qualquer chance que tivesse de transar com ela naquela noite. Por isso deixou a resposta por conta de Rachel.

— Querida, quer responder a essa?

Uma parte de Don achou que talvez a mulher fosse contar a verdade, mas ela disse:

— Estávamos nos arrumando para o trabalho, sabe, com a cabeça num milhão de outras coisas. Nem de longe imaginando que nosso país seria atacado. E então recebemos aquele telefonema e ligamos a TV e ficamos sentados ali o dia inteiro. Nem fomos trabalhar, só ficamos assistindo ao noticiário e tentando encontrar algum sentido naquilo tudo.

— Vocês conheciam alguém que estava lá, tipo, dentro dos prédios? — perguntou Chris.

— Não, como já dissemos, seu tio Cliff estava em Nova York na época, só que longe das Torres Gêmeas — respondeu Don. — Isso foi o mais perto que chegamos de ter alguém que conhecêssemos por lá. Nem por isso foi menos assustador.

— Eu li na internet que algumas pessoas fizeram vigílias segurando velas, se juntaram em grupos de oração, e tal. Vocês participaram de alguma dessas coisas? — perguntou Hannah.

— Não — respondeu Rachel. — Só ficamos em casa vendo TV. Sinceramente, eu me sentia como se tivessem me tirado o chão. Não queria fazer nada além de ficar no sofá assistindo à TV.

— O que estava rolando de importante nos jornais logo antes do 11 de Setembro? — perguntou Hannah.

— Não sei. Lembro de uma entrevista da Anne Heche em que ela disse ter conversado com alienígenas em uma língua extraterrestre, e todo mundo estava falando que a carreira dela tinha acabado porque ela era maluca, e aí o 11 de Setembro aconteceu.

— Quem é Anne Heche? — perguntou Chris.

— Uma atriz — respondeu Don. — Namorou a Ellen DeGeneres por um tempo.

— Que mais? — perguntou Hannah. — Vocês apoiaram a Guerra do Iraque e tal?

— Sim — admitiu Don. — Acho que todo mundo apoiou. Quer dizer, na época nós não sabíamos que não havia armas de destruição em massa e que a história toda era um grande estratagema para arrumar mais dinheiro para o Bush e seus camaradas do petróleo. Só estávamos revoltados por termos sido atacados, e a administração Bush fez um belo trabalho nos fazendo pensar que o Iraque estava por trás daquilo quando, na verdade, eles não tinham nada a ver.

— Vocês acham que vai ter outro ataque? — indagou Chris.

— Não faço ideia — respondeu Rachel. — Espero que não, mas parece impossível deter pessoas que estão dispostas a morrer para matar você, sabe? Quer dizer, se outro terrorista realmente quiser entrar no shopping Westfield com dinamite amarrada ao redor do peito e se explodir, como vamos poder impedir que faça isso? Não vamos, na verdade. Acho que só nos resta esperar que a única coisa que o Obama consiga mudar para melhor seja a opinião do mundo a nosso respeito, e então talvez os terroristas não queiram mais fazer esse tipo de barbaridade.

— Você quer saber mais alguma coisa, Hannah? — perguntou Chris.

— Não. Tenho quase certeza de que já temos bastante material. Muito obrigada, Sr. e Sra. Truby.

— Sem problemas — disse Don. — Espero que tenhamos ajudado vocês de verdade e que tirem a nota máxima.

— Acho que esse é um daqueles lances em que todo mundo tira a nota máxima só de entregar o trabalho — comentou Chris.

— Ah, bom, então espero que tenham aprendido alguma coisa — disse Don, e riu.

— Quer ir digitar isso e começar a montar a apresentação? — perguntou Chris a Hannah.

— Claro.

— Formou — completou Chris.

— Muito obrigada de novo pela ajuda. E foi muito bom conhecer vocês — disse Hannah.

Então ela e Chris foram para o quarto dele, deixando Don e Rachel sozinhos. Don se levantou da cadeira, foi para trás da mulher e começou a massagear os ombros dela.

— É estranho como isso parece ter acontecido há tanto tempo, né?

Rachel não queria que Don a tocasse, mas sentiu-se mal em deixar que ele percebesse isso, então permitiu que massageasse seus ombros. Sua culpa estava de alguma forma atrelada ao fato de terem acabado de relembrar um momento traumático que viveram juntos. Queria poder ignorar que aquele homem era seu marido por tempo suficiente para curtir a massagem.

— É. É estranho que já tenha se passado tanto tempo que eles já estão botando nossos filhos para fazer trabalhos sobre isso na escola.

— Pois é. — Don completou e se inclinou para beijar a mulher.

A culpa dela a manteve imóvel. Rachel deixou que Don a beijasse, e foi até receptiva ao beijo. A surpresa de Don foi tamanha que nem conseguiu disfarçar. Ele se afastou um pouco, olhou para ela e disse:

— Te amo.

Rachel não tinha certeza se ainda amava o marido. Sabia que não se sentia mais atraída por ele, mas os dois haviam construído uma vida juntos. Ele não era um marido ruim nem um pai ruim. Ainda eram amigos em algum nível. Então disse:

— Também te amo.

Ele a pegou pela mão e falou:

— Vem.

Rachel permitiu que Don a levasse para o quarto, ainda pensando na transa da manhã daquele 11 de setembro, quando não tinha a menor dúvida de que amava o marido. Ficou se perguntando se algum dia se sentiria daquele jeito de novo. Pensou nos anos que haviam se passado desde então, e em Don. Sabia que ele não tinha feito nada para merecer o tratamento que recebia dela agora. Com isso em mente, ela apagou a luz, tirou a roupa e transou com o marido.

Num esforço para dar ao marido o que sabia que ele queria, Rachel não só deitou e deixou que ele enfiasse o pênis nela passivamente. Passou por cima de Don, virou-se de costas e montou nele, na posição que sabia que mais gostava. Tentou evitar, mas não pôde deixar de imaginar o pênis de Secretluvur na sua vagina, e não o de Don. Sabia que isso era absurdo, pois nem fazia ideia da aparência de Secretluvur — o que deixou claro para Rachel, naquele momento, que precisava pelo menos conhecê-lo.

Don ficou olhando as nádegas da mulher se movendo enquanto transavam. Fazia mais de um ano que não as via daquela posição e ficou triste com o que viu. O corpo de Rachel nunca fora perfeito, mas ele já o achara bonito. As nádegas dela eram sua parte favorita. Não eram musculosas nem torneadas demais, mas do jeito que ele gostava naquela parte do corpo das mulheres, ligeiramente flácidas mas sem celulite, e fáceis de agarrar quando em certas posições. Tudo isso havia acabado. Só o que Don conseguia ver era celulite e uma forma indefinida. A visão era tão repugnante que ele quase não conseguiu concluir o ato. Porém, como não tinha certeza de quando teria uma nova oportunidade como aquela, forçou-se a continuar. Fantasiou sobre Stoya e tentou ejacular o mais rápido que pôde, para terminar o que considerou ser uma distorção das lembranças que tinha da mulher. Enquanto imaginava o pênis entrando no ânus de Stoya e a expressão de excitação e felicidade no rosto dela conforme fazia aquilo, Don conseguiu ejacular depois de apenas 1 minuto e 47 segundos dentro da esposa. Tanto ele quanto Rachel ficaram aliviados com a conclusão do ato sexual.

Chris estava à mesa do computador e Hannah sentada na cama dele. Ele se ofereceu para transcrever a entrevista com os pais por se considerar um digitador mais veloz. A transcrição levou cerca de 45 minutos. Ao terminar, Chris virou-se para Hannah e disse:

— Então, quer combinar como a gente vai apresentar isso ou...?

Cansada de tentar imaginar se em algum momento Chris iria fazer algum avanço, Hannah falou:

— Ou... a gente pode fazer outra coisa.

Chris, ainda acreditando que Hannah havia perdido o interesse nele depois do beijo inicial e da troca de mensagens de texto sexualmente explícitas, perguntou:

— Tipo o quê?

Hannah revirou os olhos e falou:

— Vem cá.

Chris se levantou da cadeira e sentou-se ao lado dela na cama. Ela o beijou, dessa vez por muito mais tempo do que depois do jogo. Chris ficou bem satisfeito pelo segundo beijo de sua vida estar sendo melhor que o primeiro. E pôde sentir uma ereção se anunciando quando agarrou o cabelo de Hannah e puxou a cabeça dela para trás com força. Ele vira essa manobra sendo realizada numa quantidade praticamente ilimitada de vídeos pornográficos, e as mulheres sempre pareciam reagir bem. A reação de Hannah foi dizer:

— Ai, o que você tá fazendo?

— Sei lá. Foi mal — respondeu Chris.

— Tudo bem. Só não precisa ser tão... sabe?

— É, foi mal.

Ela pegou a mão com a qual Chris havia puxado seu cabelo e a colocou em um de seus seios, dizendo:

— Aqui.

Era o primeiro seio que Chris apalpava. Ele já vira inúmeros seios nos vários vídeos aos quais assistiu, de todos os formatos, tamanhos e cores. Ficou surpreso com a maciez dos de Hannah. Na sua concepção, seios seriam coisas mais firmes, como um músculo contraído. Hannah perguntou:

— Quer passar a mão neles por baixo da blusa?

— Quero — respondeu Chris, e botou a mão debaixo da blusa de Hannah. Em seguida enfiou os dedos por debaixo do sutiã até virar o bojo para cima, expondo o mamilo no qual agora passava as pontas dos dedos. Sua ereção ficou completa ao sentir o seio nu de Hannah em sua mão.

— Você gosta? — perguntou Hannah.

— Gosto.

— Alguém já fez boquete em você?

— É... — hesitou Chris.

— Tudo bem se não. Não tô esperando que você seja, tipo, superexperiente e tal.

— Então não.

— Deita aí.

Chris deitou-se de costas na cama e Hannah desabotoou seus jeans e os puxou para baixo até os joelhos, seguidos pela cueca. Ela se lembrou da única outra vez em que fizera sexo oral como sendo um processo bastante rápido, que terminou com uma ejaculação inesperada em seu rosto. Querendo evitar uma situação parecida, ela disse:

— Quando for gozar me avisa, tá?

— Tá.

Hannah lambeu a parte de baixo do pênis de Chris e percebeu que não estava tão duro quanto estivera alguns minutos antes. A cada segundo, o pênis de Chris ficava mais mole.

— Tô fazendo alguma coisa errada? — perguntou ela.

— Não. Continua.

Chris estava constrangido e não sabia ao certo por que era incapaz de manter a ereção. Sua mente só conseguia conjurar imagens de um vídeo pornográfico que vira chamado *Engolidoras de Pica 4: Montanha do Boquete*. As mulheres nesse vídeo permitiam que os homens enfiassem o pênis tão fundo em sua garganta que frequentemente engasgavam, iam às lágrimas e, em uma ocasião, vomitaram. Era isso o que Chris queria. Era nisso em que ele pensava quando o assunto era sexo oral.

— Não está dando certo — concluiu Hannah. — Quer tentar, tipo, apertar o meu peito, sei lá?

Chris respondeu:

— Não. Senta com as costas pra parede. — E a posicionou na cama, sentando-a com as costas na parede. Tirou as calças e disse: — Agora abre a boca.

Hannah seguiu as instruções de Chris, que botou o pênis mole entre seus lábios e começou a deslizá-lo para dentro e para fora de sua boca. Depois de vários segundos, ele começou a ter outra ereção.

Enquanto Chris continuava o movimento na boca de Hannah, fechou os olhos e conjurou imagens de *Engolidoras de Pica 4: Montanha do Boquete*, especificamente a de uma garota com marias-chiquinhas ruivas chorando enquanto dois homens, cada um segurando uma de suas marias-chiquinhas, usando-as como alças, forçavam os pênis na boca da garota ao mesmo tempo.

Hannah não sabia como reagir àquilo. Ela fora a iniciadora e quem controlou a situação na primeira vez em que fizera sexo oral. Neste caso, era como se nem estivesse ali. Sentiu que Chris podia estar enfiando o pênis em qualquer objeto inanimado, pois não faria a menor diferença para ele. Essa não foi uma sensação boa para Hannah, mas ela a suportou porque seu objetivo era transar com Chris — não especificamente com Chris, mas ele era o melhor candidato disponível, especialmente àquela altura do campeonato. Hannah estava determinada a perder a virgindade o mais rápido possível e talvez ter relações sexuais mais algumas vezes antes do fim do oitavo ano. Achava que ainda podia haver uma chance de perder a virgindade naquela noite.

Ela segurou os quadris de Chris e empurrou-os para trás o suficiente para forçá-lo a parar o que estava fazendo.

— Você quer trepar comigo? — perguntou.

Chris queria transar com Hannah, mas não tinha certeza se conseguiria manter a ereção naquele momento sem reencenar algo pelo menos vagamente parecido com uma cena de *Engolidoras de Pica 4: Montanha do Boquete*, que não continha nada além de sexo oral agressivo e, em alguns casos, abusivo. Chris falou:

— Não, só quero fazer isso.

Hannah concordou, e permitiu que ele inserisse o pênis de novo em sua boca e continuasse o processo.

Ela olhou para Chris e viu que estava de olhos fechados. Enquanto Chris usava sua boca, acrescentando um pouco mais de força conforme a relação continuava, Hannah percorreu o quarto com o olhar, reparando em pequenos detalhes que não vira antes. Havia uma pequena pilha de CDs na mesa de Chris. Hannah ficou se perguntando por que ele tinha CDs, onde os havia comprado. Presumiu que deviam ter sido presente de alguém. Perguntou-se de quem. Viu que ele tinha um mouse pad do Einstein e tentou imaginar se isso também seria um presente ou se Chris idolatrava Einstein. Não achava que ele fizesse esse tipo.

Chris meteu na boca de Hannah com o máximo de força que pôde mais três vezes, deixando-a à beira de engasgar, e começou a ejacular. Nesse momento Chris tirou o pênis da boca de Hannah, dando-lhe a oportunidade de tossir, engasgada, enquanto ele ejaculava no rosto e no cabelo dela.

Chris vestiu a cueca e os jeans de novo, e então ofereceu a Hannah uma caixa de Kleenex.

— Valeu — disse ela.

— Você quer que eu, tipo, te chupe, sei lá? Quer dizer, eu acho que consigo fazer isso. Eu sei como, mais ou menos.

Hannah jamais recebera sexo oral de um garoto, mas estava traumatizada demais pelo que acabara de vivenciar para considerar qualquer coisa além.

— Da próxima vez você faz. Acho que tenho que ir pra casa — disse ela enquanto limpava o sêmen e as lágrimas do rosto.

— Tá. Só tô dizendo, quer dizer, eu nunca fiz isso antes, mas não sou contra fazer, nem nada. Não teria nenhum problema.

— Tá, tudo bem. Da próxima vez. Posso usar seu banheiro, talvez?

— Claro, é logo na virada do corredor. Tenho quase certeza de que meus pais estão no quarto deles, então você não deve ter problemas.

Hannah foi ao banheiro. Enquanto tirava o sêmen de Chris do cabelo, pensou em como seria o sexo com ele, como seria perder a virgindade com ele, se esse primeiro encontro podia dar alguma indicação de como seria. Mesmo que desse, ela não se importava. Precisava perder a virgindade este ano e achava que estava perto de conseguir isso com Chris. Terminou de se limpar e voltou para o quarto dele.

— Você quer que meu pai te leve em casa, sei lá? Eu posso falar com ele.

— Não, só preciso ligar pra minha mãe. Ela vem me buscar.

— Tranquilo.

Hannah ligou para a mãe e ficou sentada na cama com Chris por mais 15 minutos antes de ela chegar. Durante a espera, eles falaram sobre o projeto escolar, optando por evitar qualquer comentário sobre o que acabara de acontecer.

Uma vez no carro da mãe, Hannah recebeu uma mensagem de texto de Chris que dizia: "Adorei enfiar minha pica na sua garganta." Hannah respondeu com: "Minha boceta ficou molhadinha, na próxima vou dar p vc." Chris respondeu com: "Me manda 1 foto dela." Hannah concluiu: "Só depois q vc comer ela."

Chris ligou o computador e tentou se masturbar enquanto assistia a pornografia mostrando sexo vaginal normal entre homem e mulher. Não conseguiu sustentar a ereção no processo e, no fim das contas, só foi capaz de ejacular vendo o vídeo de uma mulher amarrada tendo enguias vivas inseridas na vagina e no ânus.

Quando Hannah entrou em casa, a mãe perguntou:

— Então, como foi o projeto com o Chris? — Dando uma ênfase no nome de Chris que sugeria um interesse romântico por parte da filha.

— Foi legal — respondeu Hannah.
— Só legal? Vocês, tipo, deram uns amassos?

Hannah pensou em contar à mãe tudo o que havia acontecido, mas em vez disso falou:

— Não, a gente não, tipo, deu uns amassos. A gente só trabalhou no projeto.

Antes de ir dormir, Hannah ligou o computador para ver se havia algum novo assinante na seção exclusiva de seu site. Não havia.

capítulo
dez

Patrícia Beltmeyer só havia feito três reuniões do seu grupo de vigilância on-line, o Pais no Ataque à Internet. Cada encontro havia gerado o que Patrícia considerava um interesse moderado, atraindo algo entre três a seis pais de colegas de escola de sua filha. Depois de ter aumentado a visibilidade do grupo criando uma lista de e-mails e imprimindo panfletos que deixava toda semana na sala do diretor Ligorski antes de suas reuniões, Patrícia esperava que o quarto encontro do PAtI contasse com uma quantidade maior de participantes. Preparando-se para uma audiência mais numerosa, pediu duas pizzas grandes de queijo no Papa John's e perguntou à mãe de Allison Doss, Liz, se ela poderia levar para a reunião algumas tortas da confeitaria Marie Callender's, onde trabalhava. Liz comparecera a duas das últimas três reuniões. Ela possuía apenas um leve interesse em policiar o uso que seus filhos faziam da internet, mas achou que o grupo seria uma boa oportunidade de interagir socialmente com pessoas de fora da sua família e do seu trabalho.

Liz foi a primeira a chegar. Ela levou duas tortas, uma de limão e outra de mirtilo. Enquanto as entregava para Patrícia, perguntou:

— Vamos ter mais gente esta noite?

— Não tenho certeza, mas acho que sim — disse Patrícia.

— Você conseguiu fazer alguma coisa daquilo que falamos na semana passada?

Patrícia possuía uma lista de protocolos para computadores e telefones celulares que recomendava a todos os pais que seguissem nas próprias casas com os filhos a fim de garantir o que ela chamava de um ambiente de internet segura. Liz não implementara nenhum dos protocolos. Ela não entendia nada de computadores nem de tecnologia, e, apesar das aulas que Patrícia dava durante as reuniões, Liz absorvia muito pouco do conteúdo para conseguir pôr algo em prática quando voltava para casa. Além disso, ela não achava que a filha, Allison, nem o filho, Myron, estivessem expostos a quaisquer dos riscos, quando usavam a internet, com os quais Patrícia parecia estar preocupada. Liz encarava essas reuniões como nada mais que uma chance de sair de casa e conversar com pessoas que não eram da sua família.

— Está tudo bem. Parece que meus filhos estão seguros.

— E quanto ao seu marido? — perguntou Patrícia.

— O que tem ele?

— Não são só os seus filhos que correm riscos quando usam a internet ou celulares ou jogam videogame. Seu marido corre riscos também, assim como você, Liz.

Liz não podia imaginar como algum dia correria riscos usando qualquer uma dessas coisas que Patrícia havia mencionado.

— Ah, bem, vou me lembrar disso da próxima vez que verificar meu e-mail. Como você mantém sua família segura?

— Bom, meu marido não usa a internet. Ele é meio antiquado nesse quesito, acho, e, você sabe, eu faço minha filha me dar todas as senhas dela e monitoro todas as mensagens de texto e e-mails que ela recebe.

— Eles estão aqui hoje?

— Ray está jogando pôquer com uns amigos, e a Brandy está no quarto dela. Tentei fazer com que me ajudasse hoje, sabe, para mostrar a todo mundo que é possível ser uma mãe ou um pai legal para os filhos e, ao mesmo tempo, mantê-los seguros, mas ela tem muito dever de casa para fazer, então provavelmente vai ficar no quarto a noite toda.

O entusiasmo de Patrícia ao ouvir uma batida na porta morreu ao ver que se tratava do entregador do Papa John's. Patrícia pagou pelas pizzas e Liz a ajudou a colocá-las na mesa da cozinha, junto com as tortas e duas garrafas de 2 litros de Coca diet. Enquanto terminavam de preparar o lanche, o convidado seguinte chegou.

Kent Mooney não fazia ideia do que esperar quando decidiu comparecer a essa reunião, mas achou que aquilo poderia lhe dar algum insight sobre por que o filho, Tim, preferia participar de jogos on-line em vez do time de futebol americano. Com sua esposa já tendo partido há mais de quatro meses, ele também havia começado a pensar em namorar de novo. Sabia que não estava totalmente preparado para isso. Quando ele e a esposa, Lydia, estavam separados, mas ainda moravam na mesma cidade, ele não vira necessidade em pensar em outras mulheres. Agora que ela morava em outro estado fazia quatro meses, Kent começara a perceber que em algum momento precisaria sair para o mundo de novo e interagir com outras mulheres. Achou que essa reunião do PAtI poderia ser um lugar decente para praticar pelo menos o ato de conversar com mulheres em situação social.

Depois de Kent se apresentar, Patrícia disse:

— Bem, é um prazer conhecê-lo, obrigada por vir. Vamos fazer você se sentir o mais bem-recebido possível em sua primeira reunião. Tem pizza e torta na cozinha. Sirva-se, vamos começar assim que mais algumas pessoas chegarem, o que deve acontecer nos próximos dez minutos, mais ou menos.

Kent foi para a cozinha e questionou imediatamente sua decisão de comparecer à primeira reunião do PAtI. Ficou se perguntando se iria realmente aprender mais sobre seu filho, algo que pudesse ajudá-lo a fazer Tim voltar ao time. Ele teve certeza, depois de conhecer Patrícia e Liz, de que essa reunião não iria produzir nenhuma interação de peso com o sexo oposto. Começou a se convencer de que deveria ir embora, fingindo ter recebido um telefonema urgente ou algo parecido. Imaginou uma maneira de voltar à sala de estar, começar uma conversa com Patrícia sobre jogos on-line, fingir que o celular estava vibrando, atendê-lo, parecer surpreso e então dizer "Está bem, estou saindo agora. Chego aí assim que puder", desligar o telefone e pedir imensas desculpas por ter de ir embora, enquanto explicava que uma emergência em casa o estava forçando a sair antes que a reunião começasse.

Quando Kent voltou à sala de estar, Patrícia estava atendendo à porta e, quando ela a abriu, Kent viu Dawn Clint pela primeira vez e decidiu que talvez devesse ficar na reunião.

Apesar de Dawn se considerar experiente na internet, especialmente após ter começado a gerenciar o site da filha, ela ficara cada vez mais preocupada com um dos assinantes do site, que começara a pedir fotos de natureza cada vez mais pornográfica. Ela estava preocupada com o fato de que, só de ler os e-mails dele, já pudesse estar dando margem para que isso se caracterizasse como algum crime cibernético ou situação de risco para a menina, apesar de sempre tomar cuidado para que as fotos da filha não fossem nem remotamente pornográficas e só um pouco lascivas, o que, ela sabia, era algo subjetivo. Dawn se deu conta de que poderia ter pesquisado na internet as leis específicas com as quais estava preocupada, mas achou, independentemente do quão irracional fosse essa sua sensação, que uma busca no Google por tais leis poderia alertar as autoridades sobre suas atividades. Ela não queria deixar nenhum registro em seu computador que pudesse indicar que sabia que estava fazendo algo errado, caso algum dia isso pudesse ser usado contra ela. Achou que poderia conseguir tocar em certos assuntos durante a reunião que pudessem esclarecer sobre as leis específicas que ela considerava estar cada vez mais perto de infringir. Esperava que Patrícia soubesse alguma coisa sobre tudo isso e, apesar de achar o grupo de vigilância em si e as reuniões que faziam ridículos, contava com eles para que pudessem ajudá-la desta única vez.

Dawn entrou e se apresentou para Liz e Kent. Ele imediatamente percebeu que ela não estava usando aliança e pensou em ir furtivamente ao banheiro para remover a dele, mas era tarde demais. Ele viu Dawn olhar para a sua mão ao mesmo tempo em que ele olhou para a dela. Fez uma anotação mental para tirar a aliança depois da reunião.

Apesar de Kent se agarrar a uma pequena nesga de esperança de que de alguma forma ele e a mulher pudessem voltar a ficar juntos, sabia que ela estava na Califórnia com Greg Cherry, transando com Greg Cherry. No início da separação, ele estava emocionalmente abalado e não conseguia pensar em transar com nenhuma mulher que não a sua, e isso continuou por vários meses depois que ela saiu de casa. Mas, desde que Lydia se mudara para a Califórnia, a libido dele havia aumentado. No último mês, havia prometido a si mesmo que, ainda que os dois resolvessem suas diferenças e acabassem juntos, ele não iria desperdiçar essa oportunidade de transar com outra mulher — talvez até com mais de uma, se pudesse. Kent estava começando a ver a decisão de Lydia de abandoná-lo para viver com outro homem como um insulto e, onde antes só sentira dor emocional, agora começava a sentir raiva; e, movido por esse sentimento, passara a aderir cada vez mais à filosofia do olho por olho. Ainda não tinha certeza de como faria para que a mulher descobrisse que ele estava transando com outra — como passaria para ela a informação de que ele não era mais um homem arrasado pela sua falta, mas um homem desejável para outras mulheres e capaz de transar com elas. Tinha certeza de que, depois que ficasse ciente desse fato, ela muito provavelmente se arrependeria de ter aberto mão do que tinham para ir viver com Greg Cherry.

Dawn Clint foi a primeira mulher que Kent viu desde a separação que o fez pensar em sexo de novo de uma maneira carnal e pornográfica. Quando suas mãos se tocaram num cumprimento rápido, ele imaginou como seriam os seios dela, como seriam seus mamilos, se ela gostava que os chupassem durante o ato sexual, se algum dia ela havia feito sexo anal ou tido qualquer tipo de interação sexual com outra mulher. Esses pensamentos pareciam quase estranhos para ele, porque fazia muito tempo que não os tinha, mas eram bem-vindos.

Dawn achou Kent atraente e ficou imaginando quem seria sua mulher, se ela já a conhecera por causa da torcida organizada da Goodrich ou em algum outro evento escolar.

— Então o seu filho joga futebol ou...? — perguntou. — Só estou tentando descobrir se já conheci sua mulher. Minha filha é uma Olympianne.

— Não. Você não a conheceu, acho. A versão resumida da história é que meu filho não está jogando futebol este ano. Ele jogou no ano passado, mas este ano decidiu sair do time. Em vez disso agora joga muito videogame. É por isso que estou aqui, acho. E minha mulher está na Califórnia.

— Ah, uma viagem de trabalho ou algo assim?

— Não, na verdade ela está morando com outro cara.

— Ah, me desculpe. Eu não queria... Vi a aliança e só...

— Tudo bem. Eu deveria ter dito ex-mulher. O divórcio ainda está meio recente, acho. — Sem querer dar a impressão de que ainda amava a ex-mulher, Kent acrescentou: — Mas estamos separados há muito tempo, então...

Eles continuaram a conversar por mais alguns minutos, Kent mudando para assuntos mais inofensivos, como filmes e programas de televisão. Quando perguntou o que ela fazia, Dawn disse apenas que trabalhava para uma startup de internet como webmaster. Kent se viu mais interessado nos detalhes do trabalho dela do que teria imaginado, mas sua falta de habilidade em conversar com mulheres o impediu de investigar mais. Sua falta de interesse no próprio trabalho, acompanhada daquela mesma falta de habilidade em conversar com o sexo oposto, o levou a responder à mesma pergunta, quando foi feita a ele, com: "Trabalho no setor de vendas de uma transportadora. Nada emocionante." Apesar dos tropeços de Kent na conversa, eles se deram bem; era evidente que ambos se sentiam atraídos um pelo outro, fato fortalecido pela consciência mútua da disponibilidade deles.

Dawn se envolvera com poucos homens nos 13 anos desde que se mudara para a casa da mãe, depois de sua vida na Califórnia. Havia considerado apenas um deles como namorado, e soube desde o início do relacionamento que aquilo nunca resultaria em casamento, muito por culpa de sua inabilidade em ignorar alguns hábitos do homem que considerava nojentos, como o uso constante de fumo de mascar. Algo em Kent a deixava irracionalmente esperançosa. Ela ficou hesitante em se permitir pensar que aquilo pudesse dar em alguma coisa, principalmente porque o casamento de Kent havia acabado fazia pouco tempo. Mesmo assim, viu-se flertando com Kent e esperando que ele pedisse o número do seu telefone antes do fim da reunião.

Mais cinco pais de alunos da Goodrich Junior High School chegaram em algum momento, e Patrícia decidiu começar a reunião depois de cada um ter comido uma fatia de pizza ou de torta. Ela reuniu todo mundo na sala e disse:

— Quero agradecer a todos por terem vindo. E gostaria de começar dizendo que vocês todos deveriam ficar orgulhosos, porque este é o maior comparecimento que os Pais no Ataque à Internet já tiveram. Portanto, quando forem para casa esta noite, fiquem à vontade para mandar e-mails ou distribuir panfletos informando ainda mais pessoas sobre as nossas reuniões.

"Eu normalmente gosto de começar cada reunião abrindo para qualquer um que possa ter perguntas específicas, mas como temos algumas caras novas hoje, pensei em iniciar contando a vocês um pouco sobre nós, sobre o PAtI, e depois todos podem se apresentar.

"Comecei o PAtI, Pais no Ataque à Internet, há algum tempo, depois que li e ouvi falar coisas demais sobre como a internet, os telefones celulares, os jogos on-line e todas essas coisas podem ser perigosas se você não tomar cuidado. Especialmente para as crianças na idade em que nossos filhos estão chegando. Basicamente, só quero ajudar o máximo de pais que eu puder a se informar sobre o que podem fazer para proteger seus filhos e suas famílias, e até a si mesmos, dos perigos do mundo on-line, que fica pior todos os dias conforme novas tecnologias vão sendo lançadas. Acho que é mais ou menos isso. Agora, Kent e Dawn, vou passar a palavra a vocês, para que nos contem um pouquinho sobre vocês mesmos e também sobre como ficaram sabendo do PAtI?"

Kent e Dawn trocaram um olhar de cumplicidade, levemente horrorizado e achando graça por terem se dado conta de onde haviam se metido. Kent disse a Dawn, fingindo cavalheirismo:

— As damas primeiro.

Ao que ela replicou com lisonja fingida:

— Que gentil de sua parte.

Ficou claro que eles estavam se afinando em algum grau, graças a sua avaliação mútua daquela reunião inaugural do PAtI como sendo um tanto absurda.

— Eu sou Dawn Clint. Tenho uma filha, Hannah, que estuda na Goodrich. Estou fazendo o álbum das Olympiannes este ano, caso algum de vocês tenha uma filha na torcida. — Dawn fez uma pausa para ver se essa pequena informação causava alguma reação. Não causou. Então continuou: — Bem, fiquei sabendo do seu grupo por um panfleto que peguei na sala do diretor e pensei em vir dar uma olhada, porque precaução nunca é demais, né? E é mais ou menos isso.

— Bem-vinda ao grupo, Dawn. — disse Patrícia. — Kent?

— Meu nome é Kent Mooney. Meu filho, Tim, estuda na Goodrich. Ele fazia parte do time de futebol americano, mas tem jogado muito videogame ultimamente, meio que se afastando do mundo, parece, então pensei em vir e descobrir tudo o que pudesse sobre como trazê-lo de volta para o mundo real.

— E como você soube do PAtI? — perguntou Patrícia.

— Um dos seus panfletos foi enviado para a minha casa com o último boletim do Tim.

— Ah, é mesmo? Bem, isso é maravilhoso. Eu tinha comentado sobre essa ideia com alguns professores, mas não sabia se eles iam implementá-la. Isso realmente é... tão maravilhoso. Muito bem. Bom, então suponho que podemos passar para o tipo de questão levantada por você, Kent. Esse jogos são ruins. Não interessa o que você leia ou quantos estudos aleguem que são inofensivos. Posso mostrar estudos muito melhores que dizem o contrário. Esses jogos são terríveis para o desenvolvimento das crianças em quase todos os aspectos. Eles as ensinam a ser antissociais e a se envolver em atitudes e comportamentos violentos. Os jogos do tipo "tiro em primeira pessoa" são creditados como tendo sido os motivadores da tragédia de Columbine, e programas de simulação de voo, que são na verdade uma versão dos videogames, foram instrumentais no treinamento dos terroristas que pilotaram os aviões de encontro às Torres Gêmeas no 11 de Setembro. Nada de bom jamais veio desses jogos.

— Mas como você se sente de verdade em relação a eles? — perguntou Kent.

— Sei que às vezes pareço exagerada na minha reação a esses jogos e no impacto que têm em nossa juventude, mas esse é um assunto sério. O seu filho joga vários jogos diferentes ou tem um que ele prefere? Alguns são piores.

— Ele só joga *World of Warcraft*, até onde sei. Tem um Xbox, mas quase não liga mais. Está sempre no computador.

— Bem, *World of Warcraft* é um dos piores jogos que existem. Um casal na China o jogou por tanto tempo seguido que negligenciou seu bebê por três dias e ele morreu de desidratação. Outro homem na Coreia ficou tanto tempo jogando que esqueceu de comer e beber e morreu na cadeira em que estava. Kent, e qualquer um que saiba que o filho vem jogando esse jogo, eu os encorajo a fazê-los parar. Desinstalem o jogo do computador imediatamente e nunca mais deixem que o reinstalem. Se precisarem de ajuda com isso, posso imprimir uma lista de perguntas mais frequentes.

Kent, achando que a reação de Patrícia ao jogo era ligeiramente injustificada, disse:

— Não tenho certeza se é tão ruim assim. Ele ainda se sai bem na escola, não é como se o jogo estivesse destruindo a vida dele, nem nada. Só parece que tem andado um pouco mais introvertido, e achei que talvez o jogo tivesse algo a ver com isso. Eu estava apenas procurando mais uma explicação sobre como é o jogo, se você poderia saber esse tipo de coisa.

— Eu sei exatamente como é. Vi os comerciais de TV. É um mundo virtual, Kent, onde seu filho criou um avatar. Um avatar é uma representação visual da pessoa que joga, que quase sempre tem traços demoníacos ou de aparência maligna. E, quando ele está usando o avatar, acha que aquele mundo, o *World of Warcraft*, é o mundo real. Este aqui não tem mais importância. Seus amigos não importam, a escola não importa, você não importa, nem ele mesmo importa. As únicas coisas que importam são seu avatar e os outros avatares de *World of Warcraft*, que ele acha que são seus amigos de verdade.

Num certo nível, enquanto Kent ouvia a retórica antijogos on-line de Patrícia, sentiu vontade de defender o filho, dizendo a todos na sala que ele não era tão depravado como a imagem que Patrícia estava pintando fazia parecer: o menino que ficava o dia inteiro sentado no quarto jogando sem parar para tomar banho, comer, nem ir ao banheiro. De uma forma estranha, o discurso de Patrícia fez com que Kent se sentisse mais próximo do filho do que se sentia havia muito tempo.

— Isso responde à sua pergunta, Kent? — perguntou Patrícia.

— É, acho que sim. Obrigado.

Patrícia virou-se para Dawn e falou.

— Dawn, como você é outra nova integrante do PAtI, eu gostaria de passar a palavra para você, se tiver uma pergunta específica.

— Sim, obrigada. Minha filha está chegando a uma idade em que está começando a... se desenvolver e, você sabe, a gente se preocupa com o que pode acontecer, especialmente levando em conta que ela fica na internet o dia inteiro e no Facebook e está sempre mandando mensagens de texto e tudo mais. Eu fiquei me perguntando se você saberia quais são as leis sobre, tipo, sei lá, o que as pessoas podem e não podem fazer com um e-mail ou o que podem ou não postar na internet. Acho que algo em relação a coisas do tipo predadores da internet e pornografia infantil. Coisas desse tipo.

— Essa é uma pergunta muito boa e sobre a qual pesquisei bastante, na verdade — respondeu Patrícia. — Isso é algo em que todos deveríamos prestar muito mais atenção, porque nossas leis são mais lenientes do que deveriam ser. Essencialmente, qualquer um pode dizer o que quiser para os filhos de vocês on-line se não souber que são menores de idade. Portanto, meu principal conselho é: vão para casa depois dessa reunião e simulem um "faz de conta" com eles. Pode parecer estranho no começo, mas vocês devem fazer o papel do predador da internet em potencial, e seus filhos, claro, vão representar eles mesmos. Comecem perguntando algo bem normal, como filme preferido, por exemplo, e vejam como respondem. A primeira coisa que devem dizer a qualquer um que não conheçam... e eu sei que é assustador pensar que seus filhos podem estar conversando com pessoas que não conhecem pessoalmente, mas estão. Vocês só precisam aceitar isso e torcer para terem interrogado e treinado bem os seus filhos para que sejam capazes de lidar com isso sozinhos.

"Então, continuando... A primeira coisa que seus filhos devem fazer é perguntar quem é a pessoa e dizer que eles têm menos de 18 anos. Depois disso, falar sobre qualquer assunto sexual torna-se um ato ilegal. Se a pessoa o fizer, vai ficar tudo registrado. Posso lhes mostrar como entrar no computador de seus filhos e recuperar qualquer conversa que tenham no histórico. Assim poderão ver com quem e sobre o que eles têm conversado. De qualquer modo, espero que isso tenha respondido à sua pergunta, Dawn."

— É, mais ou menos. Eu também estava imaginando que tipo de imagem é legal e ilegal de se colocar na rede. Quer dizer, digamos que a minha filha tenha mandado uma foto dela de biquíni ou algo assim para alguém por e-mail, sei lá. Isso é contra a lei?

— Acho que não. Tenho quase certeza de que, desde que a sua filha não esteja nua na foto, ela não está fazendo nada ilegal. Mas preciso reforçar que, se a sua filha está mandando fotos dela de biquíni para as pessoas, você deveria ter uma conversa com ela o mais rápido possível sobre etiqueta e decoro on-line. Sei que nenhum dos nossos filhos está pensando nem na vida profissional nem na vida adulta ainda, mas garanto que nenhum deles vai querer ter qualquer foto comprometedora na internet quando começarem a constituir família, a procurar emprego e tudo mais. Já estamos começando a ver gente perdendo o emprego por causa de fotos que postam no Facebook ou no Myspace. Nossos filhos vão ser a primeira geração que passou a vida inteira na internet. Portanto, qualquer imagem que postarem de si mesmos, da infância em diante, vai estar lá para qualquer um ver. É nosso dever garantir que essas sejam fotos de bom gosto.

— Obrigada. Isso basicamente respondeu ao que eu acho que estava perguntando.

— E, enquanto estamos falando sobre predadores da internet e o que é seguro ou não para os nossos filhos fazerem on-line, eu também acrescentaria que, em termos estatísticos, o motivo de eu ter começado esse grupo, na verdade, a ameaça número um que nossos filhos enfrentam quando estão on-line, são adultos fingindo ser da idade deles — continuou Patrícia. — Eu sei que é uma coisa terrível de se pensar, mas todos devemos estar conscientes de que há adultos naquelas salas de bate-papo, no Instant Messenger da AOL, jogando *World of Warcraft*, Kent, que estão agindo como crianças a fim de ganhar a confiança dos nossos filhos. É muito perturbador e é contra isso que temos que lutar. Nossos filhos cresceram usando a internet e telefones celulares. Eles não são burros. Sabem que, se um adulto está interagindo com eles através dessa tecnologia, esse adulto provavelmente não deve ser confiável. Mas se acharem que estão interagindo com um de seus colegas, é mais provável que divulguem informações pessoais, porque não veem mal nisso. Mais uma vez, e tenho de reforçar, a ameaça número um à segurança de uma criança on-line é um adulto posando como um de seus colegas Isso pode vir na forma de uma conta falsa do Facebook, um avatar de um jogo ou até um adulto hackeando a rede social de uma criança e usando sua identidade on-line para interagir com os colegas dela. É uma coisa difícil de monitorar, mas vocês devem ter uma conversa com seus filhos e dizer a eles que, se algum de seus amigos começar a se comportar de um jeito estranho na internet, pode haver motivos para desconfiar que a conta tenha sido hackeada. E eles devem ligar imediatamente para aquele amigo e ver se ele está on-line e se é realmente a pessoa do outro lado do computador.

Os outros participantes da reunião do PAtI fizeram perguntas que foram desde que atitude deveria ser tomada quando um pai acidentalmente pega o filho se masturbando ao ver pornografia na internet a quantas horas por dia uma criança deve ter permissão para usar a internet. Nem Kent nem Dawn acharam muito informativa ou esclarecedora qualquer das respostas de Patrícia em relação a qualquer coisa que tivesse sido falada.

Depois que a rodada inicial de perguntas chegou ao fim, Patrícia passou de vinte a trinta minutos compartilhando sua avaliação técnica de vários telefones celulares que haviam acabado de, ou estavam em vias de, ser lançados a tempo para o Natal. Falou sobre detalhes como preço, funcionalidade, aplicativos e software de fábrica, e quais ela achava serem os mais seguros para seus filhos, com base na facilidade de monitoramento e no controle de uso.

No instante do fechamento da reunião, Patrícia distribuiu um documento de quatro páginas que criara na noite anterior contendo a maioria das informações a respeito dos novos telefones que acabara de avaliar. O documento também incluía vários sites nos quais os pais podiam baixar programas para os computadores e celulares dos filhos que dariam a eles acesso remoto aos aparelhos, assim como a habilidade de criar *key loggers*, a fim de obter senhas e transcrições das conversas que podiam ter sido deletadas. Essa parte interessou mais a Kent do que qualquer outra na reunião.

Kent ainda estava pensando no que poderia descobrir a respeito da falta de interesse de Tim pelo futebol usando tais programas enquanto saía da casa de Patrícia, logo atrás de Dawn.

Patrícia disse:

— Kent, Dawn, foi um prazer ter vocês dois aqui esta noite. Espero que tenham conseguido boas informações e que eu tenha ajudado um pouco. E, é claro, espero vê-los na semana que vem.

Tanto Kent quanto Dawn se engajaram nas amabilidades esperadas e brincadeiras descompromissadas que Patrícia sabia significar que não os veria de novo. Ela ficou se perguntando o que poderia fazer para que as reuniões fossem vistas como algo mais importante. Enquanto fechava a porta, Patrícia pensou em alugar uma sala de reuniões no Ramada Inn, a fim de dar aos encontros um clima mais formal.

Dawn e Kent, ambos querendo uma chance de conversar sem os outros participantes do PAtI por perto, ficaram batendo papo até serem os únicos que haviam sobrado em frente à casa de Patrícia.

— Onde você estacionou? — perguntou Kent.

— Ali — disse Dawn e apontou para o fim da rua.

— Ah, eu estacionei do outro lado, mas acompanho você até o seu carro se quiser.

— Claro.

Ela não era acompanhada até o carro desde o ensino médio. Viu um certo charme naquilo, na oferta dele. Presumiu que Kent não estava mais acostumado a encontros românticos, por isso se prendia a coisas como acompanhar a mulher até o carro ou talvez abrir a porta para ela.

— O meu é este aqui — disse ela, ao chegarem lá.

— Belo carro — disse Kent.

— É velho — replicou Dawn.

— Então... — Ele riu. — Eu não faço isso há algum tempo, então acho que vou ser direto. Você gostaria de sair para jantar ou, sei lá, tomar um drinque ou um café ou...

— Ou o quê?

— Ou... sei lá. Acho que falei tudo o que se pode fazer num primeiro encontro, né? Eu só não sabia direito como terminar a frase, acho.

— Ah, primeiro encontro, é? Bem...

— Foi mal, fui direto demais? Eu não...

— Estou brincando. Sim, eu adoraria sair para jantar com você. Que tal este fim de semana?

— Ah! Para mim está ótimo. Sábado à noite?

— Sábado à noite, então. Qual é o seu telefone?

Ela pegou o celular. Kent lhe deu o número e ela o adicionou aos contatos, enviando-lhe uma mensagem de texto que dizia: "Aguardando ansiosamente por sábado à noite." Ele a adicionou aos contatos como Dawn e perguntou:

— Qual é o seu sobrenome mesmo?

— Clint — respondeu Dawn.

O que ele acrescentou ao registro dela em seu telefone, e completou:

— O meu é Mooney.

O que ela acrescentou à página do contato dele.

Enquanto dirigia para casa, Kent sentiu-se estranho por ter marcado um encontro. Logicamente, ele sabia que tudo fazia parte de seguir com a vida, e estava de certa forma surpreso com a pouca dificuldade que havia encontrado em sua primeira tentativa de voltar ao universo dos relacionamentos românticos. Isso lhe deu esperança, e ele percebeu que seus pensamentos vagavam para como seriam os seios de Dawn. Kent começou a experimentar o entusiasmo que acompanha a promessa de um novo parceiro sexual — algo que ele não sentia havia muito tempo.

O filho de Kent, Tim, havia acabado de terminar uma raide Prova do Campeão de 25 homens, da qual não obteve nenhum equipamento útil para o personagem com o qual estava jogando. Ele desejou boa noite para os companheiros de guilda, esperou até que cada um lhe dissesse o quanto queria "comer a sua mãe em todos os buracos", "pendurar você em uma árvore feito um crioulo imundo" ou "comer o seu cu e depois limpar o pau na sua boca para você ficar com um bigode de merda com gosto de porra", e então se inscreveu para a próxima raide na agenda da guilda e saiu do *World of Warcraft*.

Ele entrou em sua conta no Myspace e procurou entre seus amigos para encontrar Freyja. Tim usou os 15 minutos seguintes para escrever um e-mail de três parágrafos no qual detalhava seu interesse romântico por Brandy Beltmeyer, além de sua curiosidade a respeito de seu alter ego e de todas as atividades nas quais ela dizia participar nos posts de seu blog, especificamente sexo anal, ménages e relações bissexuais. Ele admitiu que nunca tivera nenhum tipo de interação sexual além de algumas tentativas meio sem jeito de se masturbar, que ainda não haviam produzido um orgasmo. Porém, selecionou o e-mail inteiro, apagou-o, e escreveu *Foi legal o almoço hoje*. Tim sabia que Brandy não havia respondido ao primeiro e-mail que ele mandara para Freyja, mas achava que agora já tinham quebrado o gelo e que os status dos dois como párias na Goodrich Junior High haviam de alguma forma se transformado em algo mútuo, algo que iria compelir Brandy a responder desta vez. Clicou no botão de enviar. Ela não estava on-line, mas Tim imaginou que ela recebesse avisos de mensagens no celular, alertando-a para qualquer nova mensagem ou pedido de amizade associado a suas várias contas no Myspace e no Facebook. Ele permaneceu logado, na esperança de que ela pudesse responder mais rápido se visse que ele estava on-line, talvez até iniciando uma conversa por mensagem instantânea.

Enquanto esperava, Tim minimizou a página do Myspace, abriu uma nova janela e entrou no Facebook. Havia vários novos posts em seu mural, a maioria de seus colegas de colégio, zombando dele por não jogar mais futebol. Tanner Hodge era o mais prolífico postador nesse filão. Tim pensou em mudar as configurações de privacidade de sua conta para não permitir postagens públicas de comentários em sua página, mas havia começado a gostar um pouco daquilo. Um lado seu sentia prazer em saber que era responsável pela angústia dos colegas. Os posts confirmavam a inquietude de todos por causa de uma decisão que ele tomara.

Foi então que Tim viu um novo post da mãe. Ele havia ajudado a mãe a criar uma conta no Facebook alguns meses antes de o pai e ela se separarem. Tanto ele quanto a mãe haviam tentado convencer o pai a criar um perfil também, mas ele se recusara. Tim não tinha notícias dela havia quase duas semanas. Ele lhe mandara um e-mail em resposta ao último que ela lhe enviara, mas a mãe ainda não havia respondido ao dele.

Clicou no post dela, intitulado Napa. Viu uma série de 43 fotos narrando uma viagem de fim de semana que sua mãe e Greg Cherry haviam feito a várias vinícolas em Napa Valley. A última vez que a mãe havia postado fotos fora na semana após ter se mudado para a Califórnia, quando publicou uma série de fotografias relacionadas à sua cirurgia de implante nos seios. As fotos mostrando imagens da mãe saindo com as amigas para beber algumas noites antes da cirurgia, imagens dela a caminho da operação e, por fim, imagens de seus novos seios num biquíni eram uma visão difícil para Tim. Mas, de alguma forma, a ausência de Greg Cherry em todas as fotos menos uma dentre as 17 tornava mais fácil olhar para aquele álbum do que para a série de Napa.

Greg Cherry estava em todas as 46 fotos de Napa. Ver a mãe com um homem que não era seu pai o perturbou e transformou a ausência dela em sua vida em algo muito mais concreto. Seus novos seios, quase duas vezes o tamanho original, juntamente com um novo corte de cabelo mais curto e um bronzeado que era cor de laranja demais, faziam com que ela parecesse uma pessoa diferente para Tim. Ele imaginou se essa era a pessoa que ela sempre quisera ser, mas que fora reprimida, presa a alguma identidade que passara a desprezar por causa dele e de seu pai. Havia fotos de sua mãe bebendo vinho, rindo, dançando, beijando Greg Cherry, vivendo uma vida que não incluía nem Tim nem o pai. E era uma vida boa, uma vida que ela curtia.

Tim sentiu o estômago embrulhar e a nuca esquentar. Gotas de suor brotaram em sua testa. Enquanto clicava nas fotos, forçando-se a olhar cada uma delas, tentou se convencer de que era assim que as coisas eram. Sua mãe nunca mais seria uma parte importante de sua vida. Seus pensamentos vagaram para Carl Sagan e para "Pálido Ponto Azul", um vídeo que ele havia encontrado no YouTube. Isso não tem importância, disse a si mesmo. Ele podia estar olhando fotos da mãe transando com o time de futebol americano da Cornhusker — não tinha importância. Em algum momento ela ia morrer, seu pai ia morrer, Greg Cherry ia morrer, até ele ia morrer, e, além da morte deles todos, além de qualquer coisa que tivessem feito na vida — os jogos de futebol jogados ou não, os seios implantados ou não, o que foi conversado ou não — todas essas coisas feitas ou não feitas por todo mundo que ele conhecia ou viria a conhecer seriam esquecidas com o tempo. E, muito além desse descarte coletivo de qualquer coisa que conseguisse deixar para trás, a própria humanidade iria se consumir, sem restar nenhuma marca dela num universo que seria ele próprio destruído sob suas forças, sem deixar traços de nada. Essa verdade inegável da realidade o impulsionou a continuar vendo a série de fotos de Napa, as imagens de Greg Cherry com os braços em volta da mãe, as fotos da mãe bêbada abaixando o decote da blusa para mostrar os peitos postiços, as imagens da mãe capturadas espontaneamente através da câmera de Greg Cherry, que estava apenas a centímetros dela, e todo o resto das fotografias da mãe, até chegar às três últimas — que de alguma forma sobrepujaram todos os pensamentos racionais que ele havia organizado e o deixaram tão nauseado que quase vomitou.

A primeira dessas três fotos mostrava Greg Cherry e Lydia se beijando num gazebo ao pôr do sol. Lembrava a Tim um cartão-postal, a imagem parecia perfeita demais para ser real. Até essa foto, as legendas tinham sido inexpressivas, informando a hora ou a data da viagem e o local, às vezes incluindo alguma gracinha. A legenda atrelada à primeira das três últimas fotos, no entanto, dizia: "Ele escolheu o momento perfeito." Tim ficou tentando imaginar que "momento" seria esse, mas teve a sensação de que já sabia. Clicou na seguinte para obter a resposta.

A foto seguinte era uma imagem de Greg Cherry apoiado num dos joelhos no mesmo gazebo, com o mesmo pôr do sol como pano de fundo, estendendo uma caixinha de anel aberta à mãe de Tim. A legenda dizia: "O anel era lindo, especialmente com o sol se pondo. O que vocês acham que eu disse?" Tim se perguntou o que a mãe teria dito, apesar de mais uma vez ter a sensação de que já sabia. Clicou para abrir a que vinha a seguir.

A última fotografia era uma imagem da mãe, com o anel no dedo estendido para a câmera enquanto Greg Cherry a beijava na bochecha. A legenda dizia "SIM!!!". Tim ficou olhando para a tela por vários minutos. Sua mãe ia se casar com outro homem. Ele não entendia de onde vinham as emoções que estava sentindo. Tinha consciência de que em algum momento esse seria o resultado da separação de seus pais, certamente da mudança de sua mãe para a Califórnia para morar com Greg Cherry. Apesar de sua compreensão racional dos acontecimentos que se desenrolavam, descobriu que não queria que fossem reais. Mas eram.

Percebeu que as fotos haviam sido postadas apenas 15 minutos antes de ele ter feito o login. Isso significava que ele era um dos primeiros a ver essas imagens, a testemunhar esse momento da felicidade da mãe. Ficou encarando os olhos de Greg Cherry na última foto. Ele parecia igualmente feliz. Tim não odiava Greg Cherry do jeito que achava que deveria. Nem o conhecia. Ele representava uma felicidade que Tim e o pai não tinham sido capazes de dar a Lydia, e isso fazia Tim ter ressentimento em relação ao homem, mas não ódio.

Incapaz de olhar nem mais um instante para as provas fotográficas da rejeição da mãe em relação a ele e ao pai, Tim verificou a conta no Myspace e não viu uma resposta de Brandy Beltmeyer. Saiu da página e entrou no *World of Warcraft*, esperando passar mais ou menos uma hora realizando tarefas, numa tentativa de afastar os pensamentos da mãe e de Greg Cherry. Quando fez login com seu personagem principal, Firehands, viu que o período de espera para sua transmutação de alquimia tinha voltado a zero, então foi à casa de leilões Ironforge a fim de comprar os materiais necessários para realizar a transmutação. Enquanto clicava no preço de compra de 84 ouros por uma pilha de Lótus Congelada, viu uma mensagem de Selkis no chat do grupo que dizia: "Por que cê tá fazendo login de novo, crioulo? Esqueceu de bater uma punheta pro seu personagem?" Tim pensou em não responder, e apenas terminar sua transmutação e sair do jogo, mas sentiu uma necessidade de contar para alguém sobre a mãe. Digitou uma mensagem no chat da guilda que dizia: "Acabei de descobrir pelo Facebook que minha mãe vai se casar de novo."

Imediatamente, vários integrantes da guilda de Tim reagiram à notícia. As mensagens diziam: "Ela vai se casar com um crioulo?", "Ela trepa com crioulos?", "Seu pai é crioulo?", "Posso comer ela antes que ela se case?", "Achei que sua mãe tinha morrido depois que eu currei ela ontem de noite, mas currei ela de novo mesmo assim", "Onde vai ser a despedida de solteira?", "Você vai ter um meio-irmão mulato?".

Isso continuou por vários minutos. Tim não reagiu. Ficou só lendo o texto verde que subia. Ele entendia que as respostas eram absurdas, desconectadas demais dos acontecimentos reais para terem qualquer relevância, mas elas o tranquilizavam mesmo assim. Elas o faziam perceber que nenhuma das pessoas em sua guilda, nenhuma das pessoas com quem falava diariamente e de quem se considerava amigo, participava de nada do que acontecia em sua vida de verdade. E isso o levou a perceber que ele não participava das delas também. Elas podiam estar passando por um problema parecido ou por situações ainda piores e ele nunca saberia — ou, se soubesse, se um de seus colegas de guilda divulgasse qualquer informação pessoal como ele acabara de fazer, sabia que também não se importaria e que poderia muito bem ser aquele respondendo no chat da guilda com comentários igualmente insensíveis. Isso lhe trouxe à mente a noção de que nada importava.

Depois de realizar sua última tarefa no Torneio dos Campeões, Tim saiu do *World of Warcraft*, o que revelou a janela do Facebook que deixara aberta. Ele sabia que olhar as fotos da mãe de novo era um erro, mas não conseguiu evitar. Precisava vê-las. Queria se forçar a olhar para elas, a vasculhá-las atrás de cada detalhe que pudesse transmitir o quanto sua mãe estava feliz sem ele e seu pai em sua vida. Queria parar de sentir falta dela. Queria considerá-la alguém que não conhecia mais. Queria odiá-la.

Quando clicou no link geral do álbum de fotos de Napa, recebeu uma mensagem do Facebook dizendo: "Este usuário tornou suas fotos privadas." Tim entendeu que ela havia postado as fotos sem perceber que todos os seus amigos no Facebook poderiam vê-las. Presumiu que, nas poucas horas que ele passara jogando *World of Warcraft*, ela tornara o álbum de Napa privado para impedir que ele visse as fotos contidas no álbum. Isso, Tim raciocinou, significava que a mãe estava pensando nele e, deduziu, tentando poupá-lo de qualquer dor emocional que o conhecimento do noivado dela com Greg Cherry pudesse ter causado. Pensou brevemente em mandar uma mensagem via Facebook para a mãe parabenizando-a pelo noivado, mas pensou melhor, não querendo parecer que estava tentando tocar o dedo na ferida. Em vez disso, ele se desconectou e decidiu não contar para o pai. Ia fingir que nunca soubera, que nunca entrara no site nem vira as fotos de Napa antes de ela tornar o álbum privado.

159

capítulo
onze

Allison Doss havia se tornado uma espécie de celebridade no fórum de discussões da Gruta Clandestina da Ana depois de publicar o relato de sua primeira experiência sexual com Brandon Lender. Recebeu quase cem comentários em resposta ao seu post e mais de dez e-mails elogiando sua perseverança e parabenizando Allison pelos resultados positivos. Recebeu também mais acessos a seu perfil em outro site pró-anorexia, o que resultou numa enxurrada de comentários em suas fotos elogiando sua beleza. Na hora do almoço Allison verificava se havia algum comentário novo em seu perfil quando Danny Vance e Brooke Benton se sentaram a seu lado. Brooke reparou que Allison estava comendo um cupcake e perguntou:

— Você saiu da dieta?

Depois de passar mais tempo que o normal em vários sites que apoiavam um estilo de vida anoréxico, Allison fora influenciada por vários posts, que considerou mais do que convincentes, a experimentar a bulimia.

— Achei que um só não faria mal — respondeu. — O que vocês mandam?

— Só estou tentando me concentrar no jogo de hoje — respondeu Danny.

— Na minha opinião, você deveria relaxar um pouco — disse Brooke. — O jogo não vai ser difícil, gato. Irving é um time péssimo, né?

— É, mas isso não significa que a gente não precisa se concentrar e jogar muito.

Danny não contara a ninguém sobre a decisão do técnico Quinn de botar Josh Kramer como titular no lugar dele. Esperava que o técnico mudasse de ideia, mas, durante os treinos daquela semana, Danny não vira nenhuma indicação de que isso tivesse acontecido. Ele comeu um pedaço do bife à milanesa que fora servido no almoço e disse:

— Putz, isso está um nojo.

— Eu como, se você não quiser — disse Allison.

— É todo seu — falou Danny, empurrando a bandeja para ela, e acrescentando: — Vou ver se pego alguma coisa na máquina de lanches.

Danny se levantou da mesa e deixou Brooke vendo Allison comer o frango frito.

— Não quero te dizer o que fazer nem nada, mas, na minha opinião, eu sei que você deu duro pra, tipo, deixar de ser gordinha. Talvez devesse pegar leve, sei lá — disse Brooke.

— Eu sei. Mas não faz mal se eu sair da dieta um dia só — respondeu Allison.

Allison já não comia nada além de aipo, maçã e uma lata ocasional de atum havia tanto tempo que suas papilas gustativas se sentiram agredidas quando o sal do molho tocou a língua. A quantidade de comida nas três ou quatro garfadas que Allison engoliu era maior do que estava acostumada a se permitir comer no almoço. Ficou satisfeita, mas continuou a comer, sabendo que aquilo não ficaria em seu estômago tempo suficiente para ser digerido. Depois de traçar metade do bife à milanesa, Allison passou para o purê de batatas, e dele para a fatia de cheesecake servida como sobremesa junto com a refeição.

Continuou a conversar com Brooke, mas não estava prestando atenção ao que a amiga dizia, não o suficiente para poder se lembrar depois do que haviam conversado; quando tocou o sinal indicando o fim da hora de almoço, ela estava concentrada demais em saborear tudo o que havia colocado na boca.

A caminho da aula seguinte, Allison parou no banheiro das meninas, o estômago doendo por estar cheio demais. Entrou no reservado mais próximo, feliz por não haver mais ninguém por lá. Porém, enquanto colocava um protetor de assento na privada, ouviu a porta se abrir e Sherri Johnston entrar falando alto ao celular. Allison ficou paranoica só de pensar na possibilidade de não conseguir vomitar e de chegar atrasada à aula de Geometria. Se tivesse de sair do banheiro sem forçar o vômito, tudo o que comera seria digerido. Aqueles alimentos se tornariam parte dela. Isso a deixou enjoada.

Ouviu Sherri Johnston dizer:

— Não, estou no banheiro, seu retardado. Tá bem, te encontro em frente à sala da Sra. Ground em, tipo, cinco segundos.

Allison nunca havia forçado o vômito e, apesar de estar nervosa, também descobriu que de certa forma estava animada. Acrescentando uma nova técnica à sua estratégia para continuar magra. Comer era algo de que ela gostava muito mais do que passar fome. Mesmo que considerasse o vômito forçado algo repugnante, faria aquilo de vez em quando, nem que fosse só para se permitir o prazer de comer com alguma regularidade. Mas se achasse o vômito tolerável ou talvez até agradável, aí aquilo poderia substituir totalmente a tática da privação de comida.

Ela leu uma dezena de blogs que listavam os melhores métodos de indução do vômito e, apesar de diversas das técnicas sugeridas passarem por beber coisas como xarope de ipeca, água com sal, água de semente de mostarda ou água oxigenada, Allison presumiu que enfiar três dedos na garganta seria o mais prático em termos de velocidade e conveniência quando na escola. Também lhe pareceu um desperdício comprar ou preparar uma bebida que induzisse ao vômito quando era possível que só fosse fazer aquilo uma vez na vida. Se reagisse favoravelmente ao processo, aí consideraria métodos alternativos.

Enfiou um dedo na garganta o mais fundo que pôde, só para ver como seria a experiência de manter os dedos no fundo da garganta. Começou imediatamente a salivar e a engasgar. Sacudiu a cabeça e os olhos lacrimejaram. Allison cuspiu no vaso sanitário. Sua determinação perdeu força quando dúvidas sobre o que estava fazendo sobrepujaram sua intenção inicial. Ela se forçou a pensar na comida no estômago, no molho se transformando em depósito de gordura nas pernas, no bife à milanesa sendo dissolvido num líquido verde pastoso pelos ácidos estomacais, o cheesecake se aglutinando na forma de celulite nas nádegas. Imaginou que podia sentir tudo isso ocorrendo em seu corpo, o que lhe causou uma leve onda de náusea e ajudou a anular qualquer dúvida que tivesse sobre ir até o fim com aquilo.

Ela enxugou as lágrimas, juntou os três dedos do meio, respirou fundo e os forçou para o fundo da garganta. Segurou-os bem lá atrás, apesar do reflexo do vômito, que pareceu vir com mais força desta vez. Depois de duas tentativas sem sucesso, ela forçou os dedos no fundo da garganta uma terceira vez, mais fundo que na tentativa anterior, o que resultou num fluxo de vômito contendo toda a comida não digerida do almoço. Ela já havia vomitado antes, mas nunca daquela maneira. Era uma sensação boa, limpa, fez seu corpo se sentir imediatamente mais leve. Parecia a sensação que tinha pela manhã depois de uma noite sem comer.

Todo o sofrimento decorrente da ingestão excessiva de comida demais foi imediatamente neutralizado. Foi uma sensação estranha. Allison havia se acostumado à dor física constante e cada vez maior que acompanhava a fome forçada, e isso agora parecia ser exatamente o oposto — um sofrimento intenso mas rápido, e aliviado com a mesma velocidade. E sem fome. Ela estava tão satisfeita quanto se sentira depois da refeição.

Muito do vômito cobria sua mão, já que fora incapaz de retirá-la a tempo. Ela iria aperfeiçoar aquilo, pensou, enquanto olhava para o vaso sanitário, surpresa com o fato de que aquele conteúdo estivera em seu corpo apenas momentos antes. Deu descarga e foi para a pia. Lavou as mãos, enxugou os olhos e bochechou um pouco de água. Mascou um chiclete a caminho da aula de geometria. Em todos os blogs que havia lido, essa era uma regra quase que obrigatória e necessária para mascarar o cheiro do vômito.

Ocupou seu lugar alguns minutos antes de a aula começar e ficou imaginando se alguém conseguia perceber o que acabara de fazer. Sorriu e pegou o celular nos minutos que faltavam para a aula começar. Fez o login no Facebook e, apesar de ele ainda não ter aceitado seu pedido de amizade, ela mandou uma mensagem para Brandon Lender que dizia: "Oi, só queria ver o q vc tava fazendo =)".

Don Truby, Jim Vance e Kent Mooney estavam sentados lado a lado na arquibancada da Goodrich Junior High School, exatamente como no jogo de abertura da temporada. Viram quando o time adversário, os Irving Aardvarks, deixaram seu ônibus e correram até a área na lateral do campo designada ao time visitante. Um Aardvark se destacou entre eles — Kevin Banks, que crescera 15 centímetros em altura e quase 10 quilos em músculos desde a temporada do sétimo ano, tornando-se de longe o maior jogador em campo. Jim falou:

— Olha só o tamanho daquele garoto.

— Ele já era dos Aardvarks ano passado? — perguntou Don.

— Não sei. Se era, ele cresceu — respondeu Kent.

— Porra, o moleque é grande pra cacete — disse Don, e bebeu da garrafinha. Em seguida, acrescentou: — Vocês já ouviram falar do Erotic Review?

— Não — respondeu Jim.

— Jesus, Don, a gente sabe que você anda na seca, mas só consegue falar de sexo e sites pornográficos — resmungou Kent. — Você não se cansa, não?

— Na verdade, não. Eu já não era assim desde o ensino médio?

— Acho que era — respondeu Kent. — Mas não entendo por que a gente tem que falar da sua vida sexual toda vez que se encontra.

— Eu não quero falar da minha vida sexual, Kent, quero contar pra vocês da porra do site. Tudo bem pra você?

— Não faz a menor diferença se não estiver tudo bem, né?

— Não. Então, o Erotic Review é uma porra de um site que você pode visitar e basicamente ler opiniões sobre putas, e aí vê as informações de contato delas e tudo mais. É praticamente como se fosse um puteiro on-line.

— Estou surpreso que você não tenha inventado esse site — disse Jim.

— Pois é. Encontrei por acaso e fiquei maluco. Vocês deviam dar uma olhada.

— Por que eu daria uma olhada num site de prostitutas? — perguntou Jim.

— Tá, esqueci, você e sua mulher transam o tempo todo. Bem, pelo menos *você*, Kent, devia dar uma olhadinha, porque já deve estar na seca há um tempão, né?

— É, mas acho que não vou precisar do seu site de putas. Porque, na verdade, vou sair com uma mulher amanhã.

— Sério? Que bom! — comentou Don. — Com quem?

Kent apontou para o campo, onde Dawn Clint tirava fotos da filha e das outras líderes de torcida segurando a faixa que os Olympians da Goodrich Junior High School estavam se preparando para atravessar, significando sua chegada ao campo.

— Dawn Clint — respondeu ele.

— Puta merda. A filha dela foi à minha casa essa semana, fazer um trabalho sobre o 11 de Setembro com o meu filho. Ela já tem umas porras de uns peitos enormes. Como você conseguiu isso, seu sortudo filho da puta?

— Fui nesse lance dos Pais no Ataque à Internet e ela estava lá. A gente meio que se deu bem e eu acabei convidando a Dawn pra sair.

— Como é esse lance? — perguntou Jim. — Eu recebi uns panfletos falando dessas reuniões. Parece meio idiota.

— É, a mulher que organiza isso é meio neurótica demais, se é que você me entende.

— É.

— Porra, cara. Dawn Clint é gostosa pra caralho — afirmou Don. — Quer dizer, pra idade dela e tal. Parabéns, cara. Acho bom você comer essa mulher.

— Vou me esforçar — disse Kent.

Nessa hora os Olympians correram atravessando a faixa e entraram em campo.

Correndo em direção à linha lateral dos Olympians, Chris Truby observou Hannah Clint. Enquanto ela se curvava, ele se esforçou para ver algo além da calcinha. Não conseguiu. Ficou se perguntando se conseguiria convencê-la a realizar algum tipo de ato sexual com o uniforme de Olympianne. Tentou imaginar se isso o ajudaria a sustentar uma ereção e chegou à conclusão de que talvez, mas só se ela permitisse que ele penetrasse seu ânus enquanto cuspia em seu rosto, um tipo específico de pornografia ao qual vinha assistindo recentemente enquanto se masturbava. Algum aspecto que ia além da natureza obviamente humilhante do ato de cuspir em alguém era atraente para Chris; algo na saliva em si o excitava de um jeito que poucas outras coisas faziam.

Apesar de o técnico Quinn não escalar Danny como titular, permitiu que fosse ao centro do campo para o cara ou coroa. Os Olympians ganharam e deixaram que os Aardvarks dessem a saída. Depois de receberem o chute inicial e percorrerem 23 jardas com a bola, o ataque dos Olympians entrou em campo liderado por Josh Kramer. Na arquibancada, Jim Vance ficou mais que confuso. Ele perguntou:

— O que diabos está acontecendo? Quem é aquele garoto? É o Josh Kramer? Cadê o Danny?

— Está ali — disse Don. — No banco.

— O que raios está havendo?

— Talvez seja alguma estratégia para enganar o inimigo, sei lá — ponderou Kent.

— Ou talvez eles só queiram ver o que aquele filho da puta daquele gigante vai fazer com o nosso *quarterback* antes de botarem o Danny para jogar.

Josh Kramer fora instruído pelo técnico Quinn a realizar uma 7-3-9 para o lado direito, como primeiro movimento do jogo. Ele cantou a jogada para os companheiros de equipe e se dirigiu para a linha de *scrimmage*. A estratégia exigia apenas que ele pegasse a bola, desse meia-volta e a entregasse para Tanner Hodge, que passaria com ela por um buraco criado do lado direito da linha. Tomado pelo nervosismo ante a possibilidade de cometer um erro em sua primeira chance como titular, Josh Kramer recebeu a bola e virou o corpo para a esquerda, em vez de para a direita, não achando Tanner Hodge, que corria para o outro lado — na direção correta da jogada indicada pelo técnico. Não tendo outra opção, Josh agiu por instinto. Grudou a bola no corpo e tentou correr com ela sozinho, tentando consertar a jogada errada. Três passos depois Josh deu de cara com Kevin Banks, que o derrubou de uma maneira excessivamente violenta.

— Jesus Cristo — disse Don. — Isso aqui é luta livre? Ele atropelou a porra do menino!

A multidão reunida na arquibancada da Goodrich Junior High School prendeu a respiração ao ver Josh Kramer deitado imóvel no chão. O Sr. Kemp e o técnico Quinn correram para o campo e encontraram Josh ainda consciente, mas com dificuldade para respirar.

— Você consegue falar? — perguntou o Sr. Kemp.

Josh reagiu com uma exalação contínua e sacudiu a cabeça.

— Acho que você só ficou sem ar por causa da pancada. Aguenta firme, vai ficar tudo bem.

Josh balançou a cabeça e apontou para as costelas do lado esquerdo. O Sr. Kemp aplicou pressão na região que Josh Kramer indicou e o garoto gritou de dor.

— Tá — disse o Sr. Kemp. — Não se mexa, tente respirar. Você pode ter quebrado uma costela. Vou pegar o carrinho com a maca. Aguenta aí.

O Sr. Kemp correu para a lateral, subiu no carrinho e dirigiu até o meio do campo para tirar Josh Kramer de lá a fim de examiná-lo melhor. A multidão aplaudiu sua saída. O técnico Quinn, não tendo escolha, olhou para Danny Vance e disse:

— Você vai entrar. Jogada 5-2-6 para a esquerda. Não faça nada diferente disso.

Quando o jogo recomeçou, Danny entrou e cantou a jogada 5-2-6 para a esquerda, exatamente como o técnico Quinn havia mandado. Estava claro para Danny que qualquer jogada de passes curtos, mais especificamente qualquer jogada desse tipo para a direita, seria interrompida por Kevin Banks. Ele sabia que a única chance de seu time permanecer competitivo no jogo seria recorrer aos passes longos, mas Danny já havia desobedecido às ordens do técnico Quinn uma vez e não queria ficar no banco no terceiro jogo nem pelo restante daquela partida. Danny decidiu seguir todas as instruções que o técnico Quinn desse e fazer todas as jogadas que ele ordenasse, ganhando ou perdendo. Só esperava não ter o mesmo destino de Josh Kramer nas mãos de Kevin Banks.

Conforme Danny ocupava seu lugar em campo, Brooke observava das laterais. Estava preocupada com ele e não tinha certeza de como reagiria se Danny se machucasse.

Danny fez a jogada 5-2-6 para a esquerda como instruído, o que resultou numa perda de três jardas quando Kevin Banks empurrou para o lado, sem esforço, dois dos Olympians e bateu de frente com Tanner Hodge, derrubando-o no momento em que pegava o arremesso de Danny. No terceiro *down*, o técnico Quinn ordenou novos passes curtos que resultaram em uma nova perda de jardas, e Jeremy Kelms se preparou para chutar um *punt*. Na lateral, Chris Truby se aproximou de Danny e falou:

— Se a gente não fizer um passe longo, não vai marcar. Aquele grandalhão filho da puta vai enfiar a porrada na gente a noite inteira.

— Eu sei, mas vou fazer o que o técnico Quinn quer — disse Danny. — Dei sorte de o Josh ter se machucado. Não cheguei a contar pro meu pai que eu ia ficar no banco; agora acho que não vou precisar mais. Não estou a fim de passar por isso de novo.

— Então esse jogo acabou, cara — concluiu Chris.

Durante o resto do primeiro quarto, Danny seguiu as instruções do técnico Quinn e fez todas as jogadas que ele mandou. Delas, só uma foi um passe longo, que resultou no maior avanço dos Olympians até ali, uma recepção de 22 jardas por Chris Truby que também garantiu o único primeiro *down* da equipe no tempo. Danny ficou feliz pelos Aardvarks parecerem não ter quase nenhuma capacidade ofensiva. Kevin Banks carregava o time nas costas. Quando os Olympians foram para o vestiário no intervalo, estavam atrás dos Irving Aardvarks por sete pontos.

Tim Mooney e Brandy Beltmeyer interagiram amigavelmente na escola nos dias que se seguiram a seu primeiro almoço. Comeram juntos mais uma vez e, quando se esbarraram entre uma aula e outra, pararam para conversar. Enquanto o pai de Tim assistia ao jogo, ele estava em casa, jogando *World of Warcraft* e esperando que a personalidade alternativa de Brandy, Freyja, aparecesse no Myspace. Assim que ela ficou on-line, Tim decidiu iniciar uma conversa por mensagem instantânea.

Brandy hesitou um pouco em interagir com Tim através de sua conta como Freyja, mas, depois de passar algum tempo com ele na escola e se ver de novo interessada romanticamente, percebeu que seria algo impossível de evitar.

A conversa começou num tom neutro, com Tim perguntando por que ela não tinha ido ao jogo. Já tendo conversado sobre seu desdém por esportes escolares, compartilhado por Tim, Brandy tomou a pergunta como piada e respondeu dizendo que na verdade ela estava no jogo e que nunca perdia um. Ela continuou com a brincadeira e disse que adorava passar o tempo com todos os atletas e as líderes de torcida. Depois de quebrado o gelo, Tim não se conteve. Escreveu: "Por que você nunca respondeu ao meu e-mail?"

Brandy escreveu: "Ninguém sabe que essa conta existe. Eu não tinha certeza se devia conversar por ela com alguém que conheço na vida real."

"Mas agora você não se incomoda?", escreveu Tim.

"Não", respondeu Brandy.

"Eu li os seus blogs. Umas paradas bem doidas."

"Ai, putz, nada daquilo é verdade. Não sou uma tarada por sexo nem nada."

"Imaginei", comentou Tim. "Mas por que você escreve essas coisas?"

"Eu meio que quero ser escritora, tipo, quando crescer."

"Legal. Mas você quer escrever livros eróticos?"

"Sei lá. Romances ou algo assim. Talvez eróticos. O que tem de errado nisso?"

"Nada."

"Com certeza você já viu vídeos pornô, né?"

"Já, mas não muitos."

"Eu não sou tipo viciada em pornografia nem nada. Só vi um ou outro. Se você está na internet, basicamente deve ter visto em algum momento."

"É."

"Enfim, é melhor eu sair desta conta. Minha mãe vai fazer uma vistoria de surpresa a qualquer momento. Estou sentindo isso."

Ela havia contado a Tim sobre como sua mãe a forçava a informar todas as suas senhas e como monitorava tudo o que ela fazia on-line, exceto a conta como Freyja no Myspace. Seguindo a linha de pensamento da falta de importância de qualquer ser humano ou até mesmo da humanidade como um todo, Tim escreveu:

"Tudo bem. Quer sair um dia desses, tipo ir ver um filme, sei lá?"

"Quero... Quando?"

"Amanhã?"

"Combinado. Vou ter que falar pra minha mãe que vou à biblioteca, sei lá."

"Quem diabos vai à biblioteca?"

"Vou pensar em algo melhor. Deslogando."

"Boa noite."

Brandy não respondeu, pois já havia se desconectado da conta de Freyja. Ela não tinha ideia do que poderia dizer à mãe para conseguir sair de casa sem ser questionada, mas sabia que pensaria em algo. Estava entusiasmada e meio nervosa com seu primeiro programa juntos. Ficou se perguntando se Tim tentaria segurar sua mão, se tentaria beijá-la, aonde iriam, se o pai dele iria buscá-los e deixá-los em algum lugar. Pensou em mandar uma mensagem de texto para ele, mas não quis parecer ansiosa demais.

Patrícia entrou no quarto de Brandy alguns minutos depois e fez uma vistoria de surpresa em seu computador, exatamente como Brandy previra. Mas ela se tornara especialista em remover qualquer traço de Freyja do computador. Patrícia seguiu todos os passos de sempre, os protocolos usuais, e não encontrou nada de anormal. Disse à filha que a amava e desceu as escadas para ver televisão com o marido.

Tim permaneceu conectado em sua conta do Myspace e ficou olhando as fotos de Brandy como Freyja. O corpo dela era muito mais bonito do que ele havia imaginado, talvez por causa das roupas que ela usava na escola. Quando olhou mais atentamente, percebeu que o rosto também era mais bonito do que ele havia notado. Tim gostava do jeito como Brandy escrevia suas mensagens no Myspace. Palavras abreviadas, siglas e emoticons eram aceitáveis em conversas por SMS, mas não quando se tinha acesso a um teclado completo — era assim que Tim pensava, e ficou feliz em ver que Brandy compartilhava de sua opinião. Presumiu que ela nem devia se dar conta dessa sua característica enquanto escrevia no Myspace, e que era simplesmente algo natural para ela. Ficou pensando a qual filme deveriam assistir e tentou imaginar qual seria a reação do pai dele ante a notícia de que seria o chofer no primeiro encontro do filho. Tim esperava que a notícia de um primeiro programa romântico pudesse aliviar um pouco da tensão entre eles. Pensou no que deveria fazer no cinema, se tentaria segurar a mão de Brandy e talvez até beijá-la.

Don estava com uma certa inveja do programa que Kent faria com Dawn Clint. Seu olhar cruzou o campo até Dawn. Ela estava de calças de ginástica justas e um moletom com capuz, o zíper aberto até o início do decote. Saber que Dawn estava disposta a sair com o pai de outro aluno da Goodrich fez a mente de Don viajar na fantasia de transar com ela no estacionamento durante o jogo.

— O que vocês dois vão fazer? — perguntou ele a Kent.

— Só jantar.

— E aí vocês vão dar umazinha, né?

— Cara, duvido. Sei lá. Como vou saber se ela quer?

— Como é que eu que sou casado sei dessas porras e você que está solteiro há um ano não sabe? Se ela topou sair com você é porque quer dar pra você, retardado.

— Tenho certeza de que não necessariamente, mas veremos o que vai acontecer.

— Só vai acontecer se você fizer acontecer, imbecil.

— Foi isso que você aprendeu naquele site de prostitutas?

— Não, porra, isso todo mundo sabe.

— Vocês dois querem calar a boca? O segundo tempo está começando — protestou Jim.

O segundo tempo do jogo transcorreu quase todo sem grandes emoções. Os Olympians da Goodrich marcaram um *touchdown* num lance de sorte, quando Kevin Banks tropeçou em um dos jogadores do seu time e não conseguiu derrubar Tanner Hodge como havia feito em praticamente todas as jogadas anteriores. As outras que os Olympians tentaram fracassaram nas mãos de Kevin Banks, mas ainda assim o técnico Quinn ordenou que nenhum passe longo fosse feito, e Danny obedeceu.

O ataque dos Aardvarks não conseguiu marcar de novo até o jogo estar próximo do fim. Com 2 minutos e 14 segundos faltando, os Aardvarks conseguiram arremessar a bola longe o bastante para poderem tentar um *field goal*. O *kicker*, Tony Shane, só havia chutado com sucesso dois *field goals* na vida, dos 22 que tentara. Mesmo assim, era o único do time capaz de realizar a tarefa. Portanto, com a bola na linha das 19 jardas, ninguém, nem Tony, achava que ele conseguiria dar uma vantagem como essas ao seu time, mas foi exatamente o que ele fez.

O placar, depois do *field goal* bem-sucedido de Tony Shane, ficou em 10 a 7, com os Aardvarks na frente, restando 2 minutos e 9 segundos de jogo. Danny reprimiu a vontade de explicar ao técnico Quinn que a única chance de vencerem seria deixá-lo fazer um passe longo, na esperança de que talvez o homem caísse em si, que talvez ordenasse um arremesso de longa distância e desse a eles uma chance de vitória. O técnico Quinn, no entanto, não fez nada disso. Ele ordenou uma série de passes curtos que resultaram em um quarto *down* com 12 jardas a ganhar para um primeiro *down*. Enquanto Danny corria para a lateral do campo, esperando que a equipe do *punt* saísse com apenas 1 minuto e 12 segundos faltando, o técnico Quinn falou:

— O que você está fazendo?

— Achei que a gente ia chutar um *punt* — respondeu Danny.

— Não. Você não queria uma chance de fazer um passe longo? Aí está. Um X no fundo. Vai.

Danny correu de volta para o campo e cantou a jogada para os companheiros. De todos os lances de arremesso a longa distância que poderiam ter feito naquela situação, Danny sabia que o X no fundo era o pior deles. Deixava apenas um recebedor no alcance do primeiro *down*, e esse recebedor provavelmente seria marcado por dois. A jogada fora projetada para tirar um jogador de posição a fim de que o *quarterback* pudesse arremessar um passe longo para um recebedor logo além da linha de *scrimmage*, que teria espaço suficiente para avançar mais algumas jardas.

Danny sabia que não daria em nada, mas sentiu algum prazer em obedecer à ordem do técnico Quinn, presumindo que ela fracassaria. O fato de ser uma jogada de arremesso longo era ainda melhor porque, na chance improvável de que Danny fosse capaz de completar o passe, ele seria louvado como herói. Danny fez a jogada como instruído, sem conseguir completá-la. Os Aardvarks recuperaram a posse e conseguiram vencer o relógio. Os Olympians perderam e, apesar de ainda terem uma chance de chegar à fase eliminatória do campeonato distrital, provavelmente só podiam perder mais um jogo — e seus dois adversários mais difíceis ainda estavam por vir.

capítulo
doze

Rachel Truby tentou não parecer ansiosa demais ao tomar café na manhã de sábado com o filho e o marido, enquanto os dois debatiam mais uma vez os acontecimentos do jogo do dia anterior. Assim que Don terminou de falar, ela comentou:

— Vou visitar minha irmã e devo passar a noite lá.

Rachel fazia isso com alguma frequência. Sua irmã morava a quase duas horas dali, em Grand Island, e ela acabava dormindo lá na maioria das vezes. Don não achou nada estranho nisso. Disse "Tudo bem" e começou a pensar no que faria com uma noite livre.

Rachel não tinha a menor intenção de visitar a irmã. Ela vinha se comunicando com Secretluvur diariamente, e sua interação on-line chegou a um ponto que o levou a pedir para encontrá-la. Ela concordou e fez os arranjos necessários.

Chris terminou de comer os ovos mexidos e torceu para que o pai não quisesse passar a noite com ele. Assistir a um filme ou pedir uma pizza eram os programas preferidos de Don com o filho. Chris estava ansioso para passar a noite mandando mensagens eróticas para Hannah Clint, na esperança de que ela lhe mandasse fotos pornográficas em várias poses, e talvez até com um ou mais dedos, e quem sabe outros objetos, inseridos na vagina e no ânus.

— Talvez eu ligue pro Kent pra, sei lá, tomar uma cerveja — disse Don. — Tem um tempo que a gente não faz isso.

No entanto, cerveja era a última coisa que passava por sua cabeça. Don já havia começado a planejar o que poderia fazer para encontrar Angelique Ice. Com o filho ali, levá-la para casa estava fora de questão. E também presumiu que, no fim das contas, não seria mesmo uma boa ideia, pois havia o risco de Angelique Ice deixar algum rastro, um fio de cabelo, um grampo ou algo que alertasse sua mulher para a presença de outra na sua ausência. Um hotel seria sua única opção. Mas teria de ser em algum lugar mais ou menos afastado. Não fazia sentido correr o risco de esbarrar com um conhecido ou até algum amigo de Rachel durante sua tentativa de infidelidade. Don decidiu esperar a mulher sair para entrar na internet e encontrar o melhor local para seu primeiro programa com uma prostituta.

Todos os dias, Tim Mooney olhava o grupo do Facebook criado por Tanner Hodge intitulado "Tim Mooney É Gay". Tim gostava de ler os posts que seus colegas de turma escreviam sobre ele. E foi lá que viu uma publicação de Eric Rakey que dizia "Primeira derrota da temporada = gay". Ficou imaginando se, de alguma forma, seria considerado culpado por seus colegas, ou por seu pai, pela derrota. Posts subsequentes não davam nenhuma indicação de que a derrota fora culpa de jogadas defensivas fracas, então ele presumiu que a responsabilidade havia sido do ataque. Mesmo assim, não estava muito a fim de conversar com o pai, mas não tinha escolha. Saiu do quarto e encontrou o pai bebendo um café do Starbucks e lendo jornal, que achava que haviam parado de assinar mais de um ano antes. Tim presumiu que o pai devia ter comprado o jornal quando saíra para buscar o café.

— Pai, preciso de um favor seu hoje — disse Tim, esperando uma bronca imediata por não estar mais no futebol e possivelmente até uma reprimenda que colocaria toda a culpa pela derrota dos Olympians em suas costas.

Em vez disso, Kent disse:

— Eu tenho um compromisso hoje.

Ele não pareceu zangado. Na verdade, parecia até feliz.

— Eu só... É que é meio importante — retrucou Tim.

— O que é?

— Eu meio que tenho um encontro.

— Eu também.

Tim ficou bastante surpreso. Imediatamente se perguntou se o pai, de alguma forma, ficara sabendo que a mãe iria se casar de novo. O fato de o pai ter marcado um programa numa data tão próxima ao casamento da ex-mulher parecia muito mais que coincidência. Mesmo assim, Tim não tocou no assunto. Era estranho para ele ver os pais seguindo em frente com suas vidas; mas, de certa forma, no que se referia ao pai, ele não se sentia tão mal, não se sentia tão abandonado. Na verdade, estava feliz por ele. Tim imaginou o pai postando fotos de seu programa no Facebook e a mãe vendo essas imagens e sentindo um certo arrependimento por tê-lo deixado. Ele sabia que isso nunca iria acontecer, em parte porque o pai nem tinha perfil no Facebook.

— E aí, quem é? — perguntou Tim.

Kent tinha reservas em contar para o filho sobre Dawn Clint. Não sabia como iria reagir, o que poderia pensar sobre o pai sair com a mãe de uma de suas colegas de escola.

— Uma moça que conheci uns dias atrás — respondeu. — Quem é a garota com quem você vai sair?

— Uma menina da escola.

— Isso eu já imaginava. Ela é líder de torcida? Faz algum esporte?

Tim ficou um tanto surpreso com o interesse do pai.

— Na verdade, ela não faz nada. Ela quer ser escritora e a gente se dá bem, eu acho. Sei lá. A gente vai ver um filme.

— Bem, como já disse, eu queria poder ajudar, mas meio que tenho esse lance — desculpou-se Kent. — Será que a mãe ou o pai dela não podem levar vocês?

Os pais de Brandy não sabiam que ela ia sair com um garoto, e nem deveriam saber. Outro plano — convidar Brandy para ir à sua casa assistir a um filme — começou a se materializar na cabeça de Tim.

— É, pode ser... a gente dá um jeito. O que vocês vão fazer?

— Só jantar.

— Boa sorte — disse Tim pegando um copo d'água e se sentando à mesa na frente do pai.

— Valeu. Pra você também.

Em um esforço para prolongar esse momento, que para Tim era o mais próximo que ele e Kent haviam chegado de retomar o relacionamento que existia antes de Lydia ir embora, ele disse:

— Posso ver o caderno de esportes?

Kent o entregou ao filho e teve de conter um sorriso. Isso era bom. Era uma sensação que não experimentava havia mais de um ano. Parecia familiar, como costumava ser. Ficou se perguntando o que a mulher estaria fazendo, se sentia falta dele, se estava com saudade de Tim. Então percebeu que as respostas a essas perguntas não faziam mais a menor diferença. Era boa a sensação de não dar importância a ela.

Danny Vance acordou com o barulho do celular vibrando na mesinha de cabeceira. Era uma mensagem de texto de Brooke Benton que dizia: "Sinto muito pelo jogo :(me liga." Ele não respondeu. Só conseguia pensar no fato de que, muito provavelmente, tinha perdido qualquer chance de entrar no distrital, assim como suas chances de levar alguma vantagem como calouro no ano seguinte na North East.

Danny escovou os dentes e foi para a sala de estar, onde encontrou a mãe e o pai sentados no sofá.

— Foi difícil ontem. Por que diabos o técnico Quinn está insistindo em todas aquelas jogadas curtas? Ele deveria deixar você arremessar a bola — disse Jim.

— Eu sei.

— Alguém pode conversar com ele? Outros pais também devem estar irritados além de mim. Ou não?

— Provavelmente.

— Você quer que eu ligue pra ele e pergunte o que diabos tem na cabeça, ver se ele deixa você usar mais esse braço?

— Não. Ele já ferrou com a temporada toda.

Tracey, percebendo que o filho estava arrasado, disse:

— Querido, vai ficar tudo bem. Foi só um jogo.

— É, mas agora a gente vai pegar os dois times mais difíceis e só pode perder, tipo, mais um jogo se a gente ainda quiser ter uma chance de disputar o distrital. Tipo, ferrou.

— Você não pode pensar assim — disse Jim. — Você acha que o Peyton Manning pensa assim? Ou o Drew Brees?

— Acho que não — respondeu Danny.

— Então deixe isso pra trás e siga em frente. Pense no próximo jogo. Quem vocês vão enfrentar na semana que vem?

— A Scott.

— Então, concentre-se na surra que vocês vão dar na Scott. O bom é que eles não vão ter um garoto tão grande quanto o que a Irving tinha.

— Você deveria convidar a Brooke para fazer alguma coisa — sugeriu Tracey. — Esqueça esse jogo e esvazie a cabeça, querido. Eu levo vocês ao shopping para ver um filme, se quiserem. Tenho que fazer umas compras à tarde de qualquer maneira. Ou, se preferirem ir à noite, posso deixar vocês dois lá e buscar depois.

— É, pode ser.

Ele mandou uma mensagem de texto para Brooke perguntando, "Vc quer ver 1 filme hj?". Ela respondeu quase que mediatamente dizendo "Sim :)". Danny falou:

— A Brooke topou. Só me diz quando você quiser ir, mãe, e eu falo pra ela ficar pronta.

Depois disso, Danny foi para o quarto ver se a matéria sobre o jogo já tinha sido postada no site da escola. Queria descobrir como seu desempenho fora avaliado, se a culpa pela derrota cairia em seus ombros ou se era óbvio que o técnico Quinn era o culpado.

Jim virou-se para a mulher e perguntou:

— O que você vai comprar?

— Alguns mantimentos e coisas para a casa.

— Também precisamos de camisinhas. Não se esqueça.

— Não dá pra você fazer uma vasectomia, pra gente poder parar de usar camisinha?

A vasectomia era motivo de discórdia no relacionamento havia alguns anos. Ele sabia que fazia sentido. Eles tinham dois filhos e não queriam um terceiro. Mas a ideia de seu escroto ser aberto por um bisturi ou um laser e das incisões que seriam feitas internamente em seus genitais eram tão brochantes para Jim que ele não conseguia se entusiasmar com aquilo. Não gostava de usar camisinha toda vez que ele e a mulher tinham relações, mas havia se acostumado com elas com o passar dos anos e tinha dificuldade em se lembrar da sensação de fazer sexo sem uma. Achava que poderia suportar o nível menor de prazer do ato sexual com proteção pelo resto da vida, se isso significasse que seus genitais permaneceriam intactos, inalterados. E, apesar do que ele presumia ser o baixo risco de erro envolvido no procedimento, Jim ouvira histórias no escritório sobre vasectomias malfeitas que deixavam os homens com dormência no saco, ou que exigiam uma segunda visita para corrigir qualquer erro que o médico pudesse ter cometido durante operação. Ele até ouvira falar em reações anormais a vasectomias realizadas adequadamente e que deixavam homens com caroços de sangue coagulado no saco do tamanho de um terceiro testículo. Apesar de ter ouvido dizer que esses caroços acabavam sumindo, a ideia de ter sangue coagulado em seu escroto por qualquer período de tempo deixava Jim nervoso. Ele chegou à conclusão de que, se algum dia resolvesse se submeter ao procedimento, seria algo que faria exclusivamente por sua mulher.

Depois de procurar um hotel na internet por alguns minutos, Don começou a pensar na logística do programa com Angelique Ice. Eles não seriam vistos juntos em público. Ele chegaria ao hotel antes dela, reservaria o quarto e esperaria que ela o encontrasse lá. Depois de concluir que não havia necessidade de ir muito longe, ele optou pelo Cornhusker

Hotel e reservou um quarto com o mesmo cartão de crédito que usava para obter acesso a sites pornográficos.

Com a localização para seu primeiro ato de infidelidade definida, Don entrou no TheEroticReview.com e encontrou a página de Angelique Ice, que trazia um número de telefone e instruções de como entrar em contato com ela. Uma mensagem de texto devia ser enviada para o número de telefone fornecido com a frase "programa hoje à tarde", "programa hoje à noite", "programa amanhã" ou "programa em breve" como único texto no corpo da mensagem. Don pegou o celular e pensou, pela última vez, no que estava prestes a fazer — trair sua mulher. Se algum dia ela descobrisse, sem dúvida seria o fim do casamento. Contudo, ele sentia que o casamento deles já estava no fim. Isso era algo que ele precisava fazer para não enlouquecer. Mandou a frase "programa hoje à noite" para o número fornecido, fechou o navegador de internet e apagou o histórico.

Ficou sentado olhando a imagem de fundo de tela que sua mulher insistira que permanecesse no computador — uma foto de Hillary Clinton. Lembrava-se de ter tido uma breve discussão com ela sobre o assunto. Don não era fã de Hillary Clinton e não queria ser forçado a olhar para ela toda vez que ligasse o computador. Rachel explicou que botaria a imagem de volta toda vez que Don a removesse. A certa altura, ele cedeu. Agora, parado ali olhando para Hillary, descobriu que estava feliz por sua mulher ter insistido na permanência da imagem. Enquanto olhava para ela, toda a culpa e o nervosismo que sentia a respeito da decisão em ter um caso extraconjugal, ainda mais com uma prostituta, ficaram para trás. Era a decisão certa. Este foi o último pensamento que passou por sua mente antes de seu telefone tocar. Ele o atendeu e teve a primeira conversa com Angelique Ice.

— Alô, aqui é a Angelique. Você quer um programa hoje à noite?

— É... Eu nunca fiz isso antes, então você meio que vai ter que me ajudar. Tipo, em que ponto eu te entrego o dinheiro e...

— Qual é o seu nome?

Don tentou pensar num nome falso, mas não conseguiu.

— Don.

— Bem, Don, eu não falo sobre isso pelo telefone. Então, se você quiser fazer um programa comigo esta noite, é assim que funciona. Eu atendo aqui ou em domicílio, então podemos nos encontrar na minha casa ou na sua...

— Pode ser num hotel? — interrompeu Don.

— Pode. Tudo bem.

— Ótimo. Já reservei um.

— Tudo bem, sem problemas. A gente pode se encontrar lá e, depois que eu chegar, podemos conversar sobre a outra coisa, mas se você está me ligando isso significa que provavelmente viu meu site, então sabe o que estou procurando no nosso programa.

— O seu preço, você quer dizer?

— Bem, mais uma vez, eu não tenho preço. A gente vai sair junto. Mas eu não saio com policiais. Você é policial?

— Não.

— Está bem. Bom, como eu disse, depois que a gente se encontrar, a gente conversa sobre o que você quer fazer no nosso programa e o que eu quero fazer, e tenho certeza de que poderemos chegar a um acordo. Então, às dez da noite está bom pra você?

— Tudo bem.

— E onde você gostaria de me encontrar?

— Reservei um quarto no Cornhusker.

— Beleza. Quer me encontrar no bar às dez, então?

— Na verdade, posso te encontrar no quarto? Não quero arriscar que alguém que eu conheça me veja com você. Sem ofensa.

— Ofensa nenhuma. Eu sou muito discreta, mas normalmente gosto de encontrar os homens com quem saio num local público antes de o encontro começar, por razões de segurança.

— Ah. Bem, quanto tempo leva isso?

— Só alguns minutos. E eu me reservo o direito de cancelar ou terminar o programa a qualquer momento. Você deve saber disso.

— Está bem, então vamos nos encontrar no Cornhusker às dez. No bar.

— Marcado.

— Tudo bem — disse Don e desligou.

Suas mãos estavam suando. A gravidade do fato de ter acabado de abordar com sucesso sua primeira prostituta começou a se consolidar. Ele achava que poderia se sentir culpado ou querer cancelar, mas agora era dominado por uma alegria vertiginosa, algo semelhante ao que ele sentira durante o ensino médio quando saía escondido pela janela do quarto, andava de bicicleta pelo bairro deserto, entrava pela janela da namorada, transava com ela, saía escondido de novo, andava de bicicleta novamente pelo bairro, entrava escondido na própria casa, de volta à própria cama, e adormecia sem que seus pais jamais soubessem que ele havia saído. Era só felicidade.

Depois de sair de casa no começo da tarde, Rachel Truby foi para o Ramada Inn do aeroporto e fez check-in num quarto.

Sem fazer ideia da aparência de Secretluvur ou do tipo de pessoa que ele era, e tendo algumas dúvidas a respeito de sua capacidade de ter um caso, ela ainda precisava decidir o ponto a que deixaria as coisas chegarem com esse estranho. Independentemente de qual fosse o resultado, Rachel estava feliz em dormir uma noite numa cama sem o marido ao lado, sem se importar se iria dormir sozinha ou com outro homem. Tomou uma ducha e esticou as pernas na cama do hotel. Botou o alarme para tocar na mesinha de cabeceira às seis e meia, o que lhe dava uma hora e meia para se arrumar antes de encontrar Secretluvur no lounge do hotel. Ela não tirava um cochilo no meio do dia havia muito tempo. O sono lhe veio fácil conforme fechou os olhos, ansiosa por acordar sem o marido no quarto.

Tim Mooney entrou em sua conta no Myspace, viu que Brandy estava on-line como Freyja e lhe mandou uma mensagem: "Meu pai vai sair hj e ñ pode levar a gente ao cinema. Mas posso encontrar vc em algum lugar. Posso ir de bicicleta." Brandy respondeu: "Se seu pai não vai estar em casa, eu podia ir até aí e a gente podia ver um filme. Só preciso avisar à minha mãe que vou de bicicleta para a casa de uma amiga, sei lá." Tim pensou na perspectiva de receber Brandy em casa sozinho. Escreveu uma mensagem que dizia: "Boa ideia. Acho q meu pai vai sair lá pelas 7. Quer vir p cá às 7:30?" Brandy respondeu com "A gente se vê, então".

Tim saiu do quarto e viu o pai no sofá, assistindo a uma reprise de *Everybody Loves Raymond*. Pensou por um instante em dizer a ele que ia receber Brandy em casa. Presumiu que ele não se importaria, mas, por via das dúvidas, decidiu guardar a informação para si e perguntou:

— E aí, está pronto pro seu grande programa?

— É, acho que sim. Você deu um jeito no seu? — perguntou Kent.

— É. A mãe dela vai levar a gente pra ver um filme.

— O que vocês vão ver?

Tim ficou momentaneamente sem resposta.

— Ainda não sei. A gente vai ver o que está passando quando chegar lá.

— Bem, divirtam-se. E não sei a que horas vou voltar, então, se eu não estiver aqui quando você chegar, não se preocupe. Assinei aquele novo pacote de futebol universitário. Pode ver isso quando chegar em casa. Os Huskers vão jogar hoje.

— Valeu. Eu devo jogar WoW quando chegar em casa.

Kent teve esperanças de que o interesse de Tim pelo caderno e esportes no dia anterior pudesse significar um novo interesse da parte do garoto em voltar a ser o atleta de antes. A resposta dele diminuiu essas esperanças.

— Bem, talvez quando fizer uma pausa você possa ver um pouco de futebol.

— Talvez — disse Tim.

Danny Vance e Brooke Benton haviam decidido que não queriam ver um filme, no fim das contas. Em vez disso, Danny fez sua mãe deixá-los no shopping por algumas horas. Eles ficaram satisfeitos em vagar pelo lugar, conversando. Brooke havia mencionado que passar um tempo juntos, sozinhos, era tudo o que ela queria. Na verdade, preferia isso a ver um filme. Ela sentia que o silêncio forçado exigido num cinema seria perder o tempo que ela preferia gastar conversando com Danny.

Brooke fez algumas tentativas de segurar a mão dele enquanto andavam, mas Danny não foi receptivo. Desde a noite em que fizera sexo oral nele, Brooke percebera um clima estranho entre os dois. Presumiu que a reação anormal de Danny ao seu afeto devia ser porque eles não haviam nem dado um beijo sequer na bochecha desde o último encontro. Além disso, deduziu que ele estava decepcionado com ela por não ter repetido o ato na semana anterior. Mas, na verdade, era o contrário.

Apesar de Danny estar começando a ter necessidades sexuais, o que era normal, elas ainda eram novidade, e ele não achava que estava pronto para o que haviam feito. Tentara tirar o ocorrido da cabeça, pois ficava muito ansioso toda vez que pensava a respeito. Aquilo era um progresso no relacionamento físico dos dois, que parecia ter grandes chances de estar caminhando para uma conclusão que incluía transar, e isso não demoraria muito, o que estava muito além do que Danny se sentia confortável em fazer, mas — achando que certa dose de pressão devia ser algo normal — ele já havia decidido que, se Brooke quisesse transar com ele, não iria relutar.

Passaram pelo Dippin' Dots e compraram um copinho de sorvete para dividir. Sentaram-se em um banco e comeram.

— A gente nunca conversou sobre o que aconteceu — disse Brooke. — Sabe?

— Sei.

— A gente devia?

— Não sei.

— Bem, por mim, a gente devia conversar, por que eu não sei se, tipo, estou pronta pra fazer de novo, sabe?

— Sério? Tranquilo.

— Você não está zangado?

— Gata, está tranquilo.
— Sério? Você não está falando isso só por falar?
— Não, tranquilo mesmo.
— Quer dizer, tudo bem a gente dar uns amassos e tal. Só não sei se estou pronta pra, tipo, você sabe, o que a gente fez e tudo mais. Acho que eu só queria fazer pra dizer que tinha feito, sei lá. Mas estou feliz por você ter sido o primeiro cara com quem eu fiz.
— Eu também.

Eles comeram seus sorvetes e, quando terminaram, Brooke perguntou:
— A gente pode ir até a Verizon? Meu telefone está zoado.

Danny a beijou na bochecha e disse:
— Claro, gata.

Danny segurou a mão dela enquanto andavam até a loja da Verizon.

Don Truby disse ao filho, Chris, que ia tomar umas cervejas com Jim Vance e que, se acabasse bebendo demais, talvez passasse a noite no sofá dos Vance — algo que ele já havia feito algumas vezes, embora não com tanta frequência. Chris achou suspeita a notificação antecipada de uma situação improvável, mas não ligava tanto para as reais intenções do pai a ponto de questioná-lo quando ele saiu pela porta da frente.

Chris ficara interessado em vídeos produzidos por, e exibidos em, um site chamado TheEnglishMansion.com. O English Mansion reunia dominatrizes, escravos sexuais, submissos e vários adeptos de fetiches sexuais especializados. Era voltado para homens que gostavam de ser dominados por mulheres que adotavam o tipo de pornografia classificada como humilhante; bissexualidade forçada; tortura genital masculina — conhecida como tortura *cock and ball* ou CBT — em que muito frequentemente os testículos e o pênis eram amarrados com sisal ou barbante até ficarem pretos enquanto eram violentamente estapeados ou chutados; às vezes, o pênis e os testículos eram cutucados com agulhas ou eletrocutados; e às vezes homens eram forçados a ver suas mulheres transando com outros caras, com uma ligeira inclinação à prática do adultério inter-racial. Chris achava tudo isso excitante. Havia substituído o que achara sexualmente excitante na série de filmes *Engolidoras de Pica* — a natureza supercontroladora dos homens enfiando à força suas ereções na garganta de várias mulheres, às vezes até contra a vontade delas, ao que parecia — pelo exato oposto. Achava que havia algo altamente erótico na entrega total ao domínio. Não ter nenhum controle sobre a situação, nem mesmo para se mexer — às vezes os homens eram completamente amarrados e obrigados a usar roupas de látex que cobriam o corpo inteiro, correntes, algemas e outras coisas, até precisarem de ajuda para respirar direito —, excitava Chris de um jeito que nenhuma outra forma de pornografia o fazia.

Ele gostava especialmente de vídeos de homens sendo examinados por médicas dominatrizes. Tão logo seu pai saiu, deixando-o com a casa inteira para si, ele se masturbou com a porta do quarto aberta enquanto assistia a um desses vídeos, que mostrava um homem nu de capuz de couro com a boca coberta, amarrado à mesa de exames e com um aparelho de ordenha preso ao pênis, enquanto a médica, com um macacão branco de látex, inseria um consolo em seu ânus com violência. E, enquanto tudo isso acontecia, um negro com um pênis enorme fazia sexo anal com a mulher do outro a alguns passos apenas da mesa de exames. A mulher não parava de repetir que o pênis do negro era gostoso e que era maior que o do marido, que nunca seria capaz de satisfazê-la daquele jeito.

Chris achou o aspecto inter-racial do adultério nesse vídeo tão excitante quanto qualquer outra parte do filme. Ele se imaginou sendo amarrado à sua cadeira com um vibrador no ânus enquanto Hannah fazia sexo oral em Jordan Shoemaker, um estudante negro da Goodrich Junior High. Estava prestes a chegar ao orgasmo quando parou, fechou o media player e passou da cadeira para a cama. Ele continuou acariciando o pênis, mantendo a ereção, ainda pensando no vídeo ao qual estivera assistindo, quando mandou uma mensagem de texto para Hannah que dizia: "O q vc faria c meu pau duro agora?" Não sabia se ela responderia rápido o bastante, mas decidiu prolongar a sessão de masturbação por alguns minutos, dando a ela tempo de responder. Hannah respondeu em menos de um minuto com: "Eu o colocaria na minha boceta molhada." Chris gostaria que ela tivesse dito alguma coisa sobre engasgar com ele, ou sobre apertar seus testículos com muita força. Então perguntou: "E o q vc faria c as mãos?"

"Esfregaria em vc", foi o que Hannah respondeu.

A falta de especificidade ou criatividade na resposta dela não foi nada excitante. Chris a provocou mandando: "O q vc faria comigo amarrado?"

Hannah não soube o que pensar. Ela não tinha experiência suficiente com nada sexual para saber o que fazer com um garoto amarrado e achou ligeiramente estranho que Chris tivesse feito esse tipo de pergunta. Mas ainda o considerava o caminho melhor e mais rápido para perder a virgindade. Enviou: "Escorregava seu pau p dentro da minha boceta & montaria em vc até vc gozar."

Ainda que Chris tivesse preferido uma resposta que incluísse uma descrição de como Hannah poderia inserir algo no ânus dele ou torcer seus testículos até doerem, ou sentar no rosto dele a ponto de sufocá-lo, conseguiu ficar excitado o suficiente para ejacular só ante a ideia de ficar deitado imóvel, completamente amarrado, enquanto Hannah usava a ereção dele para o próprio prazer.

Pensou em escrever "Acabei de gozar", mas desistiu. Em vez disso, mandou o seguinte: "Qdo a gente vai passar 1 tempo junto?" Hannah respondeu: "Qdo vc quiser me comer." Depois de ejacular uma quantidade grande de sêmen em sua meia suja, Chris não estava mais excitado. Ele não tinha quase nenhum interesse em ter relações sexuais com Hannah, nem com nenhuma garota, para falar a verdade. Estava mais interessado em reproduzir algo de um dos vídeos que vira no English Mansion. Presumia que seria difícil fazer uma garota concordar com qualquer coisa daquilo, sendo tão fora do normal quanto eram. Ainda assim, pensou que podia fazer Hannah concordar. Ela aceitara seu tratamento sexual quase abusivo da última vez que estiveram juntos. Respondeu com uma mensagem que dizia: "Eh c vc", acidentalmente melando o celular com um pouco de sêmen.

Brandy Beltmeyer entrou na cozinha, onde a mãe digitava um novo documento para apresentar na reunião do PAtI da semana seguinte. Era uma lista de sites que os pais costumavam tomar erroneamente por ambientes livres de predadores, mas que, de acordo com Patrícia, eram um terreno fértil para o perigo. A lista incluía sites como eBay, Twitter, TMZ e ESPN.

— Vou à casa da Lauren ver um filme — disse Brandy.

Embora Lauren estudasse na Dawes Middle School, morava perto de Brandy, que sempre a visitava de bicicleta. Patrícia olhou o relógio.

— Está tarde. Você vai dormir lá? A mãe dela deixou?

Brandy havia usado Lauren como desculpa algumas vezes antes. Lauren era sua melhor amiga desde pequena e, apesar de não estudarem na mesma escola, eram bem íntimas.

Os pais de Lauren eram menos rígidos que os de Brandy. Apesar de não tolerarem que a filha, nem nenhum dos amigos dela, apresentasse qualquer tipo de comportamento questionável quando sob sua vigilância, não ficavam policiando a menina, nem on-line nem off-line. De vez em quando os pais da Lauren fumavam maconha para relaxar e não viam nada de errado nisso.

A vida escolar de Lauren na Dawes Middle School possuía semelhanças com a de Brandy, socialmente falando. Lauren tinha alguns amigos que conhecia desde pequena, mas parecia ter sido deixada de fora da galera popular no início do sétimo ano. Ela não se incomodava com sua posição na estrutura social da Dawes Middle School. Desde que continuasse tendo amigos de verdade, como Brandy, tudo bem.

Brandy mandou um e-mail para Lauren detalhando seu plano e pedindo que a amiga fosse cúmplice em qualquer historinha que precisasse inventar. Lauren havia feito isso com Brandy duas vezes antes, quando ambas se encontraram, sem que ninguém soubesse, com dois garotos da escola da Lauren no porão da casa de um deles. Não aconteceu nada com os meninos, mas Brandy gostou de poder viver um momento longe do olhar vigilante da mãe. Sendo assim, Lauren concordou em ajudar a amiga, caso Patrícia ligasse para a casa dela procurando a filha.

— É, a mãe da Lauren deixou eu dormir lá.

— Quer uma carona do seu pai?
— Ele está dormindo.
— Eu posso levar você.
— Sério, não precisa. Você está muito ocupada com o que quer que seja isso aí.

Patrícia, num esforço de confiar mais na filha e permitir que ela crescesse e amadurecesse, falou:

— Está bem, mas leve o celular para eu poder rastrear você, e me ligue quando chegar lá.

— Tudo bem.

Quando contratou o plano de telefonia celular para a família, Patrícia fez questão de adquirir um que incluísse a opção de rastreamento por GPS de um telefone principal para os outros. O marido, que não era de usar celular, deixava o dele na mesa da cozinha, eternamente plugado na tomada. O ícone de seu GPS na tela de rastreamento de Patrícia aparecia sempre em cima da casa deles. A localização da filha era mais variada: a escola, a casa da Lauren, o shopping, o cinema e assim por diante. Patrícia tinha as rotas exatas de cada um desses lugares no GPS do seu telefone, e qualquer desvio de caminho seria certamente motivo de preocupação. Brandy pensou nisso enquanto guiava a bicicleta até a casa da amiga. Chegando lá, chamou Lauren, que saiu e a encontrou na varanda da frente. Brandy entregou o celular à amiga.

— Acabei de ligar pra minha mãe e disse que já tinha chegado aqui. É só deixar o telefone no seu quarto e, se ela ligar, você diz que estou no banheiro e que eu ligo pra ela quando sair. Aí você me manda uma mensagem pelo Facebook e eu ligo pra ela da casa do Tim.

— Você vai falar pra ele, tipo, "Oi, tá legal aqui... Mas, só uma coisa... Posso usar seu computador e ficar on-line no Facebook direto?" Isso é meio esquisito.

— Estou levando meu laptop na mochila. Ele não vai nem saber.

— Você não pode ligar da casa dele. Sua mãe não vai reconhecer o número.

— É só eu dizer pra ela que você trocou de telefone e eu tive que usar o seu porque a minha bateria acabou.

— Mas por que eu mudaria o meu número?

— Não sei, você conseguiu um plano mais barato, sei lá.

— Sua mãe vai sacar na hora. A que horas você vai voltar?

— Na hora que me der vontade de ir embora.

— Que vai ser?

— Sei lá, meia-noite, mais ou menos.

— Tudo bem, vou deixar minha janela aberta, é só entrar. Não vou conseguir abrir a porta sem acordar os meus pais.

— Tá. Valeu pela ajuda.

— De nada.

Brandy pegou a bicicleta e pedalou até a casa do Tim, esperando que sua mãe não ligasse para o seu celular, mas sabendo que, muito provavelmente, ela o faria em algum momento.

Dawn Clint não tinha o menor interesse em que Kent Mooney conhecesse sua mãe na primeira saída dos dois, então o instruiu a lhe mandar uma mensagem de texto quando chegasse em frente à sua casa, quando sairia. Recebeu um SMS às 19:33 e deu tchau para a mãe, Nicole, que disse:

— Esse parece simpático. Não faça nada idiota.

Dawn não respondeu. Sabia que Hannah estava no quarto fazendo alguma coisa, então não se deu ao trabalho de se despedir. Dawn disse à mãe que não sabia até que horas ficaria fora e que havia deixado dinheiro para a pizza na mesa da cozinha. Conferiu sua maquiagem uma última vez no espelho do corredor e saiu.

Kent estava fora do carro. Dawn ficou se perguntando por quê. Enquanto se aproximava, ela perguntou:

— Por que você não está no carro?

— Só queria abrir a porta pra você — respondeu Kent, enquanto fazia exatamente isso.

Dawn se perguntou se ele seria mesmo um cara legal de verdade. Ao deixar Los Angeles, imaginou que a volta para o interior dos Estados Unidos seria uma garantia de poder conhecer uma quantidade maior de caras legais. Até aquele momento, isso não havia acontecido. Ela quase perdera a esperança de encontrar um, e presumiu que acabaria tendo relações sexuais com quaisquer homens que lhe parecessem mais atraentes, até que não fosse mais desejável, e que, a essa altura, com sorte, sua filha teria uma carreira lucrativa que ela gerenciaria, acabando com a necessidade de um homem em sua vida. Kent era o primeiro cara legal que Dawn conhecia.

Já dentro do carro, ela disse:

— Então, como andam as coisas desde a nossa reunião do PAtI?

— Bem, acho. Continuo trabalhando muito e fazendo as coisas de sempre. E você?

— É, acho que basicamente a mesma coisa.

Kent não soube como continuar a conversa e, depois de alguns segundos de silêncio, começou a temer que a noite já estivesse indo de mal a pior. Dawn imaginou que ele estivesse nervoso e assumiu a responsabilidade de continuar o papo.

— Então, aonde vamos?

Kent, se dando conta de repente de que sua escolha de restaurante poderia não ser do agrado de Dawn, disse:

— Sabe, eu nem toquei de perguntar se você gosta de comida indiana.

— Adoro.

— Ótimo. Pode ser no Oven, então?

— Pode, eu amo o Oven. Não que eu vá com tanta frequência, mas já comi lá. É muito bom.

— É, eu costumava ir sempre... — Kent se conteve para não terminar a frase, cujo fim seria *com a minha mulher*.

Na hora de escolher o restaurante, Kent optou por um lugar que ele e a mulher costumavam frequentar, num esforço de tentar esquecê-la, de fazer com que as coisas que eles consideravam "sagradas" se tornassem mais insignificantes, de livrar seu mundo de lugares sobre os quais ela ainda tinha alguma influência. Kent não achava justo o fato de ela ter se mudado para um lugar no qual nenhum dos dois morara, nem mesmo visitara. Para ela, não havia restaurantes tabu, mercados que remetessem a lembranças deles comprando comida juntos, nenhuma esquina que guardasse os diálogos que tiveram na chuva porque a chave havia ficado trancada dentro do carro. Kent precisava começar a tomar de volta esses lugares e o Oven era um de seus restaurantes preferidos. Ele não havia voltado ao local desde que Lydia o deixara.

Chegando ao restaurante, pediram uma garrafa de vinho e vários pratos para dividir. No começo, a conversa foi agradável e superficial. Na terceira garrafa, começaram a falar de coisas mais relevantes. Dawn contou toda a história de seu tempo em Los Angeles como atriz e de como Hannah fora concebida. Kent revelou para Dawn que, até recentemente, havia nutrido esperanças de uma reconciliação com a mulher. Foi essa informação que levou Dawn a dizer:

— O que fez você mudar de opinião a respeito de voltar com sua ex-mulher?

— Sei que isso vai parecer uma cantada, ou que talvez eu esteja entregando o jogo um pouco cedo demais, mas... você meio que foi uma das razões. Quando te conheci, percebi que estava perdendo tempo com a minha ex-mulher. Basicamente, todas as noites, até aquela dia, eu ficava sentado na sala vendo TV e pensando no que ela estava fazendo. Depois de te conhecer eu fiquei imaginando o que você estaria fazendo.

Dawn não soube bem como reagir. Ela considerou Kent sensível e sincero por ter lhe contado algo tão pessoal, mas também sentiu como se ele estivesse colocando pressão demais nela e em qualquer relacionamento que pudessem desenvolver no futuro. No entanto, pensou Dawn, não estaria ela também dando uma importância parecida a ele e às possibilidades que ele representava para seu futuro?

Kent tomou a falta de resposta dela como mau sinal e disse:

— Foi mal, eu não devia... Fui longe demais, né?

A resposta de Dawn foi:

— Não, de jeito nenhum.

Naquele momento ela decidiu que queria ver aonde esse relacionamento com Kent — com um cara legal — podia chegar. Ia escolher acreditar na possibilidade de que o que ele estava dizendo era verdadeiro e sincero e não se assustaria com sua franqueza.

Dawn continuou:

— Na verdade, acredite ou não, essa foi a coisa mais legal que um cara já me disse. Adorei ouvir isso.

Os dois sorriram e o assunto mudou para seus filhos. Kent contou a Dawn sobre a decisão de Tim em deixar o time, e em como estava triste com isso. Dawn lhe contou sobre a paixão de Hannah pela carreira de atriz e sobre sua disposição em ajudar a filha ao jeito que pudesse. Omitiu qualquer detalhe sobre o site da Hannah, presumindo que Kent, ou qualquer pessoa normal, acharia aquilo estranho ou talvez moralmente negligente. Dawn explicou sua situação atual, que ela e Hannah moravam com sua mãe. Ela sentia certa vergonha disso, mas admitiu não ter esperança de que fosse mudar tão cedo. Havia pensado em voltar para Los Angeles em algum momento, mas isso não parecia fazer sentido, a não ser que fosse para ajudar Hannah a investir em sua carreira, quando ela estivesse um pouco mais velha.

Enquanto saíam do Oven, Kent avaliou o primeiro programa deles como tendo sido um sucesso. Gostava da companhia de Dawn, e ela também parecia ter gostado da dele. Ao se aproximarem do carro de Kent, Dawn perguntou:

— Quer ir tomar um drinque em algum lugar? Ainda é meio cedo.

Então eles foram a um bar ali perto e, por sugestão de Dawn, jogaram um jogo de touch-screen chamado *Erotic Photo Hunt* disponível num pequeno monitor de computador perto do bar. Foi divertido. Kent percebeu, enquanto tocava no terceiro mamilo falso de uma mulher no jogo, que não se divertia assim havia muito tempo. Decidiu que não tentaria beijar Dawn no fim da noite, que não faria nada para pôr em risco a possibilidade de um segundo programa juntos.

Depois do bar, Kent levou Dawn para casa e a acompanhou até a porta.

— Obrigado por sair comigo — disse ele. — Eu me diverti muito e, se você topar, adoraria repetir isso uma hora dessas.

— É melhor mesmo que haja um programa número dois — disse Dawn, e então o beijou.

Ambos estavam ligeiramente embriagados e sentiram o gosto do álcool na boca um do outro. Kent achou que Dawn beijava bem, e ela pensou a mesma coisa dele. Dawn era a primeira mulher que Kent beijava depois da esposa. Foi estranho, mas bom. Embora não beijasse a mulher há mais de um ano, ainda se lembrava de cada detalhe da técnica dela e pôde compará-la à de Dawn. Achou a de Dawn melhor; mais sexy, de certa forma.

— Liga pra mim amanhã — disse Dawn depois do beijo.

— Ligo sim. Boa noite — disse Kent, e então se virou e andou de volta até o carro.

Dawn entrou e respondeu às perguntas-padrão da mãe e da filha sobre como tinha sido a noite, e então foi para o quarto. Pegou o celular e escreveu um SMS agradecendo a Kent pela noite. Pensou duas vezes se deveria ou não apertar o botão de enviar. Seu impulso inicial foi deletar a mensagem, sem querer parecer entusiasmada demais e correr o risco de assustá-lo. Isso era o que ela teria feito com qualquer outro homem com quem tivesse saído pela primeira vez. Mas, lembrando-se de que tinha resolvido se deixar envolver desta vez, e se permitir ser sincera e sentir algo por Kent, deixou as inibições de lado e mandou a mensagem.

Kent a recebeu a caminho de casa. Ele gostava de Dawn. Enquanto dirigia, respondeu: "Também me diverti. Bons sonhos." Isso fez Dawn sorrir.

Brandy Beltmeyer e Tim Mooney estavam sentados na cama dele assistindo a um episódio do programa *Tim and Eric Awesome Show, Great Job!* que Tim havia gravado. O laptop de Brandy estava no chão, o Facebook aberto esperando a mensagem de Lauren dizendo que a mãe havia ligado.

Tim e Brandy ainda não tinham se tocado. Tim estava inseguro sobre como progredir com o que, supunha, Brandy considerasse uma amizade cuja natureza não justificasse qualquer tipo de toque. Ele não tinha necessariamente qualquer intenção de fazer nada sexual com ela. Havia fantasiado sobre Brandy deitar a cabeça em seu peito enquanto viam televisão, e acariciar seu cabelo, ou talvez beijá-la. Mais uma vez, ele se lembrou de "Pálido Ponto Azul" e de vários outros ensaios científicos, teorias e opiniões a respeito da natureza do universo que explicavam a nossa insignificância e disse:

— Sabe, a gente podia, sei lá, deitar na minha cama se você quiser.

— Tudo bem — disse Brandy, e eles se deitaram, ainda sem se tocar.

Brandy também estava insegura sobre como fazer a transição para qualquer tipo de contato físico. Ela sempre teve a sensação de que era dever do homem iniciar qualquer coisa nesse sentido. Se ela agisse diferente, seria estranho. Mas também, pensou, já era estranho estarem deitados lado a lado na cama dele, sem se tocarem, manobrando conscientemente seus corpos para que nem o mais leve ou breve contato fosse feito.

Sem mais nem menos, e sem dizer nada, ela pegou o braço de Tim e o moveu para o lado a fim de poder apoiar a cabeça em seu peito. E posicionou o braço dele ao longo de seu corpo durante o processo. Tim também não falou nada quando isso aconteceu, não sabendo direito o que significava nem o que deveria fazer em seguida. Optou por não fazer nada, só ficar curtindo o fato de ela estar deitada em seu peito, enquanto viam Tim Heidecker interpretando o personagem cômico Spaghett. Cheirou o cabelo dela e curtiu suas risadas. Isso, Tim pensou, era como devia ser ter uma namorada. Ficou se perguntando se Brandy estava pensando a mesma coisa e quando, ou se, o assunto deveria ser abordado. Continuou do jeito que estava e ficou só vendo o programa, satisfeito com o que estava acontecendo.

Brandy, com a cabeça no peito de Tim, escutava a respiração e o coração dele. Ela, também, pensou que aquilo era como devia ser ter um namorado. Também se perguntou quando, ou se, deveriam tocar no assunto. Obviamente eles teriam que pelo menos se beijar antes que houvesse qualquer conversa sobre namoro, e ela sabia que não tomaria a iniciativa do primeiro beijo. Continuou do jeito que estava e ficou só vendo o programa, satisfeita com o que estava acontecendo.

Depois de algumas horas, Brandy levantou a cabeça e disse:

— É melhor eu ir embora. Nem acredito que a minha mãe ainda não me ligou.

— Tudo bem, eu levo você até a porta.

Na varanda de Tim, ele abraçou Brandy, mas não a beijou, apesar de querer muito fazê-lo.

— Valeu por vir aqui — disse ele.

— Tranquilo — respondeu ela.

Ambos queriam saber quando fariam o próximo programa juntos, quando dariam as mãos e o primeiro beijo, mas nenhum dos dois disse nada nem tomou qualquer iniciativa. Ambos estavam nervosos demais, inseguros demais com qual seria a reação do outro se abordassem o assunto ou tomassem alguma atitude dessa natureza. Tim Mooney ficou na varanda e observou Brandy Beltmeyer ir embora pedalando, esperando que a mãe não tivesse ligado para ela e que fosse vê-la de novo logo, fora da escola.

Quando Brandy chegou à casa de Lauren, olhou o telefone e viu que a mãe não havia ligado. Brandy achou isso estranho; ficou se perguntando se haveria algo errado com o telefone. Pensou em ligar para a mãe para se assegurar de que estava tudo bem, mas optou por não fazê-lo. Decidiu não dar sorte para o azar, não olhar os dentes de um cavalo dado.

Patrícia estava no quarto da filha, sentada diante do computador dela. Vasculhou meticulosamente todos os e-mails, as mensagens no Facebook e no Myspace, posts e qualquer outro arquivo no computador da filha que pudesse revelar qualquer indício incriminador. Estava fazendo isso havia horas quando o marido, Ray, entrou.

— Você ainda está aqui? — perguntou Ray.
— Estou, sim.
— Já faz algumas horas.
— Eu sei, e não consegui encontrar nada. Nós temos sorte, Ray.
— Então talvez você devesse pegar leve com ela.
— Tem razão. Só vou ligar para ela e ver se está tudo bem na casa da Lauren e aí eu vou dormir.
— Não ligue.
— O quê?
— Você acabou de vasculhar o computador dela inteiro e viu que não tem nada suspeito. Deixe a Brandy ser uma adolescente normal hoje. Mostre que você confia nela. Deixe que a nossa filha cresça um pouco.

Às vezes Ray pedia à mulher que não fosse tão superprotetora. Normalmente, Patrícia ignorava as opiniões do marido, mas neste caso parecia fazer sentido. Ela olhou para o celular em cima da mesa. Sua menina estava crescendo, e o marido tinha razão. Ela merecia o espaço de que precisava para crescer sozinha. Patrícia se esforçava muito para não desprezar o fato de que a filha era bem-comportada e achou que dar a ela uma noite fora de casa sem um telefonema para controlá-la fortaleceria a relação das duas. Percebeu que confiava na filha.

— Você está certo, querido — admitiu ela.

— Vamos para a cama — disse Ray.

Don estacionou mais longe da entrada do hotel Cornhusker que o necessário, colocou um chiclete na boca e ajeitou o cabelo pelo retrovisor. Era agora. Ele realmente ia fazer aquilo. Estendeu a mão para o banco do carona, pegou o envelope no qual havia colocado os 800 dólares que sacara do banco naquela tarde e o enfiou no bolso do blazer, questionando sua decisão de usar blazer para aquela ocasião. Tinha parecido uma boa ideia mais cedo. Don havia achado que poderia dar certa importância ao que estava fazendo, dar àquilo mais classe do que realmente tinha. Agora parecia apenas uma tentativa fracassada e patética de causar essas impressões.

Don entrou no Cornhusker, se registrou na recepção, pegou a chave do quarto e foi para o bar. Estava cinco minutos atrasado em relação ao horário que havia combinado com Angelique Ice. Fez isso de propósito. Não queria ter de esperar muito por ela no bar. Queria passar o mínimo de tempo possível em público, para o caso improvável de que alguém que ele conhecesse pudesse aparecer por ali. Não havia outros clientes no lounge, só Angelique Ice, sentada no bar bebendo um martíni. Don a reconheceu imediatamente. Ela era um pouco mais gorda em pessoa do que nas fotos, mas Don a achou atraente mesmo assim. Certamente não era tão flácida e fora de forma quanto sua mulher.

Ele se aproximou dela e perguntou:

— Angelique?

— Você deve ser o Don. Você é bonito.

Don interpretou isso como fazendo parte da encenação dela. Sabia que Angelique não podia realmente achá-lo atraente e que, se achasse, as circunstâncias que envolviam seu encontro tornariam nula qualquer atração genuína. Ainda assim, era bom ser elogiado, ouvir uma mulher dizendo se sentir atraída por ele. Sua mulher, Rachel, não o chamava de nada nem parecido com bonito há muitos e muitos anos.

— Você também. Então, como isso funciona?

— A gente toma um drinque e depois vai para o quarto.

Don olhou em volta e viu que não havia mesmo mais ninguém no lugar. Seu medo de ser descoberto não havia desaparecido por completo, mas concordou em tomar um drinque ali, desejando ter a experiência completa de sair com uma prostituta. Também deduziu que um drinque podia não ser má ideia. Ele estava mais nervoso do que gostaria. Queria curtir tudo. Pediu um uísque caubói e o bebeu de uma vez, e então pediu outro e fez a mesma coisa. Angelique perguntou:

— Essa é mesmo a sua primeira vez? Sei que você disse que era pelo telefone, mas muitos caras falam isso.

— Não dá para notar que é? — retrucou Don.

E pediu um último uísque.

— Você parece um cara legal e dá pra perceber que está muito nervoso. Vamos continuar no quarto, então.

— Parece uma boa ideia — disse Don, deixando dinheiro no bar e guiando Angelique Ice até o quarto que havia reservado.

Eles não disseram nada no elevador. Depois de entrarem no quarto, Don perguntou:

— Então, como exatamente isso funciona?

— Bem, por uma doação de 800, você tem um encontro padrão comigo, que é um serviço completo e dura uma hora. Por 1.600 você tem a EDN.

— EDN?

— Experiência de Namorada. Eu passo a noite com você e acordo aqui amanhã, ou seja, a gente passa a noite juntos.

Don queria a EDN. Seu maior desejo era transar com Angelique Ice, fazer coisas com ela que sua mulher não permitia que ele fizesse havia mais ou menos um ano, sentir um corpo ainda jovem e durinho, ouvir uma mulher gemer como se estivesse tendo prazer como resultado de algo que ele estava fazendo. Mas, além disso, Don queria dormir com uma mulher que não fosse sua esposa e acordar com ela.

— Bem, eu só trouxe 800. Tenho mais 120, mas não posso pagar os 1.600.

— Então podemos fazer só o encontro de uma hora. Pelos 120 extras, acho que posso deixá-lo fazer anal, apesar de normalmente custar mais 300.

— Então não dá pra negociar uma EDN, acho.

Angelique sentou-se na cadeira em frente à cama e tirou os sapatos.

— Sempre dá pra negociar, mas não posso fazer a EDN por tão pouco.

Don entendeu isso como significando que ela teria outros programas assim que tivesse terminado ali. Ficou imaginando se seria o primeiro da noite para Angelique Ice ou se ela acabara de vir de outro programa. Pensou em perguntar, mas presumiu que isso devia ir contra o protocolo e, mais que isso, era algo que ele não queria realmente saber.

Don pensou em fazer sexo anal com Angelique e se perguntou se valeria ou não a pena gastar todo o dinheiro que tinha. Ele vira vídeos de Stoya fazendo sexo anal e parecia que ela gostava. Não fazia isso com a mulher, pelos seus cálculos, havia mais ou menos cinco anos.

— Tá, vamos fazer por 920, então.

— Então você quer anal? — perguntou Angelique.
— Quero.

Don sabia que teria de fazer isso pelo menos mais uma vez. Ele tinha que experimentar a EDN.

— Então você coloca a sua doação na mesa agora e aí vamos começar o nosso programa.

Don pegou o envelope, colocou-o em cima da mesa e então pegou os 120 dólares que tinha na carteira e pôs ao lado. Angelique abriu o envelope e contou. Don perguntou:

— Então, a gente bate um papo ou abre logo os trabalhos? Quer dizer, você quer saber o que eu faço, sei lá?

— Se quiser me contar, você pode — respondeu Angelique enquanto tirava a blusa, revelando a lingerie preta.

Don viu sua pele pálida e os seios de tamanho médio. Ficou excitado com a ideia de fazer sexo anal com ela, algo que iria acontecer em menos de uma hora. Tentou permanecer calmo, sem parecer ansioso demais nem ejacular antes do tempo. Queria aproveitar a hora inteira, se pudesse.

— Bem, sou gerente de serviços de contas na Stanley.

Angelique tirou a saia, revelando a calcinha que combinava com o sutiã. Virou de costas e dobrou o corpo para a frente, dando a Don uma visão de suas nádegas. Para ele, eram quase perfeitas. Podia ver um pouquinho de celulite se formando, mas ela ainda era jovem o suficiente para que isso não comprometesse o formato de sua bunda. Ainda curvada, ela passou a mão entre as pernas, puxou a calcinha para o lado e deslizou um dedo por cima do ânus enquanto dizia:

— E o que um gerente de serviços de contas faz?

Don podia sentir que estava ficando excitado. Tinha certeza de que aquilo não ia durar uma hora inteira. Respondeu:

— Eu coordeno atividades diárias de venda no que diz respeito aos distribuidores. Também gerencio várias contas e me asseguro de que todos os projetos internos estão completos, e às vezes dou assistência a programas de marketing relacionados aos distribuidores.

— Isso parece muito complicado — disse Angelique enquanto se virava e se aproximava da cama, onde Don estava sentado.

— Não é, não — disse Don enquanto ela montava nele, tirava seu blazer e desabotoava sua camisa.

Ele esticou a mão e tentou puxar a cabeça dela para beijá--la, mas ela o interrompeu:

— Isso é só na EDN.

— Ah, foi mal, é que eu não conheço o protocolo.

— Tudo bem — respondeu Angelique, e então desceu do colo dele e desafivelou o cinto.

Angelique desabotoou a calça de Don e a tirou, assim como os sapatos e as meias. Virou-se de novo e sentou no colo de Don, de costas para ele. Os dois ainda estavam de calcinha e cueca, mas Don se viu prestes a ejacular. *É isso que é se sentir realmente atraído pela pessoa com quem você está transando*, pensou ele enquanto Angelique tirava o sutiã e a calcinha e se virava para ficar de frente para ele.

Don achou o corpo dela atraente. Os seios eram relativamente pequenos e ela era cheinha em certos lugares, mas nada que a fizesse parecer gorda, apenas curvilínea. De maneira alguma era perfeita, mas Don tinha consciência de que não morava em Nova York nem em Los Angeles. Para uma garota que ganhava a vida como prostituta nesta cidade, ela era muito atraente.

— Posso tocar no seu peito, ou...?

— Você pode fazer o que quiser comigo, mas não pode me beijar. Quer dizer, também não pode bater em mim nem nada do tipo, mas você pode me tocar, me lamber, o que for.

Don botou a boca no mamilo direito. Ele ficou imediatamente duro, e ela gemeu. Ele sabia que esse gemido provavelmente era fingimento, mas ela atuava bem, e Don se viu cedendo à ilusão que Angelique criava para ele. Afinal de contas, era para isso que ele estava pagando 920 dólares.

Angelique Ice lambeu a palma da mão e a deslizou até o pênis de Don. Ela o acariciou por alguns segundos, mas ele a interrompeu, antes que ejaculasse.

— Não quer que eu toque no seu pau?

Don não queria que ela percebesse que, ainda nas preliminares, a excitação já era tanta que estava à beira do orgasmo. Algo em sua psique masculina queria mostrar a Angelique Ice que ele era um perito em sexo, que se virasse um cliente assíduo, a próxima vez seria prazerosa para ela — que, entre todos os seus clientes, ele seria um dos melhores, alguém que a deixaria ansiosa para o programa.

— Acho que a gente devia pegar a camisinha — disse ele.

Angelique saiu do colo dele e andou até a bolsa. Don trouxera as suas próprias, sendo cético a respeito da integridade de uma trazida pela prostituta. Mas agora que se tranquilizara um pouco depois de conhecer Angelique Ice, quase sentiu vergonha ao perguntar:

— Tudo bem se usarmos a minha?

— Se ainda estiverem numa caixa lacrada, sem problemas — respondeu ela.

Don foi até o blazer e tirou dele uma caixa de três camisinhas Trojan de látex com lubrificante espermicida. Entregou-a para que Angelique a inspecionasse. Ela aprovou, abriu a caixa e tirou uma.

— Deita.

Don deitou na cama, o pênis latejando. Não tinha uma ereção como aquela desde o ensino médio. Sua esperança era de que a camisinha tirasse um pouco da sensibilidade, o que lhe permitiria prolongar a experiência.

Don ficou olhando para o teto e sentiu Angelique Ice pegar sua ereção e desenrolar a camisinha por todo o comprimento, dizendo "Que pau grande" enquanto o fazia. Don sabia que o tamanho do seu pênis era normal. Sabia que Angelique Ice dizia a cada um de seus clientes que eles tinham um "pau grande", um "caralho enorme". Era tudo parte da experiência; algo pelo qual eles tinham pagado. Tentou afastar esses pensamentos, acreditar que ela queria estar ali, que queria transar com ele. Esse era seu principal objetivo nessa história toda: transar com alguém que ele acreditava também querer transar com ele.

Depois de colocar a camisinha, Angelique Ice acariciou o pênis de Don mais algumas vezes; então montou nele e deslizou sua ereção para dentro da vagina. Don olhou para o rosto de Angelique, que sorria. Era um sorriso doce e sexy, algo que ele jamais vira no rosto da mulher. Don segurou os quadris dela, que eram curvilíneos e macios do jeito que ele gostava, e penetrou-a. Angelique fechou os olhos e abriu a boca, respirando fundo, gemendo, e depois mordendo o lábio inferior enquanto Don continuava a mover os quadris sob os dela. Ela dava a Don todos os sinais de que estava gostando.

Angelique Ice esticou o braço e tirou uma das mãos de Don do quadril esquerdo e colocou-a no seio, aumentando a ilusão dele de que essa era uma transa normal, de que estava tendo relações sexuais com ele por sentir prazer naquilo.

— Seu pau está tão duro. Adoro sentir ele dentro da minha boceta.

Don não fez nenhum comentário. Em vez disso, puxou os quadris para trás, tirando o pênis de dentro dela, evitando o clímax por pouco. Rolou-a para que ficasse deitada de barriga para cima, chupou seus mamilos por alguns segundos, ouvindo seus gemidos, sentindo suas mãos passando pelo cabelo dele, gostando de estar dando prazer a uma mulher através do sexo, a consciência de que tudo aquilo era fingimento da parte de Angelique Ice desaparecendo lentamente.

Ele penetrou-a novamente e ela agarrou as nádegas dele, para que fosse mais fundo. Don pressionou o corpo contra o dela, querendo sentir o toque de cada centímetro de sua pele. Queria beijá-la, sentir que aquilo era real, mas sabia que não podia. Foi naquele momento que ele teve certeza de que teria de marcar outro encontro com Angelique Ice. Qualquer culpa que pudesse sentir depois de concluído o ato seria fortuita, e, de qualquer modo, Don imaginou que não sentiria nenhuma. Estava se perguntando quando poderia vê-la novamente quando ela disse:

— Me come.

A posição papai e mamãe era a de que Don menos gostava. Por causa disso, ele conseguiu manter por vários minutos um ritmo normal enquanto penetrava Angelique Ice, sem se aproximar do clímax. Ele começou a suar e ficou constrangido por isso. Antes que Don pudesse pedir desculpas ou enxugar o rosto com a mão, Angelique Ice esticou o braço e limpou o suor da testa dele com a sua. Em seguida a enxugou nos peitos e disse:

— Quente pra caralho.

Don olhou o relógio. Estavam ali havia quase 13 minutos. Don sabia que não iria aguentar muito mais tempo. Estava chegando ao ponto no qual o esforço físico que exercia produzia retornos cada vez menores em relação à quantidade de prazer sexual que recebia. Ele saiu de Angelique Ice e falou:

— Monta em mim de novo, mas virada pro outro lado.

— Ah, você é chegado numa montaria invertida?

— Sou.

— Você quer comer minha bunda assim pra poder ver esse pauzão entrando e saindo do meu cuzinho rosado, né?

— É.

Angelique Ice montou em Don, de costas para ele, e guiou seu pênis para dentro de sua vagina. Ela mexeu para a frente e para trás enquanto ele agarrava suas nádegas. Don estava gostando e chegou à beira do orgasmo, mas queria garantir que ia receber tudo pelo que havia pagado, então disse:

— Achei que a gente ia fazer anal.

Angelique disse:

— Paciência, paciência.

Ela olhou para Don, sorriu e começou a chupar o dedo indicador. O sorriso dela fez Don se lembrar de Stoya. Don se perguntou se Stoya sentia prazer quando trepava nos filmes ou se era só trabalho, só atuação. Não dava para saber. Parecia real para ele, nos filmes. E Angelique Ice se aproximou do nível de desempenho de Stoya ao esticar a mão para trás e inserir o dedo indicador, agora brilhando com a própria saliva, no ânus. Ela gemeu, parecendo realmente gostar daquilo. Don parou com as estocadas e tentou evitar o orgasmo. Pôde sentir o dedo dela pressionando a haste do pênis pela parede do reto. Aquilo foi a coisa mais pornográfica que ele já fizera; só o pensamento do que estava fazendo era quase suficiente para chegar ao orgasmo.

Angelique tirou o dedo do ânus e perguntou:

— Você quer enfiar ou quer que eu enfie?

Temendo que qualquer contato das mãos de Angelique Ice com seu pênis pudesse trazer um fim ao ato, Don disse:

— Eu enfio.

— Rápido, eu quero esse pauzão no meu cuzinho apertado agora.

Don tirou o pênis da vagina, chegou o quadril alguns centímetros para trás, posicionando-o em um ângulo que desse para penetrá-la e forçou a ereção para dentro do ânus de Angelique Ice. Ela olhou para trás por cima do ombro, sorriu para ele e disse:

— Você gosta de comer o meu cu?

Don respondeu:

— Gosto.

E deitou inteiramente, de forma que só o que conseguia ver eram as nádegas dela subindo e descendo devagar com o pênis ereto dele dentro de seu ânus. Don pôde sentir a próstata começando a se contrair. Era agora. Segurou as nádegas de Angelique Ice e gemeu alto quando ela se sentou com força em sua ereção, o comprimento inteiro sumindo no reto.

— Isso, goza pra mim, amor. Goza bem dentro desse cu.

A perna de Don estremeceu ligeiramente quando o último jorro de sêmen foi ejaculado na camisinha. Angelique cavalgou Don por mais alguns segundos, sorrindo para ele por cima do ombro de novo; então saiu daquela posição e perguntou:

— Gostou? — E acariciou o peito dele.

Don tinha gostado daquilo mais do que de qualquer coisa que tivesse feito na vida adulta. Ele havia se convencido na juventude de que transar com prostitutas era de certa forma aviltante para a mulher e patético para o homem. Era estranha a facilidade com que as convicções da juventude desapareciam aos poucos com a apatia da idade, pensou.

— Isso foi incrível.

— Que bom que gostou. Você pagou por uma hora inteira e eu posso ficar, se quiser.

— É, na verdade, seria bom. Eu vou ao banheiro jogar isso fora.

Don foi ao banheiro e tirou a camisinha, inspecionando o pênis em busca de algum indício de que tivesse estado dentro do ânus de alguém. Não havia nenhum. Limpou superficialmente o pênis com a toalhinha do banheiro e voltou para a cama, onde Angelique esperava, nua.

— Não sei se isso é contra as regras e tal, mas tudo bem se a gente ficar na cama um pouco e você deitar a cabeça no meu peito, talvez?

— Não, tudo bem. A gente tem um pouco mais de meia hora ainda. Posso fazer o que você quiser.

Então ficaram deitados na cama de hotel onde haviam acabado de fazer sexo anal, a cabeça de Angelique Ice no peito de Don Truby. Ele tentou se lembrar da última vez que havia feito algo tão íntimo com a mulher — não a transa, só o ato de ficarem juntos, sentindo a respiração um do outro. Não conseguiu. Don adormeceu com o ritmo da respiração de Angelique e ela o acordou quando chegou a hora de ir embora.

— Estou feliz que você tenha se divertido — disse ela.

— Obrigado. Quer dizer, eu gostaria de fazer isso de novo se você quiser.

— Tipo um segundo programa?

— É, acho que sim.

— Bem, você sabe como entrar em contato comigo e sabe do que eu preciso se quiser um programa mais demorado. Então é só me mandar uma mensagem de texto quando quiser.

— Tudo bem.

Depois que ela se vestiu, Don se levantou da cama e a acompanhou até a porta do quarto. A interação não havia sido estranha para Don até aquele momento final. Ele queria lhe dar um beijo de despedida. Nunca havia transado com uma garota sem lhe dar um beijo de despedida quando se separavam.

— Eu sei que não posso te beijar. Posso te dar um abraço, pelo menos? Não sei o que fazer agora exatamente.

— Abraço não tem problema — disse Angelique.

Eles se abraçaram e Angelique Ice saiu do quarto. Don voltou para a cama e repassou cada segundo do programa na mente. Resolveu que passaria a noite no hotel. Fazia muitos anos que não dormia sozinho. Tentou reunir um pouco de culpa pelo que havia acabado de fazer, mas não conseguiu. Nunca pensara em si mesmo como o tipo de homem capaz de transar com uma prostituta, mas de repente percebeu que não só era exatamente esse tipo de homem, como também o faria muitas e muitas vezes até o dia de sua morte.

O despertador no quarto de hotel de Rachel Truby tocou. Ela se levantou da cama, se maquiou e colocou o vestido preto que havia tirado de casa escondido, sem que o filho ou o marido percebessem. Olhou no espelho e concluiu que sua aparência costumava ser muito melhor no passado, menos cansada, em melhor forma física. Presumiu que esse tipo de coisa devia acontecer com todas as mulheres em algum ponto da vida, e sua hora havia chegado.

Quando terminou de escovar os dentes, botar desodorante e decidir que estava tão bonita quanto possível, ainda tinha 24 minutos até a hora marcada com Secretluvur. Resolveu que tomar um drinque antes de ele aparecer podia não ser má ideia, então desceu para o bar. Chegando lá, só viu mais uma pessoa, um negro ligeiramente acima do peso. Ele olhou para ela como se estivesse à espera de alguém e Rachel ficou consciente da possibilidade de aquele ser o Secretluvur. O instante inicial do primeiro contato com um completo estranho é sempre algo esquisito, pensou, mas as circunstâncias que envolviam esse programa específico o tornavam ainda mais esquisito. Ela resolveu ir até o bar e pedir uma bebida sem perguntar a ele sua identidade, esperar até o horário combinado e ver se mais alguém aparece. Mas, antes que pudesse pedir a bebida, ele perguntou:

— Você é... Boredwife?
— Sou. Oi. Secretluvur?
— Sim.

A única outra pessoa no lugar era o barman, que ouviu esse diálogo. Foi um tanto constrangedor para Rachel que esse momento se desenrolasse na frente de um completo estranho, que ela achava estar julgando os dois, mas o programa não podia ser conduzido de outra maneira. Rachel nunca tivera nenhum tipo de interação física com um negro. Ela havia se perguntado como seria, se todos os estereótipos a respeito do tamanho avantajado do pênis eram verdade. Secretluvur tinha um rosto bonito e, apesar de estar levemente acima do peso, parecia ter ombros largos; ela calculou que fosse musculoso por baixo do blazer e da calça social que escolhera usar em seu primeiro programa.

— Então, eu não sei direito como isso funciona.
— É tudo novo pra mim também. Acho que a gente toma uns drinques, conversa um pouco e vê o que acontece.
— Parece uma boa ideia. O que você vai querer?
— Um Cosmopolitan.
— Ela vai querer um...
— Eu ouvi — interrompeu o barman.
— Tudo bem — disse, e virou-se para Rachel, que havia mudado de lugar para se sentar a seu lado. Em seguida, perguntou: — Com o que você trabalha?

— Com nada interessante — respondeu ela. — Contabilidade. Na verdade é um emprego horrível, mas eu acabei de ser contratada, então tenho tentado me convencer a ir levando. O salário é bom. E você?

— A mesma coisa. Só que estou no meu emprego há bem mais que um ano. Estou no mesmo lugar há, sei lá, dez anos. Caramba, você nunca acha que vai ficar num único lugar, fazendo algo de que não gosta, por tanto tempo. E aí um dia você se encontra com uma possível amante que conheceu pela internet e meio que bota toda a sua vida em perspectiva, sabe?

Rachel riu. Seu marido não a fazia rir havia muito tempo. Don era engraçado e ela ria de algumas coisas que ele dizia, mas ele não a fazia rir havia muito tempo.

Algo na tentativa de Secretluvur em ser engraçado, algo além da forma como era divertido, fez Rachel gostar dele. Era como se sua tentativa de fazê-la rir, de fazê-la gostar do tempo que estava passando com ele, fosse uma demonstração do seu valor e, por sua vez, uma admissão de que através daquela demonstração ele via valor nela. Ele não estava tentando divertir a si mesmo ou ao barman, do jeito que o marido dela teria feito. Secretluvur não se importava se mais alguém no mundo achava sua piada engraçada, desde que Rachel a achasse. Foi sua tentativa de fazê-la rir que fez com que Rachel tomasse a decisão de transar com ele naquela noite, e foi essa decisão que a fez resolver também deixar que ele fizesse o que quisesse com ela, inclusive coisas que nunca havia feito com o marido. Ela queria ser uma pessoa diferente naquela noite.

O barman trouxe o Cosmopolitan e ela esticou a mão para a bolsa. Secretluvur disse:

— Deixe por minha conta. — E pagou pela bebida.

Eles conversaram por mais algum tempo e Rachel tomou outro drinque, pelo qual ele também pagou. A conversa não foi sobre nada específico da vida pessoal deles. Nenhum dos dois falou sobre cônjuges, filhos, onde moravam; nenhum dos dois disse seu nome verdadeiro. Eles falaram de filmes, programas de televisão, música, esportes, celebridades — as generalidades da vida que todo mundo vivencia à sua maneira. Ela ficou sabendo que o programa de televisão preferido dele era *The Wire* e ele soube que o dela era *Six Feet Under*. Ambos detestavam reggae, o que ela achou estranho para um negro, e ficou imediatamente constrangida por ter pensado isso.

Quando ela tomou o último gole do segundo drinque e colocou o copo no bar, disse:

— Então...

— Então... — retrucou ele.

— Acho que devemos...

— Não quero que você pense que tem que acontecer esta noite, nem nada assim. Podemos só conversar hoje, se você quiser. Não é nada urgente. Quer dizer, você parece ser uma mulher legal e é muito gostosa, mas...

Ela o interrompeu neste momento. Nunca havia sido chamada de "muito gostosa", e isso a excitou. Ela pôde sentir algo dentro de si que estivera enterrado por muito tempo começando a voltar à superfície.

— Tenho um quarto aqui, se você quiser vir comigo.

— Tudo bem. Tudo bem. Podemos fazer isso — disse ele.

Ela pegou Secretluvur pela mão e o guiou até seu quarto.

Quando chegaram ao quarto, Rachel não tinha a menor intenção de se dar qualquer tempo para pensar duas vezes no que estava fazendo nem de se convencer de que não devia transar com Secretluvur. Ela o empurrou para a cama e o beijou. Aquele foi o primeiro beijo que deu num negro. Algo que achou que não aconteceria mais a essa altura da vida. Ele beijava bem e, junto com a euforia da circunstância em si, Rachel ficou excitada com a forma como ele segurou seu cabelo e o puxou de leve enquanto se beijavam.

Ela o empurrou para trás e montou nele, sem parar de beijá-lo. Esse nível de agressividade sexual era algo que ela não conseguia imaginar com o marido havia muitos anos. Mesmo quando transavam com mais frequência do que haviam transado no último ano, ela nunca fora capaz de sentir tamanha luxúria pelo marido, certamente não no nível que sentia por Secretluvur enquanto abria o zíper e o cinto de sua calça.

Ela deslizou as mãos por baixo da camisa dele e sentiu sua barriga. Era grande, gorda, mas ela podia sentir os músculos também. Imaginou se Secretluvur havia sido atleta no ensino médio, ou talvez na faculdade. Imaginou se seu marido algum dia havia jogado futebol americano contra Secretluvur no ensino médio e pensou que, se tivesse — se o mundo fosse tão pequeno assim —, então talvez ela só estivesse vivendo um de seus possíveis futuros naquele quarto de hotel.

Colocou a mão dentro da calça dele e a passou pelo elástico da cueca — que era do mesmo estilo que o marido usava — e segurou o pênis. Era grande. Não era gigante, mas era perceptivelmente maior do que o do marido, tanto em comprimento quanto em diâmetro. Aquela descoberta só serviu para aumentar o desejo carnal que Rachel sentia por Secretluvur. Ela esperava que, além de bem-dotado, Secretluvur também atendesse o estereótipo de amante habilidoso e insaciável.

Ela puxou a cueca dele um pouco para baixo, para expor o pênis e os testículos. Então desceu e começou a felação.

Rachel não praticava sexo oral havia algum tempo. Tentou se recordar da última vez que botara o pênis do marido na boca, mas foi incapaz de se lembrar. Uma pequena parte dela estava preocupada que não fosse ser capaz de fazê-lo no nível ao qual Secretluvur devia estar acostumado. Ela tentou imaginar como seria a mulher dele. Seria uma negra?

Enquanto deslizava o pênis de Secretluvur para dentro e para fora de sua boca, acariciando os testículos dele com uma das mãos livres, ele ficou ereto. Não ganhou muito tamanho além do que ela já sabia que tinha. Ela achou isso muito diferente do de seu marido, cujo pênis ereto era quase o triplo do tamanho quando flácido.

— Isso, gostosa, chupa — disse Secretluvur.

Rachel e o marido haviam passado por uma fase no começo de seu relacionamento em que usavam comandos e pedidos pornográficos durante as preliminares e durante a relação sexual em si. Nos últimos anos, no entanto, nem ela nem ele haviam pronunciado uma palavra durante esses atos. Ela quase havia se esquecido que tal técnica um dia fizera parte de seu repertório. Lembrou-se do quanto gostava de se sentir meio vadia quando fazia sexo oral e achou que esta era a oportunidade perfeita para reviver um pouco de sua juventude sexual.

— Você gosta quando eu chupo o seu pau enorme?
— Gosto.
— Quer me comer com esse pauzão?
— Quero.

Ela esticou a mão para baixo e puxou a calcinha por debaixo do vestido. Então subiu e montou nele, ambos ainda vestidos, a não ser pelos genitais agora expostos. Rachel teria gostado de estar nua, mas continuou com sua urgência para garantir que não havia como voltar atrás. Tateou a mesinha de cabeceira, onde havia deixado um saco contendo camisinhas, que comprara antes de chegar ao hotel. Entregou a caixa para Secretluvur e voltou a praticar felação nele enquanto ele retirava uma das camisinhas, desembrulhava e entregava a ela.

Em toda a sua vida, ela jamais colocara uma camisinha num pênis. Isso sempre fora trabalho do homem. Apesar de Rachel se lembrar de uma época em que gostava bastante de fazer sexo com o marido, ela se recordava da sensação de que o sexo era um favor para ele. E, como ela era gentil o suficiente para fazer esse favor, ele devia ser gentil o bastante para lidar com todas as atividades e protocolos formais necessários antes que o ato pudesse se desenrolar. Aquilo era diferente. Aquilo não era um favor.

Rachel pegou a camisinha com uma das mãos e continuou a lamber a parte de baixo do pênis de Secretluvur. Quando chegou a cabeça para trás, teve a primeira visão realmente boa do pênis dele. Não só era grande, como ligeiramente torto. Ele se curvava um pouquinho para a direita e a cabeça parecia ser um pouco pequena em relação ao restante. Isso só fez Rachel querê-lo ainda mais dentro de si. Era tão estranho, tão diferente do pênis ao qual estava acostumada, do pênis que se sentia na obrigação de tocar e permitir que penetrasse nela, que precisou saber como seria. Desenrolou rapidamente a camisinha pelo comprimento do pênis dele e o deslizou para dentro de sua vagina. Ela pôde senti-lo alargando-a um pouco mais que o marido. A sensação não foi necessariamente mais prazerosa, mas foi diferente de um jeito que Rachel achou sexy. Mexeu o corpo lentamente para a frente e para trás, acostumando-se à sensação de Secretluvur dentro dela. Ele passou as mãos pelos quadris dela e os agarrou, apertando-os.

Ela sabia que não estava em sua melhor forma e ficou ligeiramente envergonhada, mas não pediu a ele que tirasse as mãos. Ele parecia estar gostando da sensação em seus dedos enquanto massageava a área macia e carnuda acima das nádegas. E foi naquele momento que ela percebeu por que estava ali com Secretluvur, por que havia procurado outro homem para transar e por que não conseguia suportar nenhum tipo de contato íntimo com o homem a quem havia jurado amar pelo resto da vida. Tinha pouco a ver com ela. Durante o último ano, chegara à conclusão de que o marido não sentia prazer em transar com ela. Ficara consciente do fato de que ele não a considerava mais atraente nem sexy, e isso, por sua vez, a fizera odiar qualquer contato sexual com ele. Era como se ambos estivessem fazendo aquilo apenas para manter a rotina.

Ela mexeu os quadris mais rápido, então ergueu ligeiramente o corpo e se sentou de novo no pênis de Secretluvur, forçando-o para dentro e para fora de sua vagina com uma fricção cada vez maior. Ele acariciou os seios dela por cima do vestido e falou:

— Vira de costas. Quero ver essa bunda.

O tom baixo, quase rosnado da voz de Secretluvur, fez Rachel acreditar que ele queria realmente ver a bunda dela, não importava o quão pouco atraente ela poderia ter sido para a maioria dos homens. Então ela atendeu ao pedido e virou de costas, mantendo o pênis dele dentro de si.

— Isso, assim, agora deita — disse ele.

Mais uma vez ela atendeu o pedido, inclinando-se de forma que o rosto encostava na cama enquanto ela cavalgava o pênis dele. Secretluvur agarrou as nádegas de Rachel com suas mãos fortes e ásperas. Ela pôde sentir calos e tentou imaginar qual seria a origem deles. Seu emprego não parecia envolver nenhum esforço físico. Talvez estivesse mentindo sobre seu trabalho, ou talvez só fizesse muito exercício ou jogasse baseball ou algo assim. Qualquer que fosse a causa, ela gostava da sensação dos calos em sua pele.

— Ai, gata, meu Deus, que bunda — disse Secretluvur, e começou a mexer mais rápido, batendo nela enquanto enfiava o pênis.

Ela sentiu os dedos dele se movendo lentamente da parte de fora de suas nádegas em direção a seu ânus. Seu marido havia tentado fazer sexo anal com ela algumas vezes e, no início do relacionamento, ela ocasionalmente havia permitido. Então não protestou quando Secretluvur lambeu o dedo indicador e o enfiou em seu ânus, dizendo:

— Isso é gostoso pra caralho, gata.

Ele não fez nenhuma tentativa de ir mais fundo com o dedo ou de substituí-lo por seu pênis. Ficou satisfeito em transar com ela dessa maneira por vários minutos, até ejacular.

A força de suas estocadas, o formato de seu pênis dentro dela e a noção de que ele estava tão excitado pela visão de suas nádegas que tivesse chegado ao clímax fizeram com que Rachel tivesse um orgasmo no mesmo momento. Foi um dos mais intensos de que ela conseguia se lembrar, fazendo com que suas pernas tremessem um pouco.

— Caralho, gata, isso foi demais — disse Secretluvur.

— É — concordou Rachel enquanto saía de cima dele, virava-se e deitava a cabeça no travesseiro.

Eles ficaram em silêncio por alguns minutos, sem saber realmente o que dizer. Se esse era mesmo o primeiro encontro de Secretluvur com a infidelidade, então Rachel presumiu que era razoável que ele não tivesse nada para dizer, assim como ela também não tinha.

Rachel tentou sentir alguma culpa pelo que tinha acabado de fazer e descobriu que não conseguia. Nunca havia se considerado o tipo de pessoa que podia trair o marido e, enquanto estava deitada ali ao lado do homem que acabara de enfiar o dedo em seu ânus e, ao mesmo tempo, o pênis em sua vagina, Rachel percebeu que era esse tipo de pessoa agora.

De repente, Secretluvur disse:

— Então, não sei como você quer que a noite acabe, mas eu não posso ficar. Espero que isso não seja um problema.

— Claro, problema nenhum — respondeu Rachel, percebendo apenas naquele instante que talvez tivesse preferido passar a noite com Secretluvur.

— Certo, só quero ter certeza de que está tudo bem com a gente, sabe? Sem entrar no mérito de todas aquelas coisas sobre as quais provavelmente não devemos falar, eu meio que tenho que voltar pra você-sabe-quem.

— Ah, é, faz sentido. — Rachel não havia pensado na possibilidade de Secretluvur não ter se programado para passar a noite inteira longe da mulher e da família.

— Mas eu adoraria fazer isso de novo, se você quiser. Quer dizer, não sei como você está se sentindo sobre tudo isso agora e você pode precisar de um tempo pra pensar a respeito, mas... — Ele se inclinou para a frente, a beijou e então disse: — Caralho, isso foi foda.

— É. A gente pode se encontrar de novo. Acho que a gente devia continuar conversando pelo site.

— Beleza. Então isso é tipo... uma parada secreta oficial?

— É, acho que sim.

Ele a beijou mais uma vez e foi para o banheiro, onde tirou a camisinha, se lavou e abotoou a calça. Antes de ir embora, ele perguntou:

— Posso só apalpar essa bunda mais uma vez?

Rachel permitiu. Eles se beijaram de novo antes de ele ir embora. Rachel ficou na cama na qual eles haviam acabado de transar. Podia sentir o cheiro de Secretluvur nos lençóis, em suas mãos, em seus lábios. Ela sorriu. Enquanto fechava os olhos, caindo em um sono relaxado, ficou feliz por ter tido um orgasmo com um negro; ficou feliz porque teria pelo menos mais um com ele. Ficou feliz por não ter que acordar ao lado do marido. Fechou os olhos e respirou lentamente, caindo num sono satisfeito.

Allison Doss completou o último post na Gruta Clandestina da Ana às 2:13 da manhã. Era uma descrição detalhada de seu primeiro encontro com o vômito forçado, incluindo a sensação de limpeza e vazio que tivera logo depois. Ela explicava que entendia que a Mia agora seria sua amiga, como a Ana já era. Publicou o post e foi para a cozinha. Seus pais e o irmão caçula já estavam dormindo. Abriu a geladeira e viu que a mãe levara para casa uma nova torta de pêssego. Deixou as luzes apagadas, pegou a torta, um garfo e se sentou à mesa da cozinha.

Depois de dar cabo de metade da torta, o estômago começou a doer. Forçou-se a continuar até acabar tudo. Lambeu o garfo, lavou-o na pia, colocou-o na gaveta dos talheres, levou a caixa vazia para o quarto e a escondeu debaixo da cama, com a intenção de jogá-la fora na caçamba de lixo atrás da casa no dia seguinte, quando não houvesse ninguém por perto. Foi até a bolsa e pegou uma garrafa de xarope de ipeca que havia comprado mais cedo. No banheiro, bebeu um copo d'água, seguindo as instruções descritas na parte de trás da garrafa, e em seguida bebeu duas colheradas do xarope. Vomitou em menos de quatro minutos e se sentiu feliz.

capítulo
treze

O diretor Ligorski iniciou a bateria de avisos da manhã de segunda-feira parabenizando o time da Odyssey of the Mind da Goodrich pelo segundo lugar numa competição naquele fim de semana. E terminou tentando encorajar o time de futebol americano da escola a continuar animado com o restante da temporada e a se preparar para a partida contra os Scott Shining Stars na sexta-feira seguinte, dizendo que a escola toda deveria comparecer para apoiar o time no próximo jogo.

A maioria dos integrantes do time passou o fim de semana digerindo a derrota. Mas Tanner Hodge não. Ele estava obcecado com o fato de não terem conseguido superar os Irving Aardvarks num jogo que achava que seu time ganharia com facilidade. Tanner se convenceu de que a culpa pela derrota era toda de Tim Mooney, por não jogar naquela temporada. Ter de aguentar uma manhã inteira com seus colegas de colégio consolando-o e dizendo que tinham certeza de que na próxima sexta-feira seriam vitoriosos e botariam os Olympians de volta nos eixos só deixou Tanner mais zangado com Tim Mooney. Quando viu Tim no refeitório, na hora do almoço, Tanner não conseguiu mais reprimir sua ira.

Ele esperou até a Sra. Rector, a única monitora do corpo docente ali naquele dia, estar do outro lado do refeitório, pegou a laranja de sua bandeja e a jogou em Tim Mooney dizendo: "Veado!" Em vez de atingir o alvo pretendido, a laranja acertou o ombro de Brandy Beltmeyer. Tim seguiu a trajetória da laranja até Tanner Hodge e viu quando ele se levantou e andou em sua direção dizendo:

— A gente perdeu por sua causa, sua bicha.

Tim olhou para Brandy e perguntou:

— Você está bem?

— Estou. Não compre briga com ele.

Apesar de até aquele momento Tim achar divertido que alguns de seus colegas sentissem raiva dele, não achou mais graça nenhuma quando quem foi atingida por ela foi Brandy. Tim levantou-se da mesa e ficou cara a cara com Tanner Hodge:

— Você sabe que não pode ser culpa minha. Eu não estava lá, seu idiota.

— É. É por isso que foi culpa sua, imbecil. E se a gente não chegar ao distrital vai ser por causa desse jogo.

— E daí? — perguntou Tim.

— E daí que isso é importante, seu veado.

Tanner empurrou Tim, fazendo com que caísse por cima do banco até atingir o chão. Tanner aproveitou a oportunidade para pular em cima de Tim, socando-o repetidamente. Uma multidão de alunos, incluindo Brandy, logo os cercou. Alguns gritavam, outros batiam palmas e alguns ficaram mudos de horror ao presenciar a cena, pois nunca tinham visto algo assim antes. A confusão acabou chamando a atenção da Sra. Rector. Durante quase 15 anos ela dera aula de várias matérias e, apesar de ter presenciado sua cota de desentendimentos, discussões e de vez em quando até um empurrão ou outro, nunca vira uma briga dessa magnitude. Os dois meninos envolvidos eram muito mais fortes que ela. Num breve instante de pânico, ela fez por reflexo a única coisa que lhe veio à cabeça, o que fora treinada para fazer.

No ano em que Eric Harris e Dylan Klebold mataram 12 alunos e um professor na Columbine High School, o distrito escolar que administrava a Goodrich Junior High School tornou obrigatória a instalação de botões de pânico nas escolas do distrito. O sistema devia ser acionado em qualquer situação de violência. Integrantes do corpo docente foram obrigados a fazer treinamento todo semestre a fim de garantir que tivessem conhecimento da localização de cada um desses botões em suas escolas, e também que estivessem adequadamente atualizados sobre o protocolo para acionar o sistema, se surgisse alguma situação na qual isso se tornasse necessário. Além desses botões de pânico, cada escola deveria empregar um segurança armado em tempo integral.

A Sra. Rector foi até o mais próximo desses botões de pânico, digitou um código que armou o sistema, e então apertou o botão. O sistema de som da Goodrich emitiu um alarme, fazendo com que a maioria dos alunos que cercavam a briga se dispersasse, mas a luta dos meninos continuou. A Sra. Rector fez o que fora treinada para fazer e permaneceu ao lado do botão. Ela se lembrou da frase exata de seu curso de Situação de Violência Emergencial: "Fique perto do indicador de emergência e espere que o segurança armado chegue. Nunca tente se aproximar da situação de violência."

No estacionamento, o policial Blidd, o segurança da Goodrich Junior High School, fumava um cigarro quando ouviu o alarme e recebeu um sinal no walkie-talkie. Era a primeira vez que era chamado à ação em dez anos como segurança armado. Sem saber o que esperar quando entrou no prédio, mas presumindo que seria algo semelhante ao massacre de Columbine — já que um integrante do corpo docente achara necessário apertar um botão de pânico —, ele sacou sua arma e, sendo um homem religioso, fez uma prece rápida pedindo ao seu deus que o ajudasse e o mantivesse a salvo.

Quando o policial Blidd finalmente chegou ao refeitório, Tim, que tinha vantagem tanto em tamanho quanto em habilidade, havia virado a briga a seu favor. Ele estava ajoelhado sobre o peito de Tanner Hodge, batendo no rosto do garoto sem parar.

Sem ter certeza se algum dos alunos estava armado, o policial Blidd se aproximou cautelosamente, permitindo que Tim acertasse mais vários socos do que deveria, nocauteando Tanner Hodge até deixá-lo inconsciente. Depois que estava perto o bastante para avaliar a situação como uma briga normal entre dois alunos homens, o policial Blidd botou a arma no coldre, gritou:

— Parem com isso! — E tirou Tim de cima de Tanner Hodge, que permaneceu deitado inconsciente no chão.

Brandy Beltmeyer observava a cena. Apesar de não gostar de violência, ser protegida por Tim e ver sua vitória sobre Tanner Hodge o fez parecer muito mais atraente que o normal. Imaginou que ele enfrentaria sérios problemas por causa disso. De repente, Brandy percebeu que queria ver Tim de novo o mais breve possível.

O policial Blidd achou um pouco de exagero ter que algemar os dois meninos antes de levá-los até a sala do diretor, mas esse era o protocolo em qualquer caso de violência. Ele valorizava seu emprego e não queria ser responsabilizado por qualquer infração que pudesse resultar em demissão. Então tirou dois pares de algemas do cinto e falou:

— Pode colocar as mãos para trás, por favor?

Os alunos ficaram olhando enquanto Tim obedecia, nenhum deles jamais tendo visto algo assim. Depois de algemar Tim, o policial Blidd foi até Tanner Hodge e viu que ele recuperava a consciência.

— Desculpe, garoto, tenho que algemar você — disse o policial Blidd.

— O quê? — perguntou Tanner.

O policial Blidd podia ver que ele estava mais do que abalado pela surra que havia tomado e então explicou:

— Você estava numa briga. Tenho que algemá-lo e levá-lo ao diretor Ligorski.

É sério?

— É, sinto muito. Tenho que fazer isso.

Tanner Hodge não ofereceu resistência quando o policial Blidd o algemou, colocou-o de pé e o acompanhou junto a Tim pelo corredor até a sala do Sr. Ligorski, a Sra. Rector seguindo os três a fim de dar seu depoimento sobre o acontecido para o relatório oficial — ou seja, que ela não vira os momentos iniciais do episódio, mas que, na sua opinião, a julgar por como tudo terminou, Tim era claramente o agressor. Antes de voltar para a sala de aula, ligeiramente abalada e esperando não ficar ter mais que falar sobre o assunto, ela acrescentou que não sabia nada sobre a natureza da briga nem a razão para sua ocorrência.

O Sr. Ligorski recebeu um de cada vez em sua sala para ouvir o depoimento sobre a briga. O relato de Tim sobre o incidente foi o mais preciso dos dois, permitindo certo exagero apenas na descrição dos danos causados a Brandy Beltmeyer pela laranja jogada por Tanner. O relato de Tanner foi muito menos verdadeiro, pois ele aproveitou todas as oportunidades para pintar Tim como o agressor e provocador de todo o acontecido. Após ouvir as duas versões, o diretor Ligorski chegou à conclusão de que ambos deveriam ser suspensos por três dias, o que, para Tanner, também trazia a punição adicional de não poder jogar a partida contra os Scott Shining Stars. Tanto Tanner quanto Tim foram então obrigados a se submeter a sessões individuais de uma hora de aconselhamento com a Srta. Perinot, a pedagoga da escola.

O pai de Tim estava em seu escritório, lendo críticas sobre restaurantes em cidades vizinhas que poderiam servir como possíveis cenários românticos para seu segundo encontro com Dawn Clint, quando recebeu o telefonema de Laurie Fenner, a secretária do diretor Ligorski, informando-o de que o filho havia se envolvido em uma confusão e estava na sala do diretor até que um responsável fosse buscá-lo. Kent disse a seu supervisor que tinha de resolver uma emergência familiar que requeria sua atenção imediata e tirou o resto do dia de folga. Tentou se acalmar no trajeto até a Goodrich Junior High School, fazendo de tudo para dissipar a raiva que havia se acendido quase que instantaneamente nele. Kent tinha achado que ele e o filho estavam indo razoavelmente bem na última semana. Com certeza melhor do que tinham estado desde que Lydia Mooney se mudara para a Califórnia. Não podia deixar de pensar que, se Tim ainda estivesse no time, tudo estaria bem e nada disso teria acontecido.

Quando Kent Mooney chegou à Goodrich Junior High School, disseram-lhe que a Srta. Perinot, a pedagoga da escola, queria falar com ele. Ela contou que, depois de conversar com seu filho Tim por mais ou menos uma hora sobre várias coisas que ela imaginava terem levado àquele acesso violento, chegara à conclusão de que ele podia estar sofrendo de alguma espécie de depressão. Recomendou que Kent levasse Tim a um psiquiatra, pois ela não era qualificada para dar um diagnóstico conclusivo.

Kent, ligeiramente esperançoso com a sugestão da Srta. Perinot, perguntou se ela achava que a depressão dele poderia ser o motivo de sua saída do time. A Srta. Perinot disse a Kent Mooney que não tinha como ter certeza, mas acreditava que a depressão em adolescentes, assim como em adultos, podia ser a causa de atitudes politicamente incorretas e estranhas. Ela disse a Kent que ele podia levar Tim a qualquer médico que quisesse, mas que ela recomendava o Dr. Ray Fong. Ela conhecia Ray desde o ensino médio. Os dois tiveram um breve romance durante a faculdade e terminaram amigavelmente e, apesar de Ray Fong ser casado e ter filhos, e de a Srta. Perinot ter um namorado há quatro anos, eles ainda se encontravam de vez em quando para tomar um drinque ou jantar, e acabavam dormindo juntos. A Srta. Perinot entregou o cartão do médico para Kent Mooney e lembrou da última vez em que haviam transado. Ela pedira a ele que ejaculasse em seus seios e ele havia feito sua vontade. O sexo com o namorado nunca era pornográfico e ela usava os encontros com Ray Fong para explorar seus desejos mais carnais. Ela achava que Ray provavelmente a usava para o mesmo propósito.

Kent encontrou o filho esperando na sala do diretor Ligorski.

— Venha, vamos pra casa — disse Kent.

Ninguém falou no caminho de volta, até Kent dizer:

— A pedagoga acha que você está deprimido. O que você acha?

— Não sei. Ela me disse a mesma coisa
— Quer ir num psiquiatra?

Tim não sabia se estava deprimido ou não. Ele achava que, se algum dia tivesse estado, fora algo passageiro. Ele se sentiu estranho depois que descobriu que a mãe ia se casar de novo, perdeu o interesse pela vida. Mas sentia que melhorava conforme passava mais tempo com Brandy Beltmeyer. Mesmo assim, a perspectiva de ter alguém com quem pudesse conversar sobre qualquer coisa que estivesse acontecendo em sua vida era interessante. Brandy estava começando a assumir esse papel, mas ele ainda se sentia pouco à vontade para tocar em qualquer assunto relativo à mãe com qualquer pessoa.

— Não sei. Acho que sim.
— Tudo bem, eu vou marcar uma consulta.

Tim foi para o quarto e entrou no *World of Warcraft*, ansioso para aproveitar a suspensão participando de algumas raides. Kent ligou para o Dr. Ray Fong e marcou uma consulta para o filho no dia seguinte. Desligou com a esperança de que qualquer ajuda psicológica que Tim precisasse para voltar a ser o que era aconteceria rápido o bastante para que ele retornasse ao time antes do fim da temporada.

O consultório do Dr. Fong era exatamente o que Tim esperava: havia estantes de madeira escura, vários diplomas pendurados na parede e um sofá. Quando Tim entrou no consultório, o Dr. Fong o cumprimentou:

— Olá, Tim. Como você está?
— Bem.
— Ótimo. É bom ouvir isso. Pode se sentar onde se sentir confortável. Se não se incomodar, eu gostaria de usar essa nossa primeira sessão apenas para conhecer você um pouco e te dar a chance de me dizer qualquer coisa que quiser a

seu respeito ou sobre seu pai ou sua mãe, ou qualquer coisa que esteja acontecendo na escola. Qualquer coisa mesmo que você sinta que quer falar. Tudo bem?

— Tá — respondeu Tim, e sentou-se no sofá do Dr. Fong.

O Dr. Fong pegou um bloco de notas e uma caneta esferográfica, sentou-se, cruzou as pernas e disse:

— Muito bem, então. Vamos começar.

Tim ficou surpreso com o quanto a situação parecia clichê, o quanto se parecia com as cenas com um psiquiatra e um paciente de qualquer filme.

— O que você quer saber?

— Quero saber o que você acha que deve me contar, Tim — respondeu o Dr. Fong. — O que for importante na sua vida neste momento.

— Bem, acho que o meu pai acha que eu devia estar jogando futebol. Essa provavelmente é a coisa mais importante pra ele agora.

— E como você se sente em relação ao futebol? É importante pra você?

— No ano passado era, mas este ano acho que não é tão importante. Na verdade, não parece nada importante, sério. Sem sentido, na verdade. Mas eu acho que a maioria das coisas é sem sentido.

— E quais são as coisas que fazem sentido pra você?

— Sei lá. Eu jogo *World of Warcraft*.

— E isso é algum tipo de jogo, um jogo da Nintendo?

— Não, é videogame, mas não é Nintendo. É um jogo de computador. Você joga on-line com milhões de pessoas.

— E você provavelmente é muito bom nesse jogo.

— Acho que sim. Mas não tem realmente a ver com habilidade. Tem mais a ver com quanto tempo você joga e o quanto se familiariza com os inimigos e coisas no jogo.

— E essas outras pessoas com quem você joga? São seus amigos da escola?

— Não. Eles são meus amigos só de jogo. Quer dizer, eles são meus amigos, mas nunca encontrei nenhum deles na VR.

— VR?

— Vida real.

— Entendo. E você tem amigos na... VR, na escola, talvez, com quem você interage com tanta frequência quanto com seus amigos no jogo?

— Eu tinha, mas desde que saí do time, perdi a maioria deles. Mas tem uma menina com quem eu meio que tenho andado. Ela é maneira.

— Muito bom. E sua mãe e seu pai gostam dela?

— A gente começou a andar juntos há pouco tempo. Meu pai acha legal. A minha mãe não está mais em casa. Ela se mudou pra Califórnia com outro cara.

— Não vi isso na pasta que recebi da Srta. Perinot.

— Eu não contei isso pra ninguém.

— Bem, fico feliz que você se sinta à vontade o suficiente aqui para me contar. É importante que você se sinta bem para discutir qualquer coisa que ache relevante e que tenha a ver com a sua situação emocional atual.

Tim vinha guardando o segredo do casamento da mãe havia algum tempo. Ele achou que o momento e o lugar eram propícios para discutir o assunto.

— Eu também descobri, pela página da minha mãe no Facebook, que ela vai se casar de novo com o cara com quem se mudou para a Califórnia.

— Entendo. E qual foi a sua reação ao descobrir isso?

— No começo fiquei bem triste, acho, ou só confuso, na verdade. Aí comecei a não ligar tanto pra ela nem pra mais nada. Você já viu "Pálido Ponto Azul"?

— Não, não vi. É um filme? Ou um jogo?

— Não, é esse negócio que o Carl Sagan escreveu e então algumas pessoas fizeram vídeos e puseram no YouTube.

— Entendo. E isso era algo a que você costumava assistir com a sua mãe?

— Não, é uma coisa que eu comecei a ver faz pouco tempo. Ele basicamente fala que todos somos insignificantes e que nada do que a gente faz tem muita importância no grande cenário da existência. Foi meio o que me fez superar o fato de que a minha mãe está com outro cara agora. Peraí, você vai contar pro meu pai tudo o que a gente conversar aqui?

— Não, não vou. Tudo o que for dito nesta sala fica nesta sala, entre mim e você.

— Certo, que bom, porque meu pai não sabe que a minha mãe vai se casar de novo.

Pelo restante do tempo, Tim e o Dr. Fong falaram de Brandy Beltmeyer, do time, de Greg Cherry, da Califórnia, de *World of Warcraft*, da briga entre Tim e Tanner Hodge e dos silêncios constrangedores nos quais ele e seu pai pareciam ter virado peritos nos últimos meses.

Conforme a sessão foi chegando ao fim, o Dr. Fong disse a Tim que só naquela hora que haviam passado juntos ele já tinha sido capaz de chegar ao diagnóstico de depressão clínica. O Dr. Fong falou para Tim que esperava que ele tivesse se sentido à vontade o suficiente com o ambiente que haviam criado a ponto de continuar a ir vê-lo. Ele recomendou que eles continuassem as sessões e que o jovem tomasse um antidepressivo chamado Anafranil. Explicou que o remédio era usado para tratar pacientes diagnosticados com depressão e também com transtorno obsessivo-compulsivo, e que ele o considerava especialmente eficaz na depressão em adolescentes.

Na verdade, o Dr. Fong sabia que o remédio não era mais eficaz que o Zoloft, o Prozac ou o Luvox em adolescentes. Mas sua esposa trabalhava como representante de vendas de produtos farmacêuticos para a Mallinckrodt Pharmaceuticals, a empresa que fabricava o Anafranil. Quando tinha que escolher um antidepressivo, sempre receitava Anafranil para aumentar a comissão da esposa, mesmo que fosse apenas um pouco. Ele prescreveu uma receita para Tim e pediu que ele marcasse uma consulta para a semana seguinte, o que ele fez.

Quando Kent foi buscar Tim no consultório do Dr. Fong, o filho lhe entregou a receita.

— O que é isso? — perguntou Kent.

— Um antidepressivo — respondeu Tim.

Kent gostou de o médico não ter perdido tempo e ter logo administrado um tratamento concreto. Se tudo o que ele precisava para voltar a campo era um comprimido, então o processo seria mais fácil que Kent havia imaginado.

— Tudo bem — disse Kent, e foi à farmácia perto de casa.

Antes de se deitar naquela noite, Tim olhou para o frasco de comprimidos. Ele estava curioso sobre o efeito. O Dr. Fong dissera que os comprimidos deviam ser tomados regularmente durante algumas semanas, e que poderia demorar um tempo até que ele sentisse algum efeito. Mas engolir o primeiro comprimido foi um ato simbólico para Tim. Foi uma admissão de que algo estava errado, que ele não conseguia lidar com o que quer que estivesse sentindo sem a ajuda de remédios. Tim engoliu o primeiro Anafranil e, deitado na cama, pegou o celular e mandou uma mensagem para Brandy em seu perfil como Freyja que dizia, "Senti falta de almoçar com vc hj". Ela respondeu: "Eu também."

capítulo
quatorze

Cinco semanas se passaram.

Tim Mooney começava a se sentir menos desconectado de sua vida e também menos preocupado com as coisas que o haviam levado a se sentir daquele jeito. De vez em quando, ele até imaginava como seria conhecer Greg Cherry, e chegou à conclusão de que Greg Cherry devia ser uma boa pessoa, se possuía qualidades que haviam atraído Lydia Mooney até a Califórnia para morar com ele e até se casar com ele.

Kent percebeu a mudança de comportamento do filho. Ele estava menos melancólico — não necessariamente mais feliz, mas a convivência com o filho parecia mais civilizada, mais amistosa. Kent continuou a sair com Dawn Clint. As coisas estavam indo bem entre eles, tão bem que Kent sabia que a próxima saída provavelmente incluiria sexo. Achou que poderia ter acontecido da última vez, se ele quisesse, mas ficou muito nervoso. Havia se convencido de que, depois de tanto tempo sem sexo, talvez não conseguisse dar conta do recado. Depois da última saída com Dawn, Kent foi ao médico, conversou com ele sobre suas preocupações e perguntou se ele poderia lhe receitar Viagra. O médico atendeu ao pedido e passou uma receita, que poderia ser reutilizada cinco vezes, de cinco comprimidos de 100 miligramas. Kent ficou animado para ver Dawn de novo.

Dawn também estava animada para ver Kent de novo. Ela achou um pouco estranho que, ao fim de seu último programa juntos, depois de um beijo demorado na porta da casa dela, de ela dar um apertão de brincadeira nas nádegas dele e fazer um convite para que ele entrasse, Kent tivesse recusado a oferta. Supôs que ele devia estar nervoso por ser a primeira vez que se envolvia com outra mulher depois da separação. Isso serviu para consolidar ainda mais sua avaliação de que Kent era um cara legal. Ela estava disposta a levar o relacionamento tão lentamente quanto Kent determinasse. Manteve-se ocupada pensando na carreira da filha.

Os produtores do reality show *Undiscovered* entraram em contato com Dawn para informar que haviam considerado Hannah uma das poucas inscritas a apresentar algumas das qualidades que eles procuravam. Hannah tinha passado para a etapa seguinte do processo de seleção, que incluía a produção de um pequeno vídeo que mostrasse um pouco de seus talentos e seu dia a dia. Depois da análise do vídeo, os produtores iriam, então, decidir se ela continuaria para a etapa seguinte, que consistia em uma entrevista em Los Angeles com os produtores executivos do programa. Quando Hannah foi informada sobre tudo isso, perguntou à mãe se podia postar algo a respeito em seu site para informar aos fãs que estava prestes a ficar famosa. Dawn a desencorajou, lembrando de sua experiência com o piloto para o seriado de televisão no qual tivera um papel. Disse a Hannah que ela ainda não tinha entrado no programa e que, mesmo se fosse selecionada, faria muito mais o estilo de uma celebridade deixar que os fãs descobrissem por eles mesmos. Dawn teve a sensação de que o site de Hannah poderia atrapalhá-la no futuro. Pensou em acabar com ele, apagando qualquer prova de sua existência, mas o dinheiro gerado pelo site era bom, e ela já tinha visto várias fotos e vídeos comprometedores de participantes de concursos de beleza e outras celebridades menos importantes aparecerem na mídia convencional, e isso servira apenas para aumentar a exposição delas. Sendo assim, decidiu deixá-lo no ar.

Hannah continuou a trocar mensagens de texto ilícitas com Chris Truby. Essa troca progrediu para a inclusão de imagens e vídeos de ambas as partes praticando várias formas de masturbação. Hannah fez tudo isso na esperança de que, em algum momento, fosse transar com Chris. Eles tentaram duas vezes, mas em ambas o ato acabou em sexo oral ou masturbação, a última inclusive com Chris pedindo a ela que enfiasse o dedo em seu ânus enquanto ele se masturbava. Hannah achou o pedido nojento, mas atendeu à vontade dele, presumindo que conseguiria manobrar o corpo para cima do pênis ereto. Só que Chris ejaculou alguns segundos depois de ela ter inserido o dedo em seu ânus. Hannah estava ficando desanimada com a situação, mas ainda achava que Chris era o melhor candidato para o seu projeto de desvirginização. Ela continuou mandando mensagens para ele e não contou nada a nenhuma de suas amigas da equipe de líderes de torcida. Só contaria depois que tivesse atingido seu objetivo, omitindo tudo o que considerasse estranho ou nojento, como colocar o dedo no ânus de Chris a seu pedido.

Chris Truby viu diminuir seu interesse em qualquer forma de pornografia que não envolvesse mulheres humilhando ou penetrando homens. Começou a achar que o único jeito de conseguir uma ereção e chegar a um eventual orgasmo seria se pelo menos imaginasse estar sendo amarrado, atingido por cuspe, violentado ou de alguma outra forma exposto ao perigo nas mãos de uma mulher dominadora. Ele percebia que isso estava tornando seus encontros com Hannah difíceis, e tentou de várias maneiras reorganizar o que pensava a respeito de transas mais comuns. Fez uma vasta pesquisa em inúmeros sites sobre técnicas de masturbação para ajudar os homens a associarem prazer sexual às relações convencionais.

O método mais comum parecia incluir um produto chamado Fleshlight, um cilindro de látex com uma abertura na ponta com o formato de uma vagina. A abertura era feita para que o homem inserisse o pênis ereto e simulasse o sexo convencional. Sem dinheiro para comprar o brinquedo erótico, Chris pesquisou como fazer um em casa e chegou a um site que trazia instruções complicadas. O mais fácil de construir só servia para ser usado uma única vez, mas essa era uma opção aceitável. Os dois componentes principais do utensílio improvisado eram uma bola de futebol americano

Nerf Sports e o tubo de um rolo de papel toalha. Chris tinha ambos os itens e concluiu que fazer o brinquedo seria mais fácil do que pensara. Esfrangalhou a bola em pedacinhos, como instruído, descartando a superfície externa pintada. Depois usou uma camada de fita isolante para fechar um lado do tubo de papel toalha, encheu-o com a espuma picada e inseriu nele uma quantidade generosa de hidratante. As instruções no site também diziam que, para fazer com que a sensação fosse o mais fiel possível à de uma vagina de verdade, o dispositivo inteiro podia ser esquentado no micro-ondas por 45 segundos. Sem querer chamar a atenção dos pais para o que estava fazendo, Chris ignorou essa etapa. E, para camuflar ainda mais suas atividades, escondeu na mochila os objetos que usou nesse processo até a hora de sair para a escola na manhã seguinte, quando os jogou na lata de lixo do vizinho, temendo que os pais pudessem ter algum motivo para vasculhar o próprio lixo e descobrir suas vaginas improvisadas.

Depois que construiu o primeiro dispositivo, Chris conseguiu uma ereção assistindo a um de seus vídeos favoritos, que mostrava um homem lacrado em uma bolsa de látex a vácuo, com uma única abertura para a boca, bebendo urina diretamente da uretra de uma mulher agachada em seu rosto. Excitado, Chris segurou o tubo na cama, mais ou menos do jeito como a vagina de Hannah ficaria se eles fossem transar na posição papai e mamãe. Abriu uma foto de Hannah em seu celular e o colocou na cama sob seu rosto, após fazer uma avaliação aproximada de onde a cabeça dela poderia estar se estivessem realmente transando. Chris enfiou o pênis no tubo de papelão cheio de espuma e hidratante, forçando-se a pensar que estava transando com Hannah. Depois de quatro tentativas usando quatro dispositivos diferentes, Chris conseguiu chegar ao orgasmo. Foi aí que achou que talvez fosse conseguir transar com Hannah.

Allison Doss continuou a executar o vômito forçado em sua estratégia de dieta. Havia adquirido certa experiência e achava que ninguém jamais descobriria o que estava fazendo. Apesar de preferir usar o xarope de ipeca para induzir o vômito, dominou a habilidade de usar o próprio dedo para desencadear a reação desejada. Descobriu que aquilo era necessário em certas situações nas quais ela não previra que fossem servir comida, e em que esperavam que ela comesse.

Apesar do prazer que sentia em comer e se forçar a vomitar, Allison achava cada vez mais difícil controlar sua fissura por comida. Atribuiu isso ao fato de estar se permitindo saborear várias coisas. Quando a dieta era limitada a aipo, atum e água, achara fácil esquecer o gosto das outras coisas e, portanto, não sentia desejo por elas. Allison se convenceu de que em algum momento iria abandonar o vômito forçado, mas não agora. Estava gostando e achava que ainda podia controlar seus desejos.

Ela mandou mais dez mensagens para Brandon Lender pelo Facebook. Ele não respondeu a nenhuma.

Brandy Beltmeyer viu a suspensão de Tim como um sacrifício que ele fizera para proteger sua honra. Isso o tornara muito mais atraente e, nas semanas seguintes, Brandy passou o máximo de tempo que pôde com ele. Mas sua mãe, Patrícia, tornava praticamente impossível que ela conseguisse mais que uma noite por semana e algumas horas extras depois da aula. Brandy contou a Tim sobre a natureza controladora da mãe e reforçou que ele só deveria se comunicar com ela por sua conta como Freyja no Myspace. Todos os outros métodos de comunicação eram monitorados por Patrícia. Tim concordou em manter o relacionamento deles escondido, nem que fosse só porque ele queria que aquilo continuasse.

Brandy começou a usar o perfil de Freyja quase que exclusivamente para se comunicar com Tim, abandonando a maioria dos amigos no Myspace e negligenciando os blogs e posts. Ela chegara à conclusão de que havia criado a conta num momento em que se sentia muito sozinha, e que o perfil havia servido a seu propósito. Através dele, Brandy tinha feito amizades e interagido com pessoas que davam valor ao que ela tinha a dizer. Tim substituíra essas pessoas, e de uma maneira mais significativa. Ele era real, e as coisas que eles discutiam não eram mentiras nem baseadas em uma identidade falsa. Ela não se sentia mais tão sozinha como quando seus pais se mudaram pela primeira vez. Acabou até desfazendo algumas das amizades que arrumara com pessoas só interessadas em diálogos de conteúdo sexual. Apagou todas as conversas por e-mail com esses amigos e também todos os seus posts no blog. Removeu até os álbuns de fotografias e substituiu a foto do perfil pela imagem de um quadro de Freyja que encontrou on-line.

Tim e ela deram seu primeiro beijo no estacionamento da Goodrich Junior High School, depois de um dia de aula, e desde então concordaram em se considerar oficialmente namorados. O "título" incluía muitos comportamentos que já haviam adotado, como almoçar juntos e deixar bilhetes no armário um do outro. Mas também incluía novas atitudes, como ficar de mãos dadas e assumir o namoro publicamente.

Eles estavam satisfeitos em se beijar de vez em quando e não fazer nada além disso. Ambos haviam encontrado a felicidade na companhia um do outro e não sentiam necessidade de forçar as coisas a um nível de intimidade física com o qual nenhum dos dois ainda se sentia à vontade. E ainda que Tim tivesse sentido alguma necessidade sexual em algum momento, ele descobriu que aquilo passava. Era um efeito colateral do Anafranil. Ele tinha consciência disso e não estava completamente decepcionado. Presumia que um relacionamento sexual só iria complicar sua vida, e estava feliz com o nível de simplicidade que conquistara.

Patrícia conseguira alguns novos integrantes para seu grupo de vigilância Pais no Ataque à Internet. Ela usava seu relacionamento com a filha como um exemplo de como pais e filhos deviam interagir em relação à internet e seu uso. Ela continuava sem saber sobre a conta secreta de Brandy no Myspace.

Don Truby juntou dinheiro suficiente para pagar por uma Experiência de Namorada com Angelique Ice e se considerou sortudo porque sua mulher ia passar outra noite de sábado fora de casa, tão pouco tempo depois da viagem que permitira a Don seu primeiro encontro com a prostituta. Mais uma vez, no entanto, Rachel não foi visitar a irmã. Em vez disso, marcou um segundo encontro com Secretluvur e, dessa vez, passou a noite inteira com ele, assim como o marido fez com Angelique Ice. Tanto Don quanto Rachel acharam que suas experiências com seus respectivos parceiros os satisfaziam de maneiras que a mesma experiência, dentro do casamento, jamais poderia. Quando voltaram para casa na manhã seguinte, depois dos dois atos de infidelidade, ficaram surpresos ao descobrir que seu relacionamento de alguma forma havia melhorado. Estavam mais cordiais um com o outro e mais felizes. Ambos perceberam que encontros sexuais extraconjugais tornavam o relacionamento em si muito mais tolerável. Os dois se resignaram a levar vidas de infidelidade constante, talvez com Secretluvur e Angelique Ice, talvez com múltiplos parceiros. Rachel vinha recebendo respostas de vários pretendentes em potencial para seu perfil no AshleyMadison.com. Da mesma forma, Don realizara várias outras buscas no TheEroticReview.com e encontrara uma quantidade razoável de prostitutas que ofereciam a Experiência de Namorada, cada uma delas única e interessante para ele por motivos que incluíam cores de cabelo variadas, tatuagens, piercings, implantes nos seios e assim por diante. Tanto para Rachel quanto para Don, as naturezas exatas de suas novas vidas adúlteras ainda estavam por se revelar, mas eles haviam encontrado alguma felicidade que não existia antes em seu relacionamento.

Após duas semanas de recusa da mulher, Tracey, em fazer sexo, Jim Vance concordou em marcar uma vasectomia. Agendou a consulta para a data mais distante possível, dando a si bastante tempo para se preparar psicologicamente para o que presumia ser uma terrível provação.

Danny Vance e Brooke Benton ficaram felizes em voltar atrás em seu relacionamento físico até onde estavam no começo do ano. Como consequência, Danny passou a achar muito menos difícil se concentrar no futebol. Além do mais, o técnico Quinn percebera que, independentemente do quanto quisesse ensinar a Danny e ao restante do time uma lição a respeito da obediência a seus superiores, ele estava na disputa por outro emprego como técnico numa escola de ensino médio num distrito vizinho. Seus índices nesta temporada significariam muito mais para o diretor de atletismo do outro distrito do que qualquer lição que pudesse ensinar a seus jogadores. Então ele permitiu que Danny fizesse passes longos e arremessasse a bola a grandes distâncias com bastante frequência. Essa decisão impulsionou os Olympians da Goodrich Junior High School por uma série de cinco vitórias, nas quais derrotaram os Scott Shining Stars, os Lefler Lions, os Lux Lightning Bolts, os Mickle Missiles, e o time que Danny considerava um dos dois melhores em seu distrito, os Dawes Trojans. Essa série de partidas vitoriosas os deixou com um índice de seis a um para os dois últimos jogos da temporada, contra os Pound Squires e os Culler Cougars. Danny sabia que podiam perder um desses jogos e ainda assim chegar às finais distritais. Dos dois times com os quais ainda teriam que jogar, Danny achava que os Squires dariam mais trabalho.

capítulo
quinze

Na segunda-feira seguinte à vitória dos Olympians contra os Dawes Trojans, Allison Doss estava diante do quadro branco na aula de geometria do Sr. Donnelly, tentando chegar ao resultado de uma equação que fazia parte do dever daquele dia no livro, quando sentiu uma dor nas costas. No início, a dor foi suportável. Allison concluiu se tratar de uma dor muscular decorrente de um acidente na sexta-feira anterior, quando ela caíra do topo da pirâmide de três pessoas numa apresentação com as líderes de torcida durante o jogo. Ela escreveu $x^2 + y^2 - 6x + 4y - 23 = 0$ no quadro branco, recebeu um aceno de cabeça e um parabéns do Sr. Donnelly por dar a resposta correta, e voltou ao seu lugar, a dor aumentando ligeiramente. Passou o resto da aula com a mão na lombar e engoliu em seco duas cápsulas de Advil que tinha na bolsa, mas ao fim da aula de geometria do Sr. Donnelly Allison sentia uma dor excruciante.

Pensando que aquilo poderia estar relacionado a seu ciclo menstrual e sem ter absorventes na bolsa, Allison foi ao banheiro no intervalo das aulas, com a intenção de comprar um absorvente íntimo na máquina automática e colocá-lo, caso fosse menstruar naquele momento. Uma vez no banheiro das meninas, comprou o absorvente e entrou num reservado. Enquanto abaixava a calça e a calcinha, pensou por um instante no fato de que a última coisa a entrar em sua vagina havia sido o pênis de Brandon Lender. E desejou que ele respondesse às suas mensagens no Facebook.

Quando estava prestes a colocar o absorvente, a dor nas costas se intensificou, o que a levou a se curvar. A dor pareceu se alastrar das costas para o baixo ventre, e foi aí que teve certeza de que estava relacionada à menstruação. Mas até então ela nunca tinha sentido uma dor tão aguda. Allison se perguntou se teria algo a ver com o vômito forçado, algo que se tornara um hábito. Se fosse isso, achava que aguentar aquela dor física intensa de vez em quando seria um preço pequeno a se pagar. Esse foi o último pensamento que teve antes de sentir o fluxo de sangue escorrendo por sua coxa. Allison enrolou rapidamente um punhado de papel higiênico e fez o melhor que pôde para impedir que o sangue chegasse até sua calça e calcinha, emboladas nos tornozelos. Olhando para o sangue no papel higiênico, percebeu que era de um tom estranho de marrom, muito mais escuro que qualquer sangue que já vira. Junto com o sangue havia uns pedacinhos de material semissólido. Allison não fazia ideia do que era aquilo. Supôs que aquilo talvez fosse alguma espécie de muco associado à menstruação, que ela jamais expelira antes. Ficou nervosa e assustada, ligeiramente histérica.

Jogou o papel higiênico ensanguentado na privada e deu descarga, mas ainda sentia o sangue fluindo da vagina e escorrendo pelas pernas. Naquele momento, a dor nas costas e no abdômen chegou a tal ponto que ficou difícil, para Allison, se concentrar no que estava fazendo. Enquanto tentava mais uma vez enrolar um punhado de papel higiênico, a dor atingiu um grau de intensidade que dominou Allison, fazendo-a cair inconsciente no chão do reservado. Ficou ali por quase cinco minutos até outra aluna, Regina Sotts, entrar no banheiro antes da aula seguinte e ver um par de sapatos por baixo da porta. Depois de bater na porta e indagar sobre as condições da ocupante da cabine — e não receber resposta —, Regina se ajoelhou no chão para espiar. Ao perceber que Allison estava inconsciente e que havia uma poça de sangue no chão, Regina pediu a ajuda da primeira pessoa que viu no corredor, a Sra. Langston, que então notificou tanto o diretor Ligorski quanto a Sra. Heldinberg, a enfermeira da escola, que chamou uma ambulância às pressas.

Allison recuperou a consciência quando dois paramédicos deitaram-na em uma maca e a levaram às pressas pelos corredores da Goodrich Junior High School até uma ambulância que os esperava do lado de fora. Allison estava assustada e não tinha certeza do que estava acontecendo, mas, acima de tudo, ficou feliz porque, naquele instante, praticamente todos os alunos ainda estavam em aula; logo, apenas Regina Sotts e poucos professores presenciaram o ocorrido. Ela ficou se perguntando por quanto tempo poderia manter o episódio em segredo do restante da escola. Não gostava nem de pensar na vergonha de explicar aquilo para alguém.

Os paramédicos fizeram uma série de perguntas para Allison, principalmente sobre o que ela havia comido naquele dia, se ela já menstruava e assim por diante. Apenas quando ela já estava dentro da ambulância um deles perguntou:

— Você é sexualmente ativa?

Allison teve que fazer uma pausa por um instante antes de responder.

— Não. Quer dizer, não pra valer.

— Eu sei que isso é muito pessoal, mas a gente precisa que você responda a essas perguntas para que a gente possa te ajudar, tudo bem? — perguntou o paramédico.

— Tudo bem.

— Então, precisamos saber se você teve relações sexuais com alguém. E não há nada errado nisso se a resposta for sim. Você não vai ficar de castigo nem nada. É só que a gente precisa saber.

— Então, pois é, acho que tive — respondeu Allison.

— Tudo bem.

Ela sentiu outra onda de dor intensa nas costas e no abdômen, e desmaiou novamente. Desta vez, quando recuperou a consciência, estava no hospital, nua exceto por um avental cirúrgico. Sua mãe e seu pai estavam presentes. A mãe chorava e segurava a mão da filha. Allison percebeu uma agulha em sua mão. Seguiu o tubo conectado a ela e viu um saco cheio de algum tipo de fluido que corria diretamente para sua veia. Presumiu que fosse alguma espécie de remédio ou nutrientes. A ideia de algo que ela não podia expelir quando quisesse entrando em seu corpo a deixou enjoada. Pensou em arrancar a agulha, mas sabia que isso causaria uma onda de perguntas da parte de seus pais, e um médico iria recolocar a agulha de novo em algum momento. Ela odiava agulhas e estava grata por estar inconsciente quando aquela ali fora inserida. Se ela se concentrasse na agulha em sua mão, estava certa de que poderia sentir o conteúdo do saco fluindo para dentro de sua veia e circulando por seu corpo, nadando pelo sangue. Estava prestes a vomitar, mas se conteve. Sentiu-se melhor ao manter o controle sobre a ânsia de vômito, reconfortada por não estar completamente impotente naquela situação.

— O que aconteceu? — perguntou Allison.

— Não sabemos, querida — respondeu a mãe, Liz. — O médico só disse que alguém a encontrou na escola sangrando no banheiro. Estamos esperando que eles venham e digam o que está acontecendo.

— Eu estou bem?

Foi aí que ela percebeu que havia parado de sangrar. Olhou para a agulha espetada nela e desejou que o sangramento não tivesse parado. Podia aceitar a ideia de um fluido entrando em seu corpo, se outro fluido também estivesse saindo em quantidade igual ou maior.

— Eles acham que sim — respondeu seu pai, Neal. — O médico deve passar aqui daqui a pouco. Como você está se sentindo?

Os olhos dela não saíam da agulha. Allison a via como se estivesse latejando no ritmo das batidas do relógio pendurado na parede acima da porta do quarto, bombeando para dentro de seu corpo um monte de coisas das quais não podia se livrar, inchando-a, fazendo-a ficar gorda e cheia d'água. Ela queria dizer ao pai que se sentia gorda e repulsiva, mas falou:

— Acho que bem. Só quero saber o que está acontecendo.

— Nós também, querida, nós também — disse a mãe.

O Dr. Michael Stern entrou no quarto, segurando a ficha de Allison e fechando a porta. Ele se sentou e disse:

— Oi, eu sou o Dr. Stern. Como está se sentindo, Allison?

— Bem, acho. Mas, tipo, eu estou bem mesmo?

— A resposta curta é sim — respondeu o médico. — A resposta completa é um pouco mais complicada.

— O que você quer dizer com isso? — A mãe quis saber.

— Quero dizer que preciso falar umas coisas que podem ser um pouco delicadas, mas o principal é ter em mente que a sua filha vai ficar bem — disse o Dr. Stern.

— Tudo bem — respondeu Neil.

— Allison, você teve o que chamamos de um aborto espontâneo de uma gravidez ectópica.

— Gravidez? — exclamou Liz. — Allison, você está...?

Allison imediatamente começou a chorar.

— Sinto muito, mãe.

— Não acredito — disse Neal. — Você estava grávida? Quantos... nem sei o que dizer. Isso é um...

— Mais uma vez, eu sei que isso é difícil de escutar, mas vocês precisam se lembrar de que a coisa mais importante aqui é o fato de a sua filha está bem — interrompeu o Dr. Stern. — Uma gravidez ectópica significa que o óvulo fertilizado se desenvolveu fora do útero. No caso da Allison, ele estava crescendo em uma das trompas de Falópio. Na verdade é uma coisa muito grave e, quando não detectada a tempo, pode ser extremamente ruim. Então o fato de a gravidez ter se interrompido espontaneamente é uma coisa muito boa, na realidade. Provavelmente foi isso o que salvou a sua vida. Vimos que você está um pouco subnutrida, o que às vezes pode acontecer com uma gravidez ectópica, pois o feto está crescendo num ambiente nada favorável, e às vezes ele pode puxar mais do que normalmente puxaria do suprimento de nutrientes da mãe. Você tem alguma pergunta?

— Posso ir pra casa? — perguntou Allison, chorando.

— A gravidez só estava na quinta semana e não parece ter causado danos excessivos à sua trompa de Falópio, mas gostaríamos de mantê-la aqui esta noite para observação, só por precaução — disse o Dr. Stern.

— Eu quero ir pra casa.
— Você precisa ficar aqui — disse Liz.
— Vocês ficam comigo?
— Eu não acredito nisso... — disse Neal.

Neal começou a chorar. Era a primeira vez que Allison via o pai chorar. Ela começou a soluçar mais forte.

— Se precisarem de qualquer coisa, peçam para a enfermeira me chamar — disse o médico. — E, claro, fiquem o tempo que precisarem.

O Dr. Stern saiu.

— Alli, fico feliz que você vá ficar bem, mas não posso ficar aqui esta noite — disse Neal. — Eu só... não sei o que pensar. Você era a minha garotinha.

— Ainda sou, papai — disse Allison.

— Acho que não — respondeu o pai, saindo do quarto.

Allison começou a chorar copiosamente.

— Mamãe, você fica comigo?
— Fico, querida.

Ela abraçou a filha.

— O papai me odeia?
— Não. Ele te ama. Só está um pouco confuso. Eu também estou. Alli, como você pôde fazer isso?
— Sinto muito.

Liz passou a noite inteira com ela, dormindo numa poltrona no canto do quarto. Allison só pegou no sono bem tarde. Ficou olhando para o teto, tentando não pensar na agulha em sua mão, nos fluidos sendo bombeados para dentro de seu corpo. Pensou no fato de o Dr. Stern nunca ter mencionado a possibilidade de anorexia ou bulimia como a causa para o seu aborto, e o fato de isso não ter sido detectado pelos médicos. Depois que saísse do hospital, ela ainda teria essas duas coisas; ainda teria controle.

Liz foi até em casa buscar algumas coisas para a noite e parou na Goodrich Junior High School para pegar o material de Allison antes de voltar para o hospital. Junto do material estava o celular dela. Enquanto a mãe dormia, Allison entrou em sua conta no Anjos de Ana e começou a escrever um post a respeito de sua experiência com o aborto e sobre como ela estava feliz pelos médicos não terem detectado seu distúrbio alimentar. Reclamou da alimentação intravenosa, mas alegou que perderia o peso extra assim que deixasse o hospital na manhã seguinte. Poucos minutos depois de publicar o post, recebeu duas respostas, ambas parabenizando-a por guardar seu segredo e manter a atitude correta com relação a perder os poucos gramas que ganharia enquanto estivesse no hospital. Esse apoio das meninas que considerava iguais a ela era importante para Allison. Era um apoio que sabia que não teria em nenhum outro lugar.

Depois de ler as respostas, abriu o aplicativo do Facebook e descobriu que ainda não tinha nenhuma resposta de Brandon Lender para nenhuma das várias mensagens que mandara para ele. Aproveitou a oportunidade para mandar outra mensagem, num tom grave o suficiente para talvez gerar uma resposta. "Acabei de abortar seu filho." Dois minutos depois ela recebeu uma resposta dele, que dizia "Caralho, q troço mais fodido". Ela ficou feliz por ele ter respondido e tomou isso como um sinal de que ainda estava interessado nela.

Quando começou a sentir a exaustão da experiência se abatendo sobre si, fechou os olhos e pensou de novo naquele dia no SeaWorld quando era mais nova e seu pai lhe comprara um sorvete de casquinha sem que ela tivesse pedido. Perguntou-se se o pai algum dia a veria como aquela garotinha de novo e soube que a resposta era não. Ela nunca mais seria aquela garotinha.

capítulo
dezesseis

Dawn Clint filmou a filha respondendo a várias perguntas sobre seus objetivos na indústria do entretenimento, realizando várias atividades ligadas à Goodrich Junior High School, e usando roupas diferentes, numa filmagem que durou quase trinta minutos, tudo a pedido dos produtores do reality show *Undiscovered*.

A mais importante das exigências deles, no entanto, era que o vídeo não tivesse mais que cinco minutos. Tendo pouco conhecimento em edição de vídeo, Dawn começou a procurar um editor de vídeos profissional quando a filha, Hannah, comentou que seu amigo Chris Truby era muito bom nisso e que provavelmente ficaria feliz em ajudá-las. Dawn não acreditava que um menino de 13 anos fosse ser capaz de fazer um bom trabalho de edição no que provavelmente seria o vídeo mais importante da vida da filha, mas como ainda faltavam algumas semanas para a entrega do vídeo, ela decidiu que, se Chris fizesse um trabalho ruim, ainda teria tempo para contratar um editor profissional. Dawn fez uma cópia do arquivo contendo todas as gravações e o mandou por e-mail para Hannah, juntamente com o vídeo de sua atuação no papel principal da produção local de *Annie* no ano anterior.

Enquanto mandava o arquivo por e-mail, pensou na última vez que transara com o diretor de teatro. Fora há pelo menos cinco meses. Esperava não ter que fazer isso de novo, pois sentia algo por Kent Mooney e também queria ver a filha fazendo um sucesso maior que o que fazia no teatro local.

Hannah mandou para Chris uma mensagem de texto que dizia: "Quer editar meu vídeo pro reality show?" Chris respondeu: "Blz, quer vir aqui me ajudar c isso hj à noite?" Ele imaginou que depois de editarem o vídeo, Hannah e ele poderiam ter algum tipo de interação sexual. Estava ansioso para tentar, confiante em sua habilidade de transar depois de ter treinado com suas várias vaginas improvisadas. Hannah respondeu com uma mensagem de texto que dizia "ok".

Dawn buscou Hannah na escola e levou-a de carro até a casa de Chris Truby.

— Só pode ter cinco minutos, mas ele precisa colocar você com todas aquelas roupas no vídeo, além das respostas para as perguntas que estavam nos e-mails dos produtores.

— Pode deixar, mãe — respondeu Hannah, saltando do carro e entrando na casa de Chris Truby.

Ela estivera na casa dele três vezes antes, e em todas as vezes notara Don e Rachel distantes um do outro. Desta vez os dois lhe pareceram muito mais felizes, mais próximos.

— O Chris está no quarto dele — disse Don.

— Uau, isso é bem divertido. Um reality show! — comentou Rachel.

— É, acho que sim — respondeu Hannah. — Quer dizer, eu ainda não estou no programa nem nada, mas pode ser bem legal, sabe, tipo o início da minha carreira e tal.

— Bem, boa sorte — disse Rachel. — Estamos torcendo por você.

— Valeu — disse Hannah, e foi para o quarto de Chris.

Chris estava sentado em frente ao computador quando ela entrou. Ele já havia dividido em clipes menores o arquivo que Hannah lhe enviara por e-mail e estava prestes a juntá-los numa ordem que ele achava que faria mais sentido do que a ordem na qual haviam sido apresentados originalmente. Também já havia cortado muitos dos clipes e adicionado um trecho que selecionara da atuação de Hannah como Annie. O tempo total do novo clipe era de 12 minutos. Ele contou isso tudo para Hannah e depois falou:

— Você tem que ver e aí me diz o que você quer cortar.

Antes de ver o vídeo, os dois conversaram brevemente sobre Allison Doss e o episódio no banheiro das meninas. Nenhum dos dois sabia exatamente o que havia acontecido, mas ambos tinham ouvido falar que fora grave o bastante para que os paramédicos a levassem para o hospital. Allison não atualizara seu Facebook e não postara nada no Twitter, portanto ninguém sabia exatamente o que estava acontecendo com ela.

Depois da conversa sobre Allison, Chris mostrou sua versão do vídeo para Hannah, que disse achar que tudo era essencial. Para ela era difícil tomar qualquer decisão sobre o que devia ser omitido.

— Tá, deixa eu dar outra olhada e ver o que posso fazer — disse Chris.

Hannah sentou-se na cama dele e ficou observando enquanto ele trabalhava. Ela não entendia as sutilezas e nuances do que ele estava fazendo, mas conseguiu acompanhar as ações mais simples. Protestou algumas vezes quando achou que ele estava cortando um pedaço que ela considerava particularmente interessante. Nesses casos, Chris dizia que ela havia entendido errado o que ele estava fazendo: ele não estava cortando aqueles pedaços, só movendo-os para outra pasta para poder rearranjá-los e editá-los como clipes individuais.

No fim, Hannah resolveu deixar Chris trabalhar em paz. Deitou na cama dele, sentindo o cheiro do travesseiro. Tinha o mesmo cheiro do xampu que ele usava, um cheiro que agora lhe era familiar. Ela não gostava muito daquele aroma — era muito parecido com o de um desodorante masculino. Presumiu que ele usasse Axe ou outro produto direcionado para homens e se perguntou se era ele quem decidia que tipo de produtos usava, ou se a mãe achava que o filho ia gostar de Axe e Chris nunca protestara porque não se importava, e, portanto, seu sabonete líquido e xampu seriam para sempre Axe. Ela ficou tentando imaginar se ele algum dia compraria um tipo diferente de xampu, quando fosse para a faculdade e tivesse que comprar seus próprios produtos de toalete, ou se apenas sucumbiria ao hábito, à familiaridade. Perguntou-se se alguém tinha controle sobre esse tipo de coisa.

Depois de quase 45 minutos editando, Chris disse:

— Certo, diminuí para mais ou menos seis minutos. Veja o que você acha.

Hannah assistiu ao clipe e, apesar de haver muita coisa de que ela gostava no vídeo original, tinha que admitir que estava muito melhor do jeito que Chris o havia arrumado. Imaginou se algum dia estaria sentada numa ilha de edição de verdade, trabalhando com um editor de verdade, talvez até no reality show para o qual estava fazendo este vídeo. Ela tinha a impressão de que, depois que uma pessoa aparecia num programa de TV, fosse um reality ou algo com roteiro ou se conseguisse um papel em algum filme, passava a ter controle total sobre a produção e sobre como eles eram editados. Chris era um bom editor, pelo que ela tinha visto. Talvez ela o contratasse quando ficasse famosa e ele pudesse ser seu editor particular.

— Acho que está bom — disse ela. — Quer dizer, sinto falta de um monte de coisas, tipo eu falando do que gosto de fazer com meus amigos e fazendo ginástica artística e tudo isso, mas está legal. Só acho que a gente ainda tem que cortar mais ou menos um minuto, né?

— Quarenta e três segundos, para ser exato, mas isso não é problema. É só eu aparar umas coisas. Só queria ver se você achava que estava bom com esses trechos principais. Não vou tirar nenhuma parte básica, só vou dar uma aparada no começo e no fim dos trechos, tirar pausas e coisas assim.

— Quanto tempo isso vai levar? — perguntou Hannah.

— Não muito. Posso fazer isso depois que você for embora e te mando por e-mail hoje à noite.

— Legal — respondeu ela, levantando-se da cama de Chris e indo até onde ele estava sentado. Ela girou a cadeira dele e se sentou em seu colo.

— Meus pais ainda estão acordados — disse Chris.

— A gente não faz barulho.

— Peraí — disse Chris.

Ele se levantou da cadeira, abriu a porta do quarto e foi de fininho até a sala de estar, onde encontrou o pai dormindo na poltrona. Não viu a mãe. Presumiu que ela estivesse no quarto. Voltou sem fazer barulho, fechou a porta e botou uma camiseta para tapar o vão debaixo dela. Foi até Hannah e disse:

— A que horas sua mãe vem te buscar?

— Quando eu mandar uma mensagem pra ela. Só não posso demorar muito. Mas a gente tem tempo.

— O que você quer fazer?

— Quero que você me coma.

Chris teria preferido que ela tivesse dito "Quero te comer", mas ele já vinha se preparando para aquele momento e achava que estava pronto para assumir o papel dominante que Hannah exigia.

— Beleza, vamos foder.

Passaram para a cama dele. Hannah se deitou e tirou a roupa. Chris também tirou a dele, depois olhou para o corpo nu da garota e começou a se masturbar.

— Quer que eu chupe seu pau? — perguntou Hannah.

Chris tentou recriar as circunstâncias exatas nas quais fora capaz de ejacular dentro de um rolo de papel toalha cheio de espuma saturada de hidratante.

— Não, só abre as pernas.

Ela fez o que ele mandou e observou Chris de pé na beira da cama, o pênis flácido na mão, os olhos fechados. Ela se perguntou no que ele estaria pensando. Perguntou-se se não era bonita o suficiente para excitá-lo. Presumiu que não podia haver outra razão para que ele não conseguisse ter uma ereção na presença dela sem que apelassem para algum comportamento sexual anormal. Ela sabia que os homens gostavam de seios grandes, o que ela tinha, mas ficou imaginando se faltava nela alguma outra qualidade que eles também apreciavam, ou de que gostavam de maneira mais significativa. Perguntou-se se sua vagina fedia, se era gorda demais em alguma área do corpo, se seu rosto não era bonito o suficiente, se seu cabelo não estava bem penteado, se sua maquiagem não fora aplicada do jeito mais correto, se sua voz era estridente demais, se seus pés eram grandes demais, se devia ter pintado as unhas dos pés, se suas mãos eram ásperas demais, se seus dentes não eram retos ou brancos como deveriam ser, se ela tinha alguma deficiência nata para lidar com homens porque nunca tivera um pai.

Depois de um tempo, Chris conseguiu que o pênis ficasse ereto e Hannah se lembrou de ler em um site sobre o que os homens gostavam durante o sexo, no qual recomendavam elogiar o tamanho do pênis de forma bem pornográfica.

— Seu pau duro é enorme — disse ela.

Chris não respondeu. Sabia que tinha pouco tempo para enfiar o pênis na vagina de Hannah antes que murchasse.

Teve dificuldades para entrar nela, pois a vagina de Hannah estava seca. Sem preliminares, nem mesmo beijos, a garota não estava sequer minimamente excitada. A combinação das complicações da vagina seca de Hannah e a falta de interesse de Chris por sexo tradicional estava surtindo efeito.

A cada estocada, ele pôde sentir o pênis perdendo a rigidez. Forçou-o para dentro com os dedos enquanto amolecia. Uma vez dentro, o pênis ficou completamente morto de novo.

— Entrou? — perguntou Hannah.

— É, acho que entrou — disse Chris.

— Hmm... acho que não entrou, não.

— Não, entrou sim.

— Você está se mexendo?

Chris disse "Não", sabendo que o menor movimento de seus quadris faria com que o pênis saísse totalmente.

— Bem, a gente não tem que, tipo, transar?

— É.

— Eu me mexo, então — disse Hannah, e moveu os quadris debaixo dele, fazendo com que o pênis de Chris escorregasse para fora. — Mete de novo.

Ele rolou para o lado e deitou de barriga para cima, frustrado. Hannah ficou olhando para o teto, sem saber o que dizer, convencida de que havia algo errado com ela, que toda transa com qualquer homem invariavelmente resultaria nessa decepção.

— Eu estou fazendo alguma coisa errada, ou...

— Não, sei lá. Foi mal.

Chris queria contar a Hannah o que ele achava sexualmente excitante, mas, levando em conta a reação dela quando pediu que botasse um dedo em seu ânus, sabia que seria perda de tempo. Presumiu que suas preferências sexuais eram depravadas, e ficou imaginando se algum dia conheceria uma garota que não só iria fazer suas vontades, mas também gostar das mesmas coisas de que ele gostava. Achava que não. Convenceu-se naquele momento de que sua vida seria sexualmente frustrada e cheia de segredos.

Nenhum dos dois fez qualquer tentativa de se envolver em outras atividades sexuais.

— Acho que é melhor eu mandar uma mensagem pra minha mãe — disse Hannah.

— Tudo bem.

Eles evitaram olhar um para o outro enquanto vestiam as roupas novamente. Chris gostava de Hannah, e ela gostava dele. Uma parte de Hannah queria só ser abraçada por ele, queria esperar para ter alguma espécie de interação sexual com ele ou com qualquer um; e havia uma parte de Chris que só queria abraçar Hannah e adormecer com ela, sentir o cheiro de seu cabelo, acordar com ela, esperar para ter qualquer espécie de interação sexual com ela ou com qualquer uma.

Quando a mãe de Hannah chegou, Chris a acompanhou até a porta e disse:

— Eu mando o vídeo pra você hoje à noite.

Hannah disse "Valeu", e foi embora sem dar um abraço nele, fato recorrente em seu protocolo de despedida.

Enquanto Chris terminava de editar o vídeo para Hannah, olhava constantemente para o telefone, esperando por uma mensagem dela. Hannah fez o mesmo com seu celular, esperando uma mensagem dele, alguma indicação de que ainda iam se falar, de que aquela noite não tinha estragado o relacionamento indefinido, mas cada vez mais confortável, que vinham construindo nos últimos meses. As mensagens de texto nunca chegaram.

capítulo
dezessete

— **Então, perdi meu** selinho — disse Hannah Clint para um punhado de Olympiannes chocadas. Entre elas estava Brooke Benton, que perguntou:

— Você transou com o Chris?

— Transei. Ontem à noite no quarto dele.

Até aquele momento Brooke vinha se sentindo bem — ótima, até — a respeito dos limites que ela e Danny haviam decidido impor a seu relacionamento físico. Estava feliz por ter feito sexo oral nele uma vez, porque isso havia aplacado seu desejo de igualar o que as amigas já haviam feito, ir até onde tinham ido. E, na época, ela só sabia que Hannah Clint fizera sexo oral num garoto qualquer no verão. Mas, naquele instante, conforme Hannah Clint contava a novidade para toda a equipe das Olympiannes — exceto Allison Doss, que ainda não voltara à escola depois do episódio no banheiro feminino — Brooke se sentiu insignificante. Até aquele momento, ela fora tão experiente quanto qualquer outra garota na Goodrich Junior High School. Hannah dera um passo além e agora estava num patamar acima de Brooke.

Enquanto as garotas perguntavam a Hannah como foi transar pela primeira vez, querendo saber detalhes sobre as complexidades do ato em si, a sensação de um pênis na vagina, se doía, Brooke disse:

— Ela só transou com o Chris Truby. E daí? Ele é nojento.

Antes que Hannah pudesse retrucar, a Sra. Langston entrou no vestiário e pediu a todas que se sentassem.

— Antes do treino de hoje, achei que devia mencionar que recebi notícias de Allison. A primeira coisa que vocês precisam saber é que ela vai ficar bem. — A Sra. Langston não sabia dos detalhes do que havia acontecido com Allison. A mãe da menina, Liz, telefonara para o diretor Ligorski e mentira, explicando a ele que Allison estava tendo algumas complicações com sua primeira menstruação e não iria à escola pelo resto da semana. Essa informação foi passada para o restante do corpo docente, para ser retransmitida a seus alunos como achassem conveniente. — Como todas vocês, a Allison está passando por mudanças, e o corpo dela parece não estar querendo cooperar como deveria. Então a Allison vai faltar alguns dias e nós vamos precisar de alguém para ocupar o lugar dela no topo da pirâmide amanhã à noite.

A Sra. Langston continuou, designando outra Olympianne para assumir o lugar de Allison no topo da pirâmide, mas Brooke não prestava atenção a nada do que acontecia à sua volta. Só conseguia pensar no fato de Hannah Clint ter transado antes dela, e de que a experiência dela não significava nada, pois tinha sido com Chris Truby. Para Brooke, parecia que, se alguém deveria estar transando, eram ela e Danny. O mesmo sentimento que a estimulara a fazer sexo oral em

Danny antes do primeiro jogo da temporada a estimulava desta vez a começar a pensar em transar com ele. Ela não se sentia mais preparada para realizar o ato do que havia se sentido quando os dois decidiram voltar atrás em seu relacionamento físico, mas isso não tinha importância. Parecia agora uma questão de honra, mais que qualquer coisa. Ela considerava Hannah uma piranha, uma das caricaturas de adolescentes dos programas da Tyra Banks. Ela estava decidida: não seria superada por uma piranha.

Chris Truby estava no refeitório almoçando com Danny Vance quando ficou sabendo, por Tanner Hodge, que a notícia de que ele e Hannah Clint tinham transado havia se espalhado. Tanner lhe deu os parabéns, dizendo:

— Seu sortudo filho da puta. Como são aqueles peitos? Botou seu pau no meio deles?

— Não.

— Sua bichona.

Chris estava tentando entender o que estava acontecendo. Até onde ele sabia, ele e Hannah haviam realizado o que ele considerava uma tentativa fracassada de relação sexual. Ele certamente não chegara ao orgasmo. Também sabia que Hannah não conseguira ter o dela. Ele não chegara a meter nada, na verdade. Seu pênis flácido só ficara repousado na entrada da vagina dela por alguns segundos. Pelas horas incontáveis de pornografia a que havia assistido, Chris sabia que o que ele e Hannah haviam feito não era sexo. Ele ficou se perguntando por que ela teria espalhado o boato, e, além disso, se isso significava que ela queria continuar suas tentativas de um relacionamento sexual normal ou se tinha se cansado dele. Talvez ela tivesse percebido que não ia conseguir o que queria com ele, e decidira criar sua própria realidade na qual havia conseguido, e depois a usara como a realidade a ser apresentada para suas amigas. Qualquer que fosse o caso, Chris estava feliz em ser conhecido como o primeiro menino no oitavo ano a fazer sexo, e o fato de ter sido com Hannah Clint, a dona dos maiores seios da turma, só serviria para aumentar seu status não apenas com os meninos, mas também com as meninas da Goodrich Junior High School.

— Porra, cara. Isso é uma mega notícia. Quando você a me contar? — perguntou Danny.

— É, sei lá — respondeu Chris. — Acho que eu queria guardar segredo, sabe?

— Claro, você pode me mostrar fotos de travecos comendo uns aos outros com máscaras de hóquei, mas não pode me dizer que pegou a Hannah Clint?

Chris, entrando um pouco no jogo, disse:

— Olha, cara, eu só não sabia se ela queria que todo mundo soubesse e eu preciso fazer essa parada de novo, então, eu estava só protegendo meu investimento.

— Ah, tá, seu investimento.

— Então, quando você e a Brooke vão mandar ver?

Danny estava feliz em sua relação com Brooke. Não sentia necessidade de se equiparar a Chris ou a qualquer um de seus colegas em termos de experiência sexual.

— Sei lá. Quando rolar, acho.

Chris, agora incorporando totalmente a nova identidade que a mentira de Hannah lhe emprestara, disse:

— Amarelão. Hannah e eu só começamos a ficar, tipo, mês passado, e eu já comi. Vocês dois estão juntos há mais de um ano.

— Tá, me deixa em paz, seu idiota.

— Nossa, que sensível. Foi mal. Fica aí batendo punheta todas as noites. Eu estou cagando.
— Valeu.

Do outro lado do refeitório, Tim Mooney estava almoçando com Brandy Beltmeyer. Era algo pelo que ambos aguardavam ansiosamente todos os dias. Os dois consideravam o tempo que passavam juntos no horário de almoço a melhor parte do dia.

— Acho que meu pai vai ao jogo na sexta. Então ele não vai estar em casa, se você achar que pode enganar sua mãe e quiser ir ver um filme comigo, sei lá — disse Tim.

— Não sei. Pode ser que eu consiga, mas ela não faz uma inspeção de surpresa no meu computador tem um tempo, e isso me deixa nervosa. Eu gosto de estar lá quando ela faz a inspeção, pra saber tudo o que está acontecendo. Se eu não estou lá, fico preocupada que ela esteja vasculhando as minhas coisas.

— Tudo bem, tranquilo, beleza, tanto faz.

— Oh-oh, parece que alguém está tristinho porque talvez não possa me ver na sexta.

— Tanto faz. Eu não estou nem aí se vou ver você ou não.

Brandy sorriu e o beijou na bochecha. O beijo não foi visto pelo Sr. Donnelly, o monitor do almoço. Demonstrações de afeto entre alunos eram oficialmente limitadas a ficar de mãos dadas e se abraçar no campus. Qualquer coisa além disso podia ser motivo para suspensão ou, no mínimo, castigo depois da aula. Tim gostava de Brandy sentir prazer em burlar essa regra.

— Deixa eu mandar uma mensagem pra minha mãe e ver como ela reage. Se ela disser que vai estar ocupada com outras coisas na sexta à noite, aí eu vou. Senão, provavelmente não vou poder.

— Tudo bem — respondeu Tim e a beijou na bochecha, o que também não foi visto pelo Sr. Donnelly.

Depois do almoço, Brandy escreveu para a mãe: "Lauren quer saber se eu posso ver 1 filme c ela na 6a." A mãe de Brandy, Patrícia, respondeu com "Tudo bem... desde que não seja muito tarde". Brandy mandou: "Tá, a gente vai numa sessão + cedo." Patrícia disse na mensagem: "Está bem, te amo." Brandy respondeu "Eu tb". Ela se conectou na conta como Freyja no Myspace e mandou um "Te vejo na sexta" para Tim. Tim recebeu em seu celular o aviso de que tinha um novo recado da Freyja pouco antes da aula de ciências naturais. Ele leu a mensagem e respondeu com "Blz", antes de engolir um comprimido de Anafranil.

capítulo
dezoito

Os Pound Squires tinham um dos piores campos de futebol americano do distrito. O pouco que havia de grama nunca era cortado nem cuidado. A maior parte do terreno dera lugar a grandes espaços de terra, que viraram lama depois de uma chuva forte na véspera da chegada dos Olympians da Goodrich como time visitante para o oitavo jogo da temporada.

Alguns jogadores e técnicos adversários defendiam que eram essas condições de jogo abaixo do padrão que tornavam o time todo do Pound Squires mais resistente e melhor que muitos outros. Ele não só era considerado o time mais habilidoso da liga, como também o mais violento, o mais forte e com os atletas menos obedientes às regras do jogo. Todos os adversários que os Squires haviam enfrentado naquela temporada tinham acabado a partida com pelo menos um de seus jogadores lesionado pelo restante da temporada.

Danny Vance levou tudo isso em conta quando entrou em campo para a primeira jogada ofensiva dos Olympians. Seu plano de ataque era similar ao que fizera em muitas das semanas anteriores: um jogo forte de arremessos longos, planejado para dar trabalho ao secundário da defesa e permitir conclusões de passes mais curtos para uma série de primeiros *downs*, que acabariam levando a uma sequência de jogadas na *redzone* para um *touchdown*. O plano foi posto em andamento e executado com perfeição, produzindo seis primeiros *downs* para os Olympians seguidos de um passe de 8 jardas para que Chris Truby fizesse um *touchdown*.

Depois de uma série ofensiva na qual os Pound Squires não conseguiram marcar o primeiro *down*, Danny entrou em campo novamente, desta vez prevendo a mudança na defesa que normalmente ocorria depois que ele fazia um arremesso longo bem-sucedido. O técnico Quinn, prevendo a mesma coisa, pediu uma jogada de passe curto para Tanner Hodge, para abrir a segunda sequência ofensiva dos Olympians. A jogada foi feita para uma perda de 3 jardas enquanto a defesa dos Squires parecia estar aderindo ao seu plano defensivo original de proteger jogadas de passe curto, mandando seu líbero realizar *blitz* em praticamente todas as jogadas. Danny notou isso e, quando a jogada seguinte do técnico Quinn foi uma 6-3-8 para a direita, outra jogada de passe curto, ele pediu tempo e foi até a linha lateral para discutir algo com o técnico.

Desde que o técnico Quinn afrouxara sua filosofia, permitindo que Danny arremessasse com mais frequência na esperança de ganhar mais jogos, ele e Danny haviam desenvolvido uma relação mais cordial, quase amigável.

— Técnico, acho que eles não vão mudar para o passe longo. Acho que a gente devia continuar lançando o mais longe possível até eles desistirem do líbero ou darem algum sinal de que podem estar jogando com proteção de passes.

O técnico Quinn havia confiado em Danny nos jogos que haviam levado o time até ali e, como resultado, os Olympians da Goodrich não haviam perdido nenhuma outra partida. Ele não tinha motivos para duvidar de Danny naquela situação.

— Parece bom. Arremesso 1-4-2 à esquerda?

— É, deve funcionar — respondeu Danny e correu de volta para o campo, onde transmitiu a nova jogada para o restante do time.

Danny recebeu o *snap*, deu quatro passos para trás, virou a cabeça para a esquerda para ver Chris Truby, seu recebedor principal, e foi derrubado pelo *tackle* defensivo dos Squires. No campo, Danny perguntou a Randy Trotter se ele se esquecera de fazer a marcação e Randy explicou que não. Alegou que um dos *linemen* defensivos dos Squires o fizera tropeçar, permitindo que o *tackle* defensivo chegasse desimpedido ao *backfield*. A rasteira passou despercebida pelos dois juízes que apitavam o jogo. Danny presumiu que esse tipo de jogada ilegal era um componente importante da estratégia que os Squires haviam empregado na maioria de suas vitórias.

Ele tentou mais um passe longo, que resultou numa jogada incompleta devido a uma interferência flagrante no passe que os juízes não marcaram. Danny sabia que os juízes que apitavam os jogos de futebol americano do oitavo ano estavam longe de ser do nível da NFL, mas ficou surpreso que não tivessem visto o que ele considerava uma jogada óbvia de interferência de passe. Presumiu que os Pound Squires fossem continuar jogando dessa maneira e esperar que os juízes marcassem menos faltas do que viam. Decidiu pedir uma jogada de passe curto, o que resultou num ganho de 2 jardas e levou a equipe de *punt* para dentro de campo.

Os Pound Squires conseguiram marcar um *touchdown* e um ponto extra na sequência. O fato de todos os integrantes da linha ofensiva estarem segurando quase todas as jogadas era grande parte da razão para sua sequência bem-sucedida. Eles foram penalizados pelo ato apenas duas vezes numa sequência com 11 jogadas.

Quando o jogo chegou ao intervalo e os Pound Squires se dirigiram para o vestiário, deixando os Olympians em sua linha lateral, o placar estava 7 a 7, e Danny Vance tinha dificuldade de enxergar como exatamente poderia garantir uma vitória contra um time que empregava táticas ilegais naquele nível sem ser punido.

Enquanto o time se reunia e cada jogador se ajoelhava em volta do técnico Quinn, que fazia um discurso sobre a necessidade de ignorar as faltas graves dos Squires em campo e continuar com o jogo limpo, Chris Truby olhava fixamente para Hannah Clint, que torcia a mais ou menos 20 metros na mesma linha lateral. Ele não falava com ela desde que a escola inteira passara a pensar que os dois tinham transado. Estava claro para Chris que Hannah havia espalhado o boato, mas não estava claro por que tinha feito aquilo. Cogitou mandar uma mensagem de texto para ela, mas pensou melhor, satisfeito em viver a mentira de que era mais experiente sexualmente do que era na verdade. Uma mensagem de texto investigando o objetivo por trás do exagero podia fazer tudo cair por terra. Ainda assim, Chris gostava de Hannah e não queria que o relacionamento deles acabasse. Enquanto o técnico Quinn mudava o foco de seu discurso inspirador de intervalo e começava a esboçar várias técnicas para que a linha defensiva não ficasse presa em todas as jogadas, Chris decidiu deixar que Hannah desse o primeiro passo em qualquer futura comunicação entre eles.

 Brooke Benton observou o namorado, Danny Vance, ajoelhado na frente do técnico Quinn. Ela o achava atraente e sentia até que seu amor por ele era genuíno. Isso por si só não era suficiente para compeli-la a ignorar sua certeza de que não estava preparada para transar com ele. Mas ao olhar para Hannah Clint torcendo ao seu lado com um sorriso no rosto, Brooke achou que ela parecia mais velha, mais adulta que as outras Olympiannes. Era algo que Brooke queria para si. Começou a se convencer de que precisava transar com Danny o mais rápido possível.

Brandy Beltmeyer disse tchau para a mãe e para o pai, subiu na bicicleta e pedalou em direção à casa de sua amiga Lauren. Continuou nesse caminho por alguns quarteirões até estar fora do que considerava ser o alcance de vigilância da mãe. Então mudou de rumo e se dirigiu à casa de Tim Mooney. Estava animada para vê-lo.

 A mãe de Brandy, Patrícia, vinha ficando cada vez mais desconfiada da quantidade de tempo que a filha supostamente passava na casa da amiga. Sabia que elas eram muito amigas desde pequenas, mas parecia que Brandy estava passando duas vezes mais tempo com Lauren que de costume.

 Depois que Brandy saiu, Patrícia ligou o computador da filha e abriu o programa Spector Pro. O Spector Pro era a etapa mais avançada do plano espionagem de Patrícia para saber tudo o que a filha fazia na internet. Até aquele ponto, ela não sentira necessidade de usá-lo. Tinha a impressão de que a filha era aberta e honesta sobre todas as atividades que fazia on-line, e as verificações semanais de Patrícia pareciam satisfatórias. Foi apenas o tempo maior que Brandy vinha passando fora de casa que deixou Patrícia curiosa o suficiente para resolver acessar um relatório resumido do Myspace, do Facebook e do iChat no computador da filha através do Spector Pro. O relatório era longo e Patrícia estava cansada de olhar para uma tela de computador o dia inteiro. Optou por imprimir o relatório e revisá-lo em busca de qualquer coisa fora do normal enquanto ela e o marido assistiam ao *American Idol*.

Patrícia lera as primeiras páginas do relatório sem encontrar nada fora do normal. Havia várias conversas por iChat com Lauren, várias mensagens do Myspace e do Facebook enviadas para ela e para outros amigos, e vários e-mails relacionados à escola. Como pretendia examinar o relatório inteiro em algum momento, Patrícia deixou a pilha de papéis na mesa de centro; então ouviu Ellen DeGeneres fazer um comentário especialmente engraçado e decidiu dedicar toda a sua atenção ao programa por alguns minutos. Depois de assistir ao programa até o fim e adormecer na poltrona, com o marido dormindo no sofá ao lado, ela se levantou e foi para a cama, deixando o relatório não lido na mesa de centro.

Brandy chegou à casa de Tim Mooney sem saber que sua mãe tinha uma cópia impressa de todos os sites que ela visitara nas últimas duas semanas, todos os nomes de usuário e senhas que usava para acessar esses sites e todos os comandos que digitara para escrever mensagens ou conversar nos chats nesses sites. Tim estava jogando *World of Warcraft* quando ela entrou. Desde que começou a se tratar com o Anafranil, ele havia descoberto que *Warcraft* era um jogo muito mais divertido do que costumava ser sem o efeito do remédio. Começava a sentir que não tinha controle quase nenhum sobre nada em sua vida. O casamento da mãe, que iria acontecer num estado que ele nunca sequer visitara, com um homem que ele jamais conhecera; seu relacionamento com Brandy, que só podia existir se eles enganassem a mãe dela; a impaciência cada vez maior de seu pai com sua decisão de não voltar ao time — tudo isso eram coisas sobre as quais Tim sentia não ter qualquer controle. Mas quando se conectava ao *World of Warcraft*, ele encontrava certo consolo no fato de conhecer cada centímetro quadrado de Azeroth, Outland e Northrend. Sabia cada detalhe de todas as lutas com chefões em cada instância. Conhecia a relação que mantinha com cada um de seus companheiros de guilda e sabia que aquelas relações nunca iam mudar. Não havia surpresas quando ele jogava; não havia nada além de seu controle. Ele passava mais tempo jogando e interagindo com seus colegas de guilda do que costumava fazer no passado, usando quaisquer dez minutos ou mais de folga para se conectar e completar uma *quest* diária ou só dar uma olhada na casa de leilões para ver se havia algo de interessante; era isso o que ele estava fazendo quando Brandy chegou.

Tim se despediu dos colegas de guilda quando a campainha tocou e desconectou depois que os dois primeiros comentários apareceram em resposta à sua partida no chat do grupo, dizendo, "A boceta da sua mãe já está arrombada por causa daquele crioulo com quem ela vai se casar?", e "E o cu dela? Crioulo adora cu".

Tim e Brandy passaram a noite assistindo a um episódio de *Locked Up Abroad*, que os dois acharam divertido. Durante o programa, Brandy disse:

— Não sei se isso é um assunto proibido, mas por que o seu pai vai aos jogos de futebol se você não está mais jogando?

Naquele momento, Tim percebeu que nunca se fizera essa pergunta. Ele sabia a resposta. Seu pai queria que ele jogasse, queria que as coisas voltassem a ser como eram antes; queria tanto que manteve o hábito de ir aos jogos, ignorando as mudanças óbvias que estavam acontecendo à sua volta.

— Acho que ele gosta do esporte. Ele é amigo de alguns dos outros pais, acho.

— Ah. É que é meio estranho, sabe?

— É, acho que sim.

Depois que o episódio de *Locked Up Abroad* acabou, Tim desligou a televisão e beijou Brandy, que ficou feliz em retribuir o carinho. Os dois continuaram a se beijar e se abraçar pelos trinta minutos seguintes, sem tirar as roupas ou elevar a interação física a um nível que incluísse qualquer coisa além de beijos e abraços. Isso deixava os dois felizes.

Don Truby estava muito menos embriagado do que costumava estar no começo do segundo tempo. Ele sabia que, no geral, era uma pessoa mais feliz por causa de suas relações sexuais extraconjugais. Queria contar para Kent e Jim sobre **Angelique Ice**, sobre a nova vida que estava levando, mas sabia que era muito perigoso deixar que qualquer um soubesse da sua infidelidade.

Jim Vance havia marcado sua vasectomia para dali a duas semanas, escolhendo esperar até que a temporada tivesse terminado, sem querer arriscar que qualquer complicação com a cirurgia o forçasse a perder um jogo do filho. Buscando o apoio dos amigos, ele disse:

— Vou fazer uma vasectomia daqui a algumas semanas.

— Ui — disse Kent Mooney.

— Ela finalmente conseguiu ganhar, não é? Vai cortar as bolas. Acho que eu também cortaria, se fosse casado com uma mulher que me obrigasse a fazer isso.

— Ela não está me obrigando. Nós conversamos sobre isso durante muito tempo e parece ser a melhor coisa a fazer.

— Sei. Aposto que conversaram. A conversa foi mais ou menos assim: "Se você não cortar as bolas fora, nunca mais dou pra você"?

Jim não pôde deixar de rir. O relato de Don para a conversa não era muito distante da verdade. Kent disse:

— Não sei se isso é algo que eu algum dia seria capaz de fazer, sinceramente. Só a ideia em si é...

— É melhor você superar isso, a não ser que queira ter um filho com Dawn Clint.

— A gente teria que transar primeiro.

— Há quanto tempo vocês dois estão saindo?

— Sei lá, talvez um mês, mais ou menos. — E você ainda não comeu a Dawn? Eu não fazia ideia de como você tinha descambado pra veadagem.

— Estou preparando o terreno. Vou sair com ela amanhã à noite. Provavelmente vai rolar. Eu só não estava preparado das outras vezes.

— Tipo o quê, você não consegue ficar de pau duro?

— Não, preparado emocionalmente, seu babaca.

— Teria sido menos veadagem se fosse o caso de pau mole.

— Como eu já disse, provavelmente vai acontecer logo. Como vão as coisas com você e a sua mulher? Você parece um pouco mais feliz que de costume.

Don conteve o ímpeto de contar a eles sobre seu novo status como especialista em prostituição e disse:

— É, parece que as coisas estão ficando um pouco melhores, acho.

— É bom ouvir isso — disse Kent.

Os Olympians chutaram para os Pound Squires, que retornaram o chute por 15 jardas. A jogada seguinte dos Squires foi uma corrida pelo meio. Sua linha ofensiva empregou vários bloqueios ilegais que deixaram apenas Bill Francis, que havia substituído Tim Mooney, como o último defensor possível para impedir o *fullback* de disparar pelo campo aberto. Bill viu o *fullback* correndo em sua direção e baixou a cabeça, fechando os olhos, esperando que o impacto iminente não machucasse tanto. Inclinou-se para o que presumiu que seria uma colisão e caiu quando o peso de seu tronco o desequilibrou, sem que o choque que aguardava ocorresse.

O *running back* dos Squires havia simplesmente dado um passo ao lado a fim de evitar Bill Francis, que ele viu claramente estar de olhos fechados. Estatelado no chão, Bill rolou a tempo de ver o *fullback* dos Squires disparando 25 jardas pelo campo para um *touchdown*.

Na arquibancada, Kent Mooney não disse nada, mas sabia que seu filho poderia ter feito aquele bloqueio. Don e Jim também ficaram em silêncio, sabendo que Kent não podia estar feliz com o que acabara de ver.

O ataque dos Olympians entrou em campo com pouco menos de dois quartos de tempo para o fim do jogo, o placar 14 a 7 a favor dos Squires. Conseguir qualquer tipo de ímpeto ofensivo provou ser difícil demais para Danny Vance frente às incessantes táticas ilegais dos Squires.

O restante do jogo não teve mais pontos marcados para nenhum dos times, fazendo com que o resultado fosse uma derrota de 14 a 7 para os Olympians. Ninguém falou nada especificamente sobre o bloqueio furado de Bill Francis no trajeto de ônibus de volta para a Goodrich Junior High School, mas era óbvio para jogadores e técnicos que aquela jogada fora a razão mais evidente para a derrota.

Antes que os jogadores tivessem permissão para deixar o vestiário da Goodrich Junior High, o técnico Quinn fez um discurso no qual creditou a derrota aos métodos ilegais empregados pelos Pound Squires. Disse a seus jogadores que eles ainda estavam na disputa pelas finais e que precisavam vencer o próximo jogo. Sem essa vitória, não teriam chance de chegar às finais. Assegurou-os de que a derrota contra os Squires fora um acaso e que nenhum time da sua liga teria sido capaz de vencer uma equipe que roubava tanto e era tão pouco punida por isso. O técnico Quinn sabia que culpar Bill Francis só causaria discórdia. O time tinha de ficar unido para o próximo jogo se pretendiam ganhar dos Culler Cougars, que eram, na opinião do técnico Quinn, o melhor time da liga. Sem uma vitória em cima deles, o técnico Quinn sabia que a consideração de seu nome para o emprego de técnico na escola de ensino médio, algo que ele tanto queria, provavelmente não seria possível.

Kent Mooney chegou em casa e foi direto para o quarto do filho, pretendendo fazê-lo sentir-se tão culpado pela derrota dos Olympians que decidiria voltar ao time para o próximo jogo. Quando abriu a porta, ele estava sentado diante do computador com fones de ouvido jogando *World of Warcraft*. Kent parou à porta e pensou. Mesmo que conseguisse convencer o filho a voltar a tempo do próximo jogo, o técnico Quinn certamente não o deixaria botar os pés em campo depois de ele ter ficado fora a temporada inteira. Não fazia sentido falar com o filho. Kent fechou a porta, sem que Tim soubesse que ele havia estado lá, e foi para o próprio quarto.

Viu em sua mesinha de cabeceira o panfleto que Patrícia Beltmeyer lhe dera em sua primeira e única reunião dos Pais no Ataque à Internet. Passando os olhos, chegou à seção que descrevia como baixar e instalar vários tipos de programas de vigilância. Kent pensou no que Patrícia dissera sobre a natureza do jogo que o filho parecia passar cada vez mais tempo jogando no último mês. Apesar de saber que Patrícia Beltmeyer era controladora demais, Kent não pôde deixar de se perguntar se devia estar preocupado com o filho, tentando supor se a quantidade de tempo que ele passava jogando *World of Warcraft* não estaria influenciando diretamente sua decisão de não voltar ao time. Kent decidiu instalar um programa no computador do filho na segunda-feira seguinte, quando Tim estivesse no colégio, o que permitiria a Kent acessar a conta dele no *World of Warcraft*. No mínimo, talvez passasse a entender melhor o jogo e, com isso, entenderia melhor o filho, o que, pensou, não podia ser algo ruim.

Confiante em sua decisão, Kent sentou-se na cama e esticou a mão para o local onde a mulher costumava dormir. Apalpou o travesseiro dela. Havia comprado lençóis novos na semana seguinte à separação, mas naquele momento percebeu que não havia substituído os travesseiros. Pensou em Dawn Clint e no programa que haviam planejado para a noite seguinte. Ele tinha quase certeza de que, depois do programa, transaria com ela pela primeira vez. Ela seria a primeira mulher com quem faria sexo depois de sua mulher. No mínimo, ela merecia travesseiros novos, pensou.

capítulo
dezenove

Danny Vance acordou na manhã de sábado de um sonho que parecia real, no qual era soldado numa guerra em um planeta alienígena contra as criaturas nativas e tecnologicamente superiores daquele mundo. Levou alguns segundos para voltar à realidade e se lembrar de que os Olympians da Goodrich estavam a um jogo do fim da fase classificatória, que seria disputado contra o melhor time do distrito. Outra derrota os deixaria fora das finais, o que seria o fim da temporada de futebol americano do oitavo ano para todos os integrantes do Olympians da Goodrich Junior High.

Ele olhou o celular e viu que tinha uma nova mensagem de texto de Brooke Benton. "Sinto muito por ontem :(não foi culpa sua :) quer ficar cmg hj?" Ele respondeu: "Blz. Vou tomar 1 banho e ligo p vc."

Danny Vance tomou uma ducha, escovou os dentes e foi para a cozinha, onde encontrou a mãe e o pai.

— Tudo bem? — perguntou o pai.

— É, acho que sim. A gente só tem que ganhar esse jogo, e parece que vai ser difícil.

— É, mas vocês conseguem — disse Jim Vance. — Mantenha a cabeça erguida.

— Vou manter. Acho que vou precisar de uma carona até a casa da Brooke hoje.

— Tudo bem, eu posso levar você — disse Tracey Vance. — É só me avisar quando quiser sair.

Danny Vance tomou o café da manhã. Ele sabia que o último jogo da fase classificatória seria o mais difícil de todos. Os Culler Cougars não roubavam, como os Pound Squires. Eles não tinham um jogador tão enorme, como os Irving Aardvarks. Eram só muito bons. Faziam jogadas precisas. Sua defesa era difícil de enganar. Suas equipes especiais eram as melhores no distrito. Uma vitória contra eles só seria possível se todos os integrantes dos Olympians fizessem o melhor jogo da temporada. Era possível.

Algumas horas depois, a mãe de Danny o levou à casa de Brooke, onde eles planejavam ver um filme com o irmão caçula dela, Andrew, de quem ela estava tomando conta, pois os pais tinham saído para comprar uma cama nova. Quando Danny chegou, Andrew contou a eles que tinha uma prova na segunda-feira para a qual não se sentia preparado. Andrew era igualzinho à irmã mais velha, também possuía uma profunda necessidade de superar os colegas em todas as categorias, fosse no atletismo, nos estudos ou em qualquer outra coisa.

Andrew foi para o quarto estudar, deixando Brooke e Danny sozinhos na sala. Ela verificou os filmes disponíveis no pay-per-view e não encontrou nada a que eles quisessem assistir. Brooke tinha *Wall-E* gravado, e Danny concordou em assistir a esse filme pelo que calculou ser a centésima vez. Era o filme favorito da Brooke e, por isso, Danny o vira mais vezes do que podia se lembrar.

Brooke não tinha um plano definido quando começou a beijar Danny depois de alguns minutos de filme; só sabia que precisava perder a virgindade o mais rápido possível, a fim de sentir que ainda era a integrante alfa das Olympiannes. Danny não se recusou a beijá-la, mas, quando ela desceu a mão para baixo e começou a desabotoar as calças dele, disse:

— O que você está fazendo?

— Sei lá — respondeu Brooke. — Meu irmão provavelmente vai ficar no quarto dele até meus pais voltarem, e eles não vão voltar tão cedo.

— Mas achei que a gente tinha conversado sobre isso.

— Eu sei que a gente conversou, mas acho que a gente pode querer, sabe, tentar de novo, sei lá.

— Por quê?

— Porque a gente está junto há muito tempo, e é uma coisa que a gente deveria estar fazendo. A gente se ama, né?

— É, a gente se ama, mas... o jogo mais importante da temporada está chegando. Eu quero estar concentrado nele. Quer dizer, se a gente perder, vai ficar fora das finais.

— Eu sei. Só achei que talvez isso te ajudasse a relaxar um pouco.

— Não sei. Acho que a gente não devia.

— Bem, na minha opinião, a gente devia. E acho que a gente devia, tipo... transar também.

— Eu não entendo por que você cismou de fazer isso agora. Achei que a gente tinha concordado em não fazer nada por um tempo além de dar uns beijos e tal.

— Eu sei que tinha concordado. Depois que a gente transar, tranquilo se você quiser voltar a só dar uns beijos e tal, mas a gente devia fazer pelo menos uma vez, só pra, tipo, resolver isso e tudo mais.

Danny parou para pensar. Ele havia tirado da cabeça a possibilidade de transar desde a conversa com Brooke semanas antes, na qual haviam concordado em dar um passo para trás em seu relacionamento físico. Estava confortável com o nível de intimidade física com o qual haviam concordado. Permitia que se concentrasse mais no time, o que era importante para ele. Ele presumiu que se transasse com Brooke, seria difícil focar no próximo jogo. Ficou imaginando por que ela havia mudado de ideia tão rápido e não pôde deixar de se lembrar de quando ela fez sexo oral nele. Fora prazeroso, e pensava nisso com uma frequência moderada, especialmente quando se masturbava. Ele achava que transar com ela seria ainda mais prazeroso.

— A gente pode só não fazer nada até o jogo esta semana, e depois a gente conversa?

— Tudo bem.

— Beleza.

Brooke deitou a cabeça no peito dele e terminaram de assistir a *Wall-E*, ambos pensando em como seria transar com o outro.

Kent estava nervoso e entusiasmado ao mesmo tempo para ver Dawn de novo. Tomou uma ducha, penteou o cabelo, e então pegou no armário de remédios o frasco contendo cinco comprimidos de 100 miligramas de Viagra Já havia lido a bula várias vezes e sabia que um comprimido deveria ser ingerido aproximadamente uma hora antes da relação sexual. Abriu o frasco e tirou um dos comprimidos, olhando para ele na mão, imaginando onde o esconderia durante o programa com Dawn, pensando em como saberia se ela estava interessada em sexo. E se estivesse menstruada? E se simplesmente não estivesse a fim? Ter que tomar o comprimido uma hora antes da relação sexual poderia ser um problema para ele. A última coisa que queria era tomar o comprimido e não transar, deixando-o com o que ele presumia que seria uma ereção pelo resto da noite. Além disso, ele tinha um suprimento limitado de comprimidos, que não eram baratos. Por esse motivo, Kent não tinha a menor intenção de desperdiçar nenhum.

Ele deixou o comprimido na pia do banheiro, vestiu-se e pegou na cozinha um pedacinho de papel alumínio, no qual embrulhou o medicamento. Então botou o comprimido embrulhado dentro da carteira, junto com uma camisinha de um pacote de 12 que havia comprado mais cedo naquele mesmo dia na farmácia. Bateu na porta do quarto do filho antes de sair para o encontro, mas não obteve resposta. Kent abriu um pouco a porta e viu Tim com fones de ouvido jogando *World of Warcraft*. Entrou e tocou o ombro do filho, sem ler os textos verdes que corriam na janela de chat da guilda, o que teria revelado — o que era verdade — que sua ex-mulher estava prestes a se casar de novo e — o que não era verdade — com um negro.

Tim tirou os fones de ouvido e Kent disse:

— Estou saindo pro meu programa. Deixei dinheiro pra pizza na mesa da cozinha, se você quiser.

— Tudo bem, valeu.

Kent não tinha ideia de onde ia transar com Dawn no fim da noite e não sabia realmente como abordar o assunto com o filho.

— Talvez eu fique fora até mais tarde esta noite. Tipo, talvez a noite inteira.

— Tudo bem. A gente vai fazer raides a noite toda.
— Eu também posso voltar cedo, mas com a Dawn.
— Tudo bem.

Kent finalizou com "Tudo bem", feliz por ter evitado qualquer constrangimento entre os dois. E então saiu para seu compromisso.

Tim botou os fones de ouvido de novo e aceitou o convite que recebera de Mzo para uma raide. Pensou no pai tocando a vida, como sua mãe havia feito. Não conseguia sentir as emoções que sabia que deveriam estar ali. Presumiu que era por causa do Anafranil. Tinha sentido um certo alívio por seu pai não ter seguido em frente, como a mãe havia feito. Ele não tinha esperanças de que os dois voltassem a ficar juntos. Sabia que estava fora de questão, especialmente porque a mãe ia se casar de novo, mas ele achava reconfortante a relutância do pai em substituí-la. Nunca dissera isso a ele, mas achava que era algo que partilhavam. Sabia que devia ficar triste por essa relutância estar se dissipando no pai, mas, em vez disso, sentia apenas um vazio. Foi uma estranha coincidência para Tim que o primeiro sábado em que sua mãe não telefonara para ele da Califórnia também seria o dia em que o pai iria transar com outra mulher. Ele queria sentir algo a respeito disso tudo, mas descobriu que não conseguia nem se sentir indiferente. Simplesmente não havia nada para sentir. Tentou esquecer aquilo e continuou sua raide, mandando e-mails para o perfil de Freyja da Brandy em qualquer folga que sua guilda tirasse e lembrando a si mesmo de que nada tinha importância.

Kent levou Dawn a um bom restaurante, como havia feito em vários de seus outros programas juntos, à exceção de uma ocasião em que foram jogar boliche. A conversa foi tão envolvente para os dois quanto de costume, mas um nervosismo subjacente de ambas as partes intensificou sua experiência. Os dois estavam bem conscientes das expectativas para aquela noite.

Ao fim da refeição, Dawn disse:

— Vamos tomar um drinque ou coisa assim?

Kent achou que um pouco de álcool ia diminuir seu nervosismo e concordou com a ideia.

Acabaram indo ao Zoo Bar e ouvindo a Fatbones Big Horn Band tocar enquanto bebiam. Após o primeiro drinque, Dawn colocou a mão na perna de Kent e apertou seu joelho. Ele retribuiu o carinho físico pousando a mão na base das costas dela, movendo os dedos em círculos. Eles já haviam se beijado, e apaixonadamente, mas Kent achou essas duas iniciativas de contato físico no Zoo Bar algo muito mais íntimo do que qualquer coisa que tivessem feito antes.

Depois de terminarem seus primeiros drinques e pedirem uma segunda rodada, Dawn disse "vou ao banheiro, volto já" e se levantou da cadeira. Ao passar por Kent, ela se abaixou e o beijou, passando os dedos pelo cabelo dele. Depois do beijo, ela colou a boca no ouvido dele e falou:

— Quando eu voltar, quero que você me conte aonde a gente vai depois do próximo drinque.

E então se dirigiu ao banheiro.

Kent estava tão nervoso que sentiu o suor começando a escorrer pela nuca. Secou-a com um guardanapo e respirou fundo. Disse a si mesmo que ia transar com uma mulher muito bonita e de quem ele gostava muito e, além disso, tinha 100 miligramas de Viagra na carteira, que garantiriam um desempenho sexual acima da média. Lembrou a si mesmo que não tinha nenhum motivo para ficar nervoso.

As bebidas chegaram enquanto Dawn ainda estava no banheiro. Kent calculou que levariam uns vinte minutos para terminar seus drinques e então mais vinte ou trinta para chegar à casa dele ou à de Dawn. Ele tinha que decidir, o mais rápido possível, quando iria ingerir os 100 miligramas de Viagra. Baseado no que Dawn havia sussurrado em seu ouvido, Kent tinha quase certeza de que ela queria transar com ele depois do próximo drinque. Pegou a carteira, assegurou-se de que ninguém estava olhando, desembrulhou o comprimido de Viagra, colocou-o na boca e o engoliu com um gole do Greyhound que havia pedido, imaginando se sentiria outros efeitos do remédio além da ereção.

Lá pelas tantas, Dawn voltou para a mesa, apertando de leve o ombro de Kent ao chegar. Eles terminaram suas bebidas e saíram do Zoo Bar.

No carro de Kent, Dawn disse:

— Então, eu não quero ser atrevida nem nada, mas em vez de a gente ir para a minha casa, você não acha melhor ir para a sua, sei lá?

Kent teria preferido ir à casa da Dawn, pois não tivera tempo de botar lençóis novos em sua cama, mas respondeu:

— É, podemos fazer isso.

Dawn esticou a mão e apertou a coxa dele, mais perto de seu pênis do que de seu joelho.

— Ótimo.

Ao chegarem à casa de Kent, eles foram para a varanda da frente, onde se beijaram com urgência. As orelhas e o rosto do Kent começaram a ficar corados e quentes. Presumiu que fosse um efeito colateral do Viagra. Também sentiu a ereção começando a se formar. Era mais dura que qualquer ereção de que pudesse se lembrar. Dawn sentiu o volume.

— Opa, parece que alguém está animadinho — disse Dawn.

— Você me deixa assim — respondeu ele.

Eles se beijaram por mais ou menos um minuto e Dawn colocou a mão no pênis de Kent. Ele ficou impressionado com o quanto estava duro. Dawn também, e disse:

— Caramba, você está duro feito pedra.
— É que já faz um tempo desde que eu... você sabe.
— Tudo bem.
— Talvez meu filho ainda esteja acordado. Se estiver, provavelmente vai estar no quarto jogando videogame. Só pra você saber que talvez tenha que dizer oi ou coisa assim.

Dawn disse "Tudo bem" e Kent abriu a porta.

Tim estava no quarto. Sua raide havia terminado trinta minutos antes, mas ele ainda estava no computador, conectado à sua conta no Myspace, conversando com Brandy. Kent viu que a luz estava acesa no quarto do filho e fez um gesto para que Dawn o acompanhasse direto para o seu, evitando um encontro com Tim.

Uma vez no quarto de Kent, Dawn o despiu agressivamente, beijando-o e passando as mãos pelo corpo dele. Kent tinha um belo corpo. Provavelmente praticava exercícios físicos e tinha uma alimentação saudável. Depois de deixá-lo só de cueca, ela o empurrou para a cama, disse "Agora é minha vez" e se despiu na frente dele. Kent sabia que Dawn tinha um corpo atraente, mas ficou ainda melhor quando ela ficou diante dele só de lingerie. Ela tirou o sutiã. Kent olhou para os seios dela. Tinham um belo formato, com mamilos marrons de tamanho mediano. Eram muito mais bonitos que os de sua ex-mulher, até onde ele se lembrava. Ao pensar nisso, ocorreu a ele que os seios de Dawn eram os primeiros que ele via desde o divórcio, desde que sua mulher estivera mais ou menos no mesmo lugar em seu quarto com os seios expostos. Kent sabia que já teria brochado com um pensamento daquela natureza, se não tivesse tomado o comprimido de 100 miligramas de Viagra. A ereção estava tão rígida que seus batimentos cardíacos a faziam latejar um pouco. Ele se tranquilizou ao pensar que nada que Dawn pudesse dizer ou fazer, nada que pudesse passar pela sua cabeça, nada que pudesse acontecer o faria brochar. Ele iria ter um bom desempenho, o que também garantiria que Dawn fosse querer fazer aquilo de novo.

Dawn foi para a cama com ele e os dois se beijaram por alguns minutos, acariciando os corpos um do outro, sentindo pele contra pele. A sensação dos braços de Kent era gostosa para Dawn, assim como sua boca e seu corpo. Ela sentiu, pela primeira vez em muito tempo, que o homem com quem estava prestes a transar realmente gostava dela. O toque dele era por vezes suave, por vezes agressivo. Ele transmitia um respeito por ela que raramente encontrara em seus parceiros sexuais, mas, ao mesmo tempo, ele não era tão tímido a ponto de não expressar a luxúria carnal de que Dawn precisava para ficar excitada. As mãos dele eram fortes e, quando Kent deslizou uma delas para dentro de sua calcinha para apertar sua nádega, Dawn suspirou e se entregou fisicamente a Kent — uma sensação que ela não tinha certeza se já sentira um dia.

Este era o primeiro corpo que Kent sentia colado ao seu desde o de sua ex-mulher. Era impossível para ele não compará-los, apesar de não ter feito sexo com a mulher desde a última transa constrangedora alguns meses depois da separação oficial, quase um ano antes. Ele gostava da sensação do corpo da Dawn. Ela se cuidava. Apesar de sua ex-mulher ser bonita e estar em boa forma física, o corpo de Dawn era muito mais atraente. Ele podia sentir músculos debaixo da pele. Podia senti-los se tensionando enquanto ele manobrava o corpo dela, acompanhando seus movimentos.

Tirou a calcinha de Dawn, pensando em como costumava ser a sensação das nádegas de sua mulher em suas mãos, e então se proibiu de pensar em sua ex de novo naquela noite. Tirou a cueca e rolou para baixo de Dawn, forçando-a a se sentar nele, montando-o. Ela sentiu a ereção dele entre suas nádegas. Estava inacreditavelmente rígida, oferecendo uma resistência impressionante quando ela se moveu para trás, roçando em Kent.

Kent sentou-se um pouco, pegou um dos seios de Dawn e lambeu seu mamilo. Ele sentiu o cheiro da pele dela. Pensou no quanto tinha um cheiro diferente de sua ex-mulher. Lydia gostava de usar hidratantes e sabonetes com aromas muito florais. Ele nunca tivera uma opinião sobre seu cheiro. Não era nem atraente nem repulsivo. Era só o cheiro dela. Dawn, por outro lado, tinha cheiro de canela, um aroma que Kent descobriu quase o fazer salivar. Ele ficou consciente de que estava, mais uma vez, pensando na ex-mulher enquanto sentia o mamilo de Dawn ficar duro em sua boca. Ele respirou fundo, inalando seu aroma picante.

Dawn esticou o braço para trás e pegou o pênis ereto do Kent, esfregando-o. Estava incrivelmente duro, mais duro do que qualquer ereção que ela tivesse visto antes. Isso a deixou quase que imediatamente molhada. Ela pegou a mão que Kent tinha colocado em sua bunda e a levou para a vagina, guiando os dedos dele para dentro, mostrando a ele o quanto estava excitada. Kent entendeu isso como uma indicação de que ela queria que ele fizesse algum tipo de estimulação em seu clitóris antes que começassem o ato sexual.

Ele a rolou de costas, abriu suas pernas e olhou para seu corpo enquanto se ajoelhava por cima dela. Ela era uma mulher muito atraente, especialmente para uma que ele achava estar com trinta e muitos anos, ou quarenta e poucos. Ele beijou o pescoço de Dawn e desceu a boca por seu corpo devagarinho, passando a língua nos mamilos, na barriga e então num dos quadris e até a parte de dentro da coxa. Ele pausou momentaneamente na vulva, esperando se lembrar de como realizar cunilíngua, esperando que a técnica que havia aperfeiçoado com sua ex-mulher, uma técnica adequada especificamente à predileção sexual dela, também fosse prazerosa para Dawn. E, mais uma vez, Kent tentou banir o pensamento da ex-mulher enquanto abria os lábios vaginais de Dawn com os dedos e deslizava lentamente a língua por cima de seu clitóris.

A reação de Dawn a cada mudança de ritmo ou direção com sua língua fez Kent saber que ele fazia um trabalho decente. Depois de vários minutos de sexo oral, Dawn esticou a mão e puxou Kent na direção dela, dizendo:

— Me come.

Kent ficou surpreso em descobrir que não só ele ainda tinha uma ereção, apesar de o pênis não ter recebido nenhuma estimulação física nos últimos minutos, como ainda estava tão duro quanto estivera desde que se manifestara pela primeira vez. Ele se aproximou e ficou de joelhos, esticando-se para a mesinha de cabeceira onde havia guardado o pacote de 12 camisinhas que comprara mais cedo naquele mesmo dia. Enquanto se atrapalhava com a caixa, Dawn levou a cabeça para perto do pênis e começou o sexo oral.

Ela passou um dedo por trás dos testículos e aplicou um pouco de pressão no períneo dele enquanto deslizava todo o comprimento do pênis para dentro da boca e da garganta. Dawn havia dominado a habilidade de colocar um pênis inteiro de tamanho normal na boca desde o ensino médio. Isso havia lhe servido bem durante a vida e, quando Kent disse "Ai, meu Deus" em reação ao seu desempenho, ela presumiu corretamente que ele estava impressionado com suas habilidades.

Ela continuou com o sexo oral por mais ou menos um minuto até tomar consciência do fato de que ele havia aberto o invólucro da camisinha e estava segurando o preservativo, pronto para colocá-lo no pênis. Kent fora, em seu casamento, o encarregado de colocar a camisinha antes de cada transa, sem exceção. Então, quando Dawn tirou-a de sua mão e a desenrolou ela mesma pelo comprimento do pênis, ele ficou surpreso e feliz.

Com a camisinha no lugar, Kent rolou Dawn de barriga para cima, abriu suas pernas e muito suavemente deslizou o pênis para dentro, olhando em seus olhos o tempo inteiro. Dawn estava acostumada a ter homens penetrando-a por trás ou com ela por cima. Essas pareciam ser as únicas posições que os homens com quem ela transava empregavam. Era gostoso olhar nos olhos do Kent. Apesar de achar que essa era uma coisa estranha de se pensar enquanto o pênis dele deslizava para dentro e para fora dela, Dawn não pôde deixar de se sentir bem por ser a primeira mulher com quem Kent transava depois da ex-mulher. Esticou a mão e acariciou o cabelo dele, trazendo seu rosto para perto do dela, e então o beijou suavemente no ritmo de suas estocadas.

Apesar de os movimentos dele terem sido lentos no começo, ele ia fundo, e Dawn podia senti-lo alcançando seu ponto G. A ternura que havia definido os momentos iniciais do sexo dava rapidamente lugar à luxúria. Ela esticou as duas mãos para trás, agarrando as nádegas dele e puxando-o para dentro dela, aumentando seu ritmo e suas estocadas.

Kent estava gostando, mas achava difícil alcançar um nível de excitação sexual que chegasse minimamente perto de um possível orgasmo. Ele ouvira dizer que um dos inconvenientes em potencial do Viagra era a dificuldade de chegar ao orgasmo. Ele não se importaria se o resultado da noite fosse esse desde que Dawn tivesse um, mas achava que pelo menos deveria se esforçar ao máximo.

Na hora que se seguiu, Dawn e Kent fizeram sexo em múltiplas posições, variando a velocidade, o ângulo e a força das estocadas dele. Dawn teve três orgasmos, o terceiro chegando simultaneamente ao primeiro e único de Kent naquela noite, na posição de cachorrinho.

Depois de ejacular, Kent desabou ao lado de Dawn. Os dois estavam exaustos. Kent teve receio de que o pênis pudesse permanecer ereto mesmo depois de ejacular, mas isso não aconteceu. Dawn disse:

— Puta merda. Isso foi uma loucura.

Kent falou:

— Foi.

Dawn disse:

— Sério, acho que não transo assim desde os 18 anos.

Kent falou:

— É, acho que eu também não.

Ele cogitou contar a ela que havia tomado Viagra antes do encontro, mas pensou melhor. Imaginou qual seria a reação dela aos futuros encontros sexuais, se ele escolhesse não tomar Viagra. Olhou para ela deitada no lugar em que sua ex-mulher costumava se deitar. Ele gostava de Dawn.

— Então, não sei se isso é, tipo, meio esquisito, nem se você quer fazer isso, mas se quiser ficar aqui esta noite, você pode — disse ele.

Dawn nem havia pensado que isso seria uma possibilidade. A maioria dos homens com quem transara em sua vida adulta havia sido do tipo que ia embora da casa dela ou dava algum motivo para ela ter que ir embora da dele menos de 15 minutos depois de ter ejaculado. Ela gostava de Kent, então falou:

— Você quer que eu fique? Não ache que você tem que dizer isso só porque nós transamos nem nada.

— Não, na verdade eu realmente gostaria que você ficasse, se você quiser — disse Kent.

— Desde que não fique esquisito para o seu filho nem nada amanhã de manhã — disse Dawn.

— Ele vai estar no quarto dele jogando videogame. E, mesmo que não esteja, ele devia conhecê-la. Quer dizer, presumindo que você queira continuar saindo e tudo mais — disse Kent.

— Bem, depois do seu desempenho de hoje, não sei se consigo acompanhar — disse Dawn.

— Eu acho que você vai ficar bem — disse Kent.

E então beijou-a e sentiu o pênis ficando ereto de novo.

capítulo
vinte

Para Allison Doss, o primeiro dia da volta à escola depois do aborto espontâneo não foi tão difícil quanto imaginou que seria. Nenhum de seus colegas ou professores na Goodrich Junior High School sabia da verdade sobre o que havia acontecido com ela na semana anterior. Sua mãe e seu pai haviam decidido que era melhor que ninguém soubesse e ela concordara. Enquanto recebia solidariedade de muitos de seus professores e colegas, viu que nunca era questionada sobre o acontecimento, que nunca pediam qualquer tipo de explicação a respeito. Nem Brooke Benton bisbilhotou os detalhes do ocorrido. Ela só disse: "Fico feliz que esteja de volta. Nós todos sentimos a sua falta na sexta-feira à noite. E, se precisar de alguma coisa, é só me avisar."

Depois de passar pouco mais de 24 horas no hospital e ter que aguentar a alimentação intravenosa, Allison estava feliz em voltar à velha rotina de inanição e vômito forçado. Essas eram coisas que a faziam se sentir normal. Foi durante o horário de almoço, quando estava sentada em frente a Brooke Benton mastigando um pedaço de aipo, que recebeu uma notificação no celular alertando-a de que tinha uma nova mensagem de Brandon Lender no Facebook. O entusiasmo inicial que sentiu se dissipou conforme foi lendo a mensagem e percebendo que ele não tinha a menor intenção de vê-la novamente, mas, em vez disso, estava só se assegurando de que não seria publicamente implicado em sua gravidez malsucedida. A mensagem dele dizia: "Vc ñ contou p ninguém que a gente trepou, né?"

Ela desenvolvera um certo ódio por Brandon Lender e esse sentimento era estimulado por muitos dos comentários que ela vinha recebendo em reação aos seus posts nos vários sites pró-anorexia dos quais participava — comentários tipo "Você é linda & se ele não vê isso, ele não te merece" e "Você se esforça tanto pra ficar perfeita, foda-se ele" e "Você provou que pode ter esse cara, não precisa de mais nada" e "Nenhum cara merece você ficar tão chateada a ponto de descontar na comida, lembre-se disso".

Ela não queria responder à mensagem, mas não conseguiu se conter. Queria não só a aprovação dele, mas seu carinho contínuo. Precisava que ele a visse como mais do que apenas uma das muitas meninas com as quais havia transado. Ela não precisava que ele se envolvesse emocionalmente com ela nem mantivesse uma amizade ou nem mesmo tivesse compaixão por ela. Só precisava que ele a reconhecesse como a versão mais bonita da garota que costumava ser gorda demais para ser considerada sexualmente atraente. Só queria que ele transasse com ela mais uma vez para provar que ela não era apenas mais uma conquista insignificante, que valia um repeteco, que era atraente o bastante para justificar uma nova transa. Ela escreveu uma mensagem que dizia: "Acho que se você quiser descobrir se eu contei pra alguém, a gente vai ter que passar um tempo junto de novo e eu posso te dizer pessoalmente." Brandon Lender respondeu dez minutos depois: "Mas eu não estou a fim de emprenhar você de novo. Então a gente pode ter que trepar pelo cu, sei lá. Tudo bem?"

Essa validação era tudo o que Allison queria. Ela escreveu de volta: "Tudo bem."

Tim Mooney e Brandy Beltmeyer seguiam de mãos dadas pelo corredor entre uma aula e outra quando Tanner Hodge passou por eles e disse:

Eu não sabia que veados podiam ter namoradas.

— Que babaca. Nem liga — disse Brandy.

Tim fez ainda menos do que nem ligar. Ele se pegou quase sem perceber Tanner Hodge nem o insulto. Era quase como se estivesse flutuando pelo corredor, observando da perspectiva de uma terceira pessoa, quase como se fosse do seu ponto de vista em *World of Warcraft*, olhando para si mesmo de cima enquanto andava pelo corredor. Seus movimentos eram obrigatórios; ele quase não tinha escolha sobre o que fazia, nenhum controle. Ele andava pelo corredor. Segurava a mão da Brandy. Carregava a mochila. Ele foi até a aula de história americana. Não pensou em nada disso enquanto beijava Brandy na bochecha e a ouvia dizer: "Te vejo no almoço."

Ele quase gostava dessa sensação de extremo desapego ao mundo em que vivia, mas se percebeu incapaz de gostar de qualquer coisa. Até a felicidade que normalmente sentia na companhia de Brandy havia se tornado algo mais parecido com uma ligeira diversão, que era a emoção mais forte que se viu capaz de sentir naquela manhã de segunda-feira.

Kent Mooney passou a hora de almoço em casa instalando o Spector Pro no computador do filho. Depois que o programa estava instalado, ele selecionou as configurações projetadas para procurar nomes de usuários e senhas para contas. Vinculou a função de relatório do Spector Pro ao seu próprio computador e configurou o programa para iniciar, invisivelmente, sempre que o computador do filho estivesse ligado.

Ele fez um sanduíche e ligou a televisão, mas estava perdido demais em suas lembranças da transa com Dawn Clint para ver qualquer coisa na TV. Pensou especificamente em como era a sensação dos seios e das coxas dela em suas mãos e no cheiro e no gosto de sua vagina. Naquela manhã, ele havia recebido uma mensagem dela que dizia "Mal posso esperar pra ver você de novo, se é que você me entende ☺". Depois de receber o SMS, Kent pensou em tentar transar com ela sem usar Viagra, mas descartou a possibilidade quase que imediatamente.

Depois de voltar ao trabalho, ele pesquisou dependência em Viagra na internet e descobriu que, apesar de a droga não ser considerada responsável pela dependência física, às vezes provocava uma forte dependência psicológica em usuários que passavam a ter medo de não ser capazes de atingir um nível satisfatório de desempenho sexual sem ela. Na maioria dos casos, o usuário simplesmente decidia usar Viagra antes de cada relação sexual. Apesar de Kent querer saber se ainda era capaz de funcionar sem o remédio, ele se convenceu de que, pelo menos no segundo encontro com Dawn, ele o usaria. Não via mal nenhum nisso.

A caminho do vestiário depois da aula, Chris Truby cruzou com Hannah Clint. Os dois não haviam se falado desde que

Hannah espalhara o boato da transa deles. Hannah não tinha o menor interesse em ser confrontada por Chris, de ser pega na mentira — principalmente não no colégio, onde a verdade poderia ser ouvida por uma de suas amigas. Ela tentou ao máximo evitá-lo, mas ele se aproximou e falou "Ei", então não teve como. Hannah ficou grata por estarem sozinhos.

— Ei — cumprimentou ela.

— Então, aquele vídeo que eu editei pra você deu certo? — perguntou ele.

— A gente acabou mandando e tal. A resposta deve chegar esta semana, e aí eu vou poder ir pra LA pra próxima etapa da seleção.

— Uau. Maneiro.

— É.

Houve uma pausa enquanto eles se entreolhavam por alguns segundos.

— Então, qual é a parada? — perguntou ele.

— Como assim?

— Tipo, qual é a parada?

— Sei lá — disse ela.

— A gente não se fala desde a semana passada e agora, tipo, todo mundo na escola acha que a gente transou. Não tô entendendo.

— Eu tenho quase certeza de que a gente transou e posso ter contado isso pra algumas amigas. Então eu acho que a parada é essa.

— Mas a gente não transou de verdade.

— Você preferia que eu dissesse pra todo mundo que você brochou?

— Não, acho que eu só não sei por que você falou que a gente tinha transado pra começo de conversa.

— Porque eu achei que você era minha melhor chance de perder a virgindade, mas você estragou tudo. Então eu só disse pra todo mundo que tinha perdido, e isso já tá bom. Se eles acham que eu perdi, então eu basicamente perdi, certo?

— É uma maneira bem doentia de encarar as coisas, mas que se dane.

— Que se dane.

— Então, qual é a parada? — perguntou ele.

— Como assim?

— Quero dizer, qual é a porra da parada, tipo, com a gente?

— Não tem parada nenhuma com a gente. Tenho quase certeza de que você é, tipo, um cara esquisito com problemas sexuais sérios e não estou muito a fim de lidar com isso.

— Então a gente não deve mais se falar? —Ele quis saber

— A gente pode se falar se você quiser, mas eu não vejo por quê.

— Tanto faz.

— Pois é.

Chris continuou seguindo pelo corredor em direção ao vestiário e não se virou para olhar para Hannah enquanto ela caminhava na direção oposta. Imaginou se isso seria um problema para o resto de sua vida ou se em algum momento encontraria uma garota que iria satisfazer suas preferências sexuais ou se, com o tempo, essas preferências mudariam para algo mais normal. Ele torcia pela última opção. Hannah ficou imaginando se todos os caras eram como o Chris e só eram capazes de ficar excitados por meios que ela não achava sexy ou se o Chris era uma aberração. Ela torcia pela última opção.

Dawn Clint recebeu um e-mail alertando-a de que um novo assinante havia entrado para a seção privada do site da filha e se perguntou por quanto tempo o site continuaria sendo viável. Ela presumia, mas não assumia isso conscientemente, que os assinantes eram pervertidos sexuais, muito possivelmente pedófilos, e achava que o interesse deles em sua filha diminuiria conforme ela fosse ficando mais velha. Ela se acostumara ao dinheiro extra todos os meses e tinha esperanças de que Hannah fosse selecionada para o elenco do reality show do qual esperavam uma resposta. Isso significaria que talvez a filha fosse ser capaz de gerar um fluxo de caixa viável com a participação no programa de TV.

Hannah sempre dissera à sua mãe que queria ser atriz, mas ela sabia que isso não era verdade. Dawn mesmo achava que queria ser atriz, mas percebeu, em algum momento, quando morava em Los Angeles, que o que ela realmente queria era ser uma celebridade, receber a atenção de estranhos e ganhar um bom dinheiro fazendo o que achava ser um trabalho fácil. Ela sabia que a filha sentia a mesma coisa. Ela queria estar nas capas das revistas, queria morar em uma mansão. Era só isso.

Dawn ficou imaginando o que havia mudado — se era uma coisa da sua geração. Sua mãe, Nicole, gostava *realmente* de atuar, adorava o ofício, respeitava a arte. Para sua mãe, a pouca quantidade de atenção que ela havia gerado como resultado do sucesso na profissão era secundária em relação ao trabalho em si. Dawn se lembrava de ter se sentido assim em algum momento quando era pequena. Ela se lembrava de assistir aos filmes nos quais a mãe aparecia e de ouvir as histórias que ela lhe contava sobre trabalhar com diretores incríveis, que poderiam ajudar a guiá-la por labirintos emocionais a fim de fazê-la conseguir atuar de maneira incrível.

Dawn nunca vivenciara isso e, após anos tentando inutilmente navegar por aquele sistema aparentemente impossível de agentes de elenco, agências de talento, empresários, produtores, diretores fajutos, e assim por diante, em algum ponto do caminho ela havia parado de se importar com a qualidade de seu trabalho ou com o significado da arte em si. Ela só queria um trabalho que lhe desse exposição e dinheiro. E podia ver que o interesse da mãe pela arte, que também sentia no início, simplesmente nunca havia existido na filha. Para Hannah, aquilo sempre tivera a ver com fama, e Dawn não via problema nisso.

Bem quando estava prestes a sair do e-mail, uma nova mensagem chegou à sua caixa de entrada. Era dos produtores do reality show *Undiscovered*. Dawn ficou nervosa pela filha. O e-mail continha a resposta que podia realmente mudar sua vida para sempre. Dawn abriu a mensagem e leu.

O e-mail era de uma produtora chamada Wendy Gruding. Ela explicava que, apesar de terem adorado a ficha de inscrição de Hannah e seu vídeo, eles não poderiam convidá-la para Los Angeles para a entrevista formal. Depois de fazerem algumas pesquisas, descobriram o site de Hannah e chegaram à conclusão de que o material poderia ser considerado por sua matriz como algo proibitivo, por causa da preocupação com a reputação por parte de vários dos anunciantes que comprariam espaço de propaganda no programa quando fosse ao ar. Wendy explicou também que nem se elas tirassem o site do ar antes de o programa estrear, isso não seria o suficiente para fazer a produtora reconsiderar sua decisão, porque as fotos no site podiam ter sido baixadas ou copiadas para o disco rígido de qualquer um que as tivesse visto. Depois que o programa fosse ao ar, eles não poderiam arriscar que elas viessem à tona e causassem danos à reputação de sua matriz. Wendy agradeceu a Dawn e lhes desejou boa sorte em todas as suas futuras empreitadas.

Dawn arquivou o e-mail e se desconectou de sua conta. A sensação de ter levado um soco no estômago era algo que não tinha desde a juventude, quando ela própria tinha sido rejeitada para um papel. Não tinha certeza de como contaria isso a Hannah e achava que era um pouco culpa sua por ter mantido o site no ar. Ela se convenceu de que não era tão culpada assim, pois essa era a natureza da indústria — ninguém estava disposto a correr nenhum tipo de risco para não perder um anunciante importante. Naquele momento ficou claro para ela por que ninguém mais se importava com o ofício, por que uma geração inteira de jovens atores, roteiristas e diretores não se importava com a sua arte. Era porque a arte era irrelevante. A única coisa que importava era quantas latas de refrigerante, quantas garrafas de sabão em pó líquido seriam vendidas. Se as companhias que contratavam os artistas não se importavam com a arte, por que os artistas deveriam se importar?

Foi essa percepção que acabou fazendo Dawn mudar de ideia em relação ao site. Ela encontrara algo em Kent que tinha substância e valor. Era diferente e melhor do que qualquer relacionamento no qual se envolvera, até mesmo seu relacionamento com o pai de Hannah em Los Angeles. Era real e ela queria que Hannah também tivesse isso um dia. Dawn sabia que a filha queria seguir uma carreira no mundo do entretenimento, mas percebeu que o desejo dela não tinha nada a ver com a arte da atuação, ela queria fama — esse era o objetivo dessa nova geração que queria tudo entregue de bandeja sem ter de trabalhar duro para conseguir um lugar no mundo, sem ter de fazer nada além de existir. Ela queria mais para a filha. Queria que Hannah fosse uma pessoa melhor que isso, que pensasse de modo diferente do restante de sua geração. Dawn se sentia responsável, de certa forma, por esse problema. Fora ela quem encorajara a filha, até criara um site e o mantivera no ar a fim de promover a filha. E ela sabia que a natureza do conteúdo do site era questionável. Naquele momento, o site se tornou um símbolo para Dawn, um símbolo de tudo o que ela não queria mais que a filha fosse.

Dawn se conectou à conta do site e o deletou. Ela presumiu que Hannah ficaria ciente dessa transgressão logo e decidiu que contaria a verdade a ela quando indagada. Dawn contaria à filha que o reality show a havia rejeitado e diria a Hannah que a amava e que queria o melhor para ela.

capítulo
vinte e um

Rachel Truby saiu do trabalho algumas horas mais cedo na sexta-feira, tendo dito ao marido que iria passar a noite e a manhã seguinte com a irmã. Mas, em vez disso, iria passar a noite e a manhã seguinte com Secretluvur num hotel. Enquanto dirigia, percebeu que havia esquecido de verificar na mensagem de Secretluvur o nome do hotel, na cidade vizinha, em que deveria encontrá-lo. Rachel foi para casa, colocou algumas coisas numa bolsa e, pela primeira vez desde que dera início à vida de infiel, conectou-se à sua conta no AshleyMadison.com do computador de casa. Rachel anotou o nome e o endereço do hotel em um Post-it, colocou-o no bolso e desligou o computador. Percebeu, no entanto, que uma atualização fora baixada e estava pronta para ser instalada, o que requeria uma reinicialização. Ela clicou no botão autorizando que a atualização fosse instalada e saiu feliz de casa, sem perceber que tinha de clicar em mais um botão para que o computador reiniciasse automaticamente depois que a instalação fosse concluída.

Don Truby chegou do trabalho naquela noite com a intenção de marcar outro rendez-vous com Angelique Ice, como havia feito algumas vezes antes quando a esposa decidira passar a noite na casa da irmã. Don pretendia fazer isso do computador do trabalho, mas se deu conta de que já estava à vontade o suficiente com o processo, e que podia muito bem usar o computador de casa para resolver tudo.

Don entrou no quarto deles, sentou-se na cadeira em frente ao computador, e passou o dedo pelo touchpad, o que tirou a máquina do modo de economia de energia. Don viu a conta da mulher no Ashley Madison surgir na tela atrás de um pop-up que perguntava se o usuário gostaria de reiniciar automaticamente o computador após a instalação da atualização. Don Truby levou quase um minuto para processar inteiramente o que estava vendo. De início, presumiu que devia ser alguma propaganda ou algo provocado por um adware, e esteve a um segundo de fechar a janela quando percebeu que olhava para uma caixa de entrada cheia de mensagens de um usuário chamado Secretluvur. Foram necessários alguns minutos de leitura das mensagens para que a possibilidade de que a conta pertencesse à sua mulher invadisse a mente de Don, mas, por fim, ele acabou entendendo exatamente para o que estava olhando: para a comprovação da infidelidade de sua mulher, com pelo menos um homem, que vinha ocorrendo por quase o último mês inteiro.

A primeira reação emocional de Don foi, na sua opinião, a mais esperada: ele ficou triste e se sentiu ultrajado. Queria confrontá-la, exigir alguma explicação, possivelmente o divórcio. Ele queria saber por que ela teria mais interesse em transar com um estranho que conhecera na internet do que com o próprio marido. Essas foram as coisas que fomentaram a reação inicial de Don.

A reação seguinte, no entanto, foi quase o oposto. Enquanto olhava a foto de Secretluvur e o endereço do hotel para o qual sua mulher estava indo — o hotel onde ela transaria com esse homem —, o motivo que o levara a estar diante do computador lhe veio à mente. Ele se desconectou da conta da mulher e entrou no Erotic Review a fim de se comunicar com Angelique Ice. A hipocrisia presente na raiva que sentia lhe pareceu absurda.

Don percebeu, naquele momento, que precisava tomar uma decisão. Desde que começara a trair Rachel com uma prostituta, ele certamente estivera mais feliz, e parecia a Don que seu casamento havia melhorado por causa dessa felicidade. Mas, ao saber que a felicidade da mulher não tinha nada a ver com a dele, mas sim com sua própria vivência da infidelidade, Don entendeu que eles eram mais parecidos do que havia imaginado. Ele gostava de ver a mulher feliz. Presumia que ela também gostava de vê-lo feliz. Se a felicidade deles só podia existir como resultado de os dois terem relações sexuais com outras pessoas, então Don decidiu que teria de lidar com isso. E, além de sua felicidade mútua, Don pretendia nunca contar à mulher a verdade a respeito de suas visitas à Angelique Ice, que ele achava que só seria justo divulgar se ele a confrontasse sobre sua própria vida dupla.

Ele se conectou à conta da mulher novamente e decidiu que seria melhor instalar a atualização, como ela sem dúvida planejara fazer. Não via necessidade de dar a ela qualquer motivo para ficar ansiosa nem de suspeitar que ele soubesse de qualquer coisa sobre sua infidelidade.

Don gostava de Angelique Ice e, apesar de saber que iria contratar seus serviços de novo no futuro, começou a pensar em procurar algo diferente. Uma nova garota, uma segunda garota, significaria para Don que, daquela noite em diante, sua sexualidade não teria nada a ver com sua mulher. Apesar desse sentimento, Don se viu a fim de uma prostituta que se parecesse mais com Rachel do que Angelique Ice se parecia.

Ele entrou nos critérios de busca e encontrou uma prostituta chamada Summer Sweet, que lembrava muito uma versão mais jovem de Rachel, o que fez Don marcar um encontro com ela para mais tarde, depois do jogo de futebol do filho. Ele tinha a esperança de que transar com ela o lembrasse como era transar com sua mulher uma última vez e aí ele tentaria nunca mais pensar na mulher em uma função sexual. Ela seria a mãe de seu filho, o corpo quente a seu lado na cama e a pessoa com quem ele teria conversas ocasionais a respeito das minúcias de sua vida, e isso é só o que ela seria.

Kent Mooney recebeu, no trabalho, um aviso por e-mail do programa Spector Pro que instalara no computador do filho e que continha o nome de usuário e a senha para sua conta na Battle.net. Era isso o que Tim usava para se conectar à sua conta do *World of Warcraft*. Kent decidiu que iria almoçar em casa e se conectar à conta do filho a fim de ver em primeira mão exatamente o que o filho achava tão interessante no jogo.

Ele preparou um sanduíche e sentou-se em frente ao computador do filho, dando uma olhada pelo quarto enquanto esperava que a máquina iniciasse. Percebeu que não tinha sido muito atencioso com o filho nos meses que se seguiram à mudança da ex-mulher, Lydia, para a Califórnia. Ele perdera contato com o filho e pensou que se conectar à sua conta de *World of Warcraft* era tanto uma tentativa de entender o filho quanto uma tentativa de policiar sua atividade on--line. Uma parte dele achava que, se pudesse atingir uma compreensão básica das coisas que eram importantes na vida do filho, então talvez os dois pudessem consertar sua relação um pouquinho, e talvez esse conserto levasse Tim a voltar ao que era antigamente, só o suficiente para dar ao pai um vislumbre de como as coisas costumavam ser — só o bastante para que Tim quisesse voltar ao time.

O computador terminou a inicialização e Kent clicou no ícone do *World of Warcraft*. Apesar de saber pouco sobre videogames, ele sabia o suficiente sobre computadores em geral para continuar o processo. Digitou o nome de usuário e a senha fornecidos a ele pelo programa Spector Pro e foi levado para uma tela que continha todos os personagens de Tim no servidor Shattered Hand. Kent escolheu o que já estava selecionado, o último com o qual Tim havia jogado, seu personagem principal, Firehands, e entrou no mundo. Após uma breve tela de carregamento, Kent ficou no controle de Firehands, que estava no centro de uma cidade flutuante chamada Dalaran. Outros personagens passaram correndo por ele em todas as direções. Era uma experiência muito mais complexa do que Kent havia esperado. A cidade em si era grande e complicada demais para Kent saber como navegar adequadamente. Além disso, ele nem sabia como fazer o avatar se mover. Usou o mouse para mudar o ponto de vista do personagem, mas descobriu que clicar nas coisas só as destacava ou as transformava em alvos.

Depois de alguns segundos tentando descobrir como se mover, Kent reparou num texto verde subindo no lado esquerdo da tela. De um personagem chamado Selkis, Kent viu a mensagem que dizia: "Ei, crioulo, a sua mãe já se casou com aquele veado na Califa? Quando é mesmo o casório?" De um personagem chamado Kenrogers, Kent viu a mensagem que dizia: "Por que aquele veado compraria a vaca quando já tem o leite de graça?" De um personagem chamado Mzo, Kent viu a mensagem que dizia: "Ele é veado ou crioulo? Eu achei que era só crioulo." De um personagem chamado Baratheon, Kent viu a mensagem que dizia: "Ele é as duas coisas."

Kent ficou de queixo caído. A linguagem usada pelas pessoas com quem seu filho jogava era ofensiva, mas, pior que isso, eles estavam falando de sua ex-mulher e, o que era pior ainda, pareciam saber que ela ia se casar de novo — informação que o próprio Kent não tinha. Tudo isso significava que Tim também possuía essa informação e ficara mais à vontade contando para pessoas que nunca vira do que para o próprio pai.

Kent tentou responder, mas teve dificuldade em escrever qualquer coisa que não fosse uma frase genérica de chat normal. Depois de ler uma conversa entre os colegas de guilda do Tim sobre como todos queriam realizar vários tipos de atos sexuais com sua ex-mulher antes da noite de núpcias, Kent fechou o programa do *World of Warcraft* e o desinstalou do computador do filho. Ele se conectou ao site do serviço ao consumidor da Blizzard Entertainment e cancelou a conta pela qual vinha pagando, permitindo que seu filho jogasse em troca de 15 dólares por mês. O site oferecia a opção de permitir que o tempo de jogo do filho continuasse pelo resto daquele mês, que já estava pago, mas Kent declinou, escolhendo em vez disso encerrar a conta imediatamente.

Ele não sabia o que era mais ofensivo, o fato de seu filho passar tanto tempo na companhia virtual de pessoas que pareciam ser racistas e misóginas, ou o fato de que elas sabiam mais a respeito do status do relacionamento de sua ex-mulher do que ele. E aí havia a informação em si: Lydia ia se casar. Kent havia aceitado parcialmente o fim de seu relacionamento. Conseguira encontrar algo em Dawn Clint que tornava mais fácil seguir em frente. Ele nutria sentimentos por Dawn Clint, mas o caráter definitivo do casamento de Lydia com Greg Cherry era algo para o qual não estava preparado.

Apesar de não estar mais com fome, comeu o sanduíche e voltou para o trabalho. Planejava ir ao último jogo da fase classificatória dos Olympians da Goodrich Junior High School do oitavo ano depois do trabalho e em seguida voltar para casa e ter uma longa conversa com o filho.

Hannah Clint ligou para a mãe do vestiário das meninas no ginásio da Goodrich Junior High School uma hora antes do jogo. Ela falou:

— Então... Tenho quase certeza de que eles disseram que dariam uma resposta até o fim da semana, né? Bom, já é, tipo, o fim da semana, então qual é a parada? Ah, além disso, o site está fora do ar

A mãe de Hannah, que dirigia para a Goodrich Junior High School levando a câmera a fim de registrar o que poderia ser a última apresentação do ano das Olympiannes se o time não conseguisse a vitória naquela noite, disse:

— Nós precisamos conversar sobre algumas coisas. Acho que o melhor lugar para começar é pelo programa. Eu recebi o e-mail. Nós não conseguimos, querida.

Hannah falou:

— O quê? Por quê? Isso não faz sentido. Tenho quase certeza de que devo ter sido uma das melhores. Eles não gostaram do vídeo, sei lá? A gente devia ter contratado alguém em vez de deixar o Chris fazer?

— Eles não gostaram do site — respondeu Dawn.

— Então eles que se danem — disse Hannah.

— Não, querida, eu pensei a respeito e acho que eles têm razão. Eu tirei o site do ar.

— O quê? Por quê? E os meus fãs?

— Querida, se você quiser atuar, pode atuar. Vamos botar você no máximo de peças que conseguirmos. Mas aquele site e aquele programa não são o que você quer fazer.

— São, sim! São tudo o que eu quero fazer!

— Você sabe que eu a apoiei em tudo, mas você é melhor do que aquele programa idiota e é muito melhor do que o site.

— Não sou, não! Você tem que botar o site no ar de novo!

— Não posso, querida.

E Hannah desligou na cara da mãe. Estava enfurecida. Não estava triste nem sentia pena de si mesma. Sentia era raiva e ódio da mãe e dos produtores do programa. Tinha certeza de que, assim que fizesse 18 anos, se mudaria para Los Angeles e nunca mais falaria com a mãe, se isso fosse o necessário para alcançar a fama. Enquanto vestia a saia de líder de torcida das Olympiannes e se encaminhava para o ginásio a fim de se alongar com as outras meninas, pensou no que faria em seguida, em como provaria que estavam errados. Ela criaria o próprio site. Chris devia saber como criar um, pensou, e em seu site ela poderia fazer o que quisesse. Poderia interagir com os fãs. Poderia postar qualquer tipo de vídeo que quisesse. Ela não precisava da mãe nem de um reality show para ficar famosa. Estava determinada a fazer tudo sozinha e a utilizar qualquer meio que fosse necessário.

Ela se imaginou sentada numa poltrona em frente ao David Letterman como sua convidada principal. Podia se ver contando a ele a história de como fora rejeitada pelo primeiro reality show para o qual fizera um teste. E podia ouvir a plateia rindo de descrença diante do absurdo daquela situação.

Patrícia Beltmeyer alternava seu olhar entre o episódio do programa *Are You Smarter Than a 5th Grader?* e a impressão de cada letra que sua filha digitara no computador na última semana. Leu cada conversa por mensagem instantânea, cada e-mail e cada trabalho escolar. Nada parecia fora do normal — até Patrícia reparar num nome de usuário e senha que não conhecia: nome de usuário Freyja, senha luckycat2, só uma ligeira variação da senha que Brandy usava em suas outras contas, luckycat1. Sua filha nunca usara isso durante nenhuma de suas verificações semanais ou nas verificações que fazia de surpresa.

Os batimentos cardíacos de Patrícia se aceleraram. Ela começou a suar. A constatação de que a filha vinha realizando atividades on-line das quais ela não tinha conhecimento foi quase difícil demais de suportar. Sua reação inicial foi desconectar o computador da filha, lhe dar uma máquina de escrever eletrônica para os trabalhos escolares e proibi-la de usar qualquer computador ou celular até os 18 anos. Ela pensou em se conectar à conta imediatamente, mas não conseguiu parar de ler o documento que tinha nas mãos. Continuou lendo e descobriu muitas mensagens de e para outro usuário do Myspace chamado TimM.

Patrícia leu as mensagens, com detalhes de várias visitas à casa de TimM, almoços com TimM, passeios de mãos dadas com TimM e a promessa contínua de TimM de manter o relacionamento escondido de Patrícia, que imaginou TimM como sendo um pedófilo de 50 anos atraindo a filha para um motel de quinta categoria onde ele sem dúvida a havia deflorado. Os piores pesadelos de Patrícia estavam escritos no texto em preto e branco daquela impressão.

Ao seguir com a leitura, ela começou a perceber que TimM provavelmente não era o adulto criminoso que ela imaginara, mas um dos colegas de Brandy. As muitas referências a eventos, pessoas e locais na Goodrich Junior High School e a passarem tempo juntos entre uma aula e outra deixavam claro que TimM era um aluno, não um adulto. Essa constatação fez Patrícia se sentir só um pouquinho melhor. Ainda se sentia quase incapaz de respirar ao pensar na filha mentindo para ela, indo escondida para a casa desse menino quando devia estar visitando sua amiga Lauren, e mantendo uma conta no Myspace de cuja existência ela nada sabia.

Após ler todo o registro das atividades on-line da filha, Patrícia foi até o quarto de Brandy e entrou em sua conta como Freyja. Vasculhou a lista de amigos, blogs, comentários e caixa de entrada atrás de qualquer coisa que pudesse lhe ajudar a entender como exatamente a filha usava a conta. Patrícia não viu nenhuma das fotos extremamente sensuais nem leu qualquer post de cunho sexual que Brandy havia postado no blog antes do início de seu relacionamento com Tim, pois ela havia apagado isso tudo. Só viu a conta de Freyja em seu formato final: uma simples imagem pintada da deusa Freyja como foto de perfil, nenhum comentário nem mensagem incriminadora de qualquer outro usuário, nada além de e-mails inofensivos e inocentes de e para TimM, que esboçavam o início de um relacionamento adolescente extremamente normal e nada ameaçador. E, depois de ver a foto do perfil de Tim, Patrícia concluiu que ele era mesmo um dos colegas da filha, e não um predador sexual adulto como havia temido.

Por tudo o que os e-mails continham, Patrícia concluiu que esse TimM provavelmente era o namorado da filha. Patrícia achou indícios de que eles teriam dado um primeiro beijo, mas nenhum sinal de que a filha tivesse se envolvido sexualmente com ele. Sua filha só estava crescendo. Mesmo diante dessa constatação, Patrícia não se sentiu disposta a aceitar a realidade de a filha estar namorando escondido.

Parecia, pelo padrão da comunicação entre eles, que Brandy estivera mentindo sobre ir à casa de Lauren toda sexta à noite durante as últimas semanas. Em vez disso, passou esse tempo na casa de TimM. Patrícia supôs que a filha tentaria repetir a mentira naquela noite e bolou um plano no qual confrontaria Brandy, pegaria a filha na mentira e revogaria todos os seus privilégios on-line por pelo menos um mês. Ela teria de enfrentar as consequências de seus atos.

Mas o problema maior era o que fazer a respeito do relacionamento da filha com TimM. Isso era algo com que Patrícia teria mais dificuldade em lidar. TimM parecia um bom garoto. Patrícia sabia que a filha logo começaria a namorar, de um jeito ou de outro, e achava que um menino como TimM provavelmente seria melhor que a maioria, pelo menos com base nas conversas que ele tivera com sua filha no Myspace. Patrícia ficou tentada a deixar o relacionamento continuar, depois que o castigo terminasse, claro. Mas algo em seu âmago, alguma necessidade de controlar o máximo de coisas que conseguisse em sua vida e na da filha, a compelia a pôr um fim no relacionamento dela com TimM. Isso seria um recado para a filha de que ela não estava preparada para namorar e que, quando estivesse, a primeira coisa que deveria fazer seria contar para a mãe.

Então, enquanto ainda estava conectada à conta da filha como Freyja, assumiu sua identidade e escreveu um e-mail para TimM que dizia: "Não posso ir hoje à noite e acho que a gente não deve mais se ver nem se falar. Foi mal. Tchau." Patrícia mandou a mensagem e pensou em deletar a conta, mas, em vez disso, optou por mudar a senha para nempensar e se desconectou.

capítulo
vinte e dois

Kent Mooney, Jim Vance e Don Truby estavam sentados um ao lado do outro na arquibancada do campo de futebol americano da Goodrich Junior High School, como tinham estado durante todas as partidas anteriores em casa. Kent não mencionou a descoberta de que sua ex-mulher ia se casar de novo. Don não mencionou a descoberta de que sua mulher o estava traindo com um homem cujo codinome era Secretluvur e que ela conhecera no AshleyMadison.com. Jim Vance iniciou a conversa dizendo:

— Então, vou fazer uma vasectomia amanhã de manhã.
— Boa sorte, cara — falou Don.
— É, boa sorte — disse Kent.

Don, por sua vez, perguntou a Kent:
— As coisas estão ruins com a Dawn? Você parece bem deprimido, cara.

Ao que Kent respondeu:

— Não, está tudo bem. Eu só queria que o Tim estivesse nesta partida. Achei que ele ia mudar de ideia em algum momento da temporada, sabe, que sairia do bode em que estava, mas é isso aí, agora já era.

— Essa idade é muito difícil. Sempre há o ano que vem — disse Jim.

Eles não falaram mais nada enquanto assistiam ao chute inicial, que foi retornado por Tanner Hodge até 26 jardas.

Todos os integrantes dos Olympians do oitavo ano da Goodrich Junior High School entendiam a importância de uma vitória naquela noite. Antes do jogo, o técnico Quinn dissera a todos que deveriam dar tudo em campo. Ele destacou o fato de que alguns poderiam não conseguir ser selecionados quando passassem para o ensino médio e que, portanto, sem uma vitória, esta seria a última partida organizada que alguns deles jogariam na vida. Por esse motivo apenas, ele esperava que todos os seus jogadores dessem o melhor que já tinham dado em suas vidas em um único evento. Danny Vance sabia que jogaria de novo, independentemente do resultado da partida, mas concordava com a premissa básica de que cada atleta deveria dar o melhor de si para maximizar as possibilidades de o time ganhar. Foi com essa atitude que ele cantou a primeira jogada em campo: a cortada em Z para a esquerda, uma jogada de arremesso à média distância, com Chris Truby como recebedor principal.

Os Olympians se aproximaram da linha de *scrimmage*, ficaram em suas várias posições e esperaram que Danny Vance iniciasse a jogada. Depois de iniciada, ela foi impecavelmente executada. Cada integrante da linha ofensiva encontrou seu bloqueio e o impediu de chegar ao *quarterback*. Os *running backs* enganaram direitinho os *linebackers* e os fizeram pensar que a jogada seria uma corrida por fora.

Os recebedores obstruíram o secundário, exceto por Chris Truby, que trombou com seu defensor da linha de *scrimmage* de tal maneira que ele torceu o tornozelo e caiu, deixando Chris totalmente aberto. Danny Vance arremessou um passe perfeito para ele, que o pegou. Sem nenhuma marcação por perto, Chris Truby virou-se e correu 64 jardas adicionais e fez um *touchdown*.

O sucesso da jogada incutiu nos Olympians da Goodrich Junior High School um nível de confiança que fez cada integrante do time sentir que o resultado do jogo seria a vitória certa para eles. Danny Vance observava de trás da linha lateral enquanto o time do ponto extra entrava em campo. Brooke Benton se aproximou dele e disse:

— Isso foi sensacional, gato. Acho que a gente devia comemorar a vitória de vocês... — Então se inclinou mais para perto e sussurrou no ouvido dele: — Transando.

Danny tentou manter a concentração no jogo, na tarefa que tinha à sua frente, mas foi difícil pois pensamentos de sexo com Brooke invadiram sua mente. Ela o beijou na bochecha e voltou para o outro lado da linha lateral, onde as Olympiannes, incluindo Allison Doss, torciam.

— Acho que a gente vai ganhar esse jogo. Sério. Vocês não acham? — perguntou Brooke.

— É... provavelmente — respondeu Allison.

Allison não estava pensando no resultado do jogo. Em vez disso, repassava na mente a série de mensagens de texto que trocara com Brandon Lender mais cedo naquele mesmo dia. Brandon havia iniciado a conversa mandando uma mensagem para Allison que dizia: "Qdo vou poder comer sua bunda?"

Allison respondera: "Sei lá. Quando vc quer?"

Brandon escreveu: "Agora."

O entusiasmo dele deixou Allison feliz.

"Tô na torcida. Depois do jogo?", escreveu.

"Tá, me encontra lá em casa depois da meia-noite", disse Brandon na mensagem.

"Vc mora, tipo, a 3 km daqui", Allison digitou no celular.

"Ñ é mto longe p ir andando", Brandon escreveu em resposta.

"Tá", escreveu Allison.

"Ñ esquece de tomar banho e lavar a bundinha. Se eu sentir cheiro de merda, tô fora", Brandon escreveu.

"Tá", Allison digitou.

"Bate na minha janela qdo chegar e eu abro p vc. É a da frente à esquerda da porta", Brandon escreveu.

"Tá", Allison digitou mais uma vez, encerrando o diálogo.

Ela estivera pensando quase o dia todo no encontro marcado com Brandon. Esperava conseguir limpar o ânus direito. A ansiedade que sentia ante a perspectiva de fazer sexo anal pela primeira vez nada tinha a ver com a dor que, presumia, fosse acompanhar o ato, mas sim com seu medo de ser rejeitada por Brandon Lender, qualquer que fosse o motivo da rejeição. Ela tinha esperança de que pudesse ser rápido, que acabasse logo, e que ele a abraçasse nem que fosse por alguns poucos minutos antes de ela ter de sair pela janela do quarto dele e voltar para casa sozinha a pé.

Allison tentou acalmar sua ansiedade concentrando a atenção no jogo. Os Culler Cougars reagiram ao placar inicial dos Olympians com uma sequência de 11 jogadas que resultaram em *touchdown*. Ao *touchdown* se seguiu o ponto extra, e o jogo chegou empatado em 7 a 7 no fim do primeiro quarto de tempo.

Danny Vance achou o segundo quarto mais difícil que o primeiro. Ele não conseguia tirar da cabeça os pensamentos de sexo com Brooke e, por isso, não marcou mais nenhum ponto antes do intervalo. No decorrer de duas sequências de jogadas, ele só executou corretamente três arremessos em sete tentativas, e o ataque dos Olympians só alcançou um primeiro *down*. Os Culler Cougars também tiveram dificuldade em marcar nesse período, com três sequências ofensivas que se combinaram para um único *field goal,* levando ao placar de 10 a 7 a favor dos Cougars no intervalo.

capítulo
vinte e três

Brandy Beltmeyer havia começado a achar que a mãe estava ficando desconfiada do aumento de tempo que passava fora de casa. Brandy e Tim Mooney conversaram sobre isso durante o almoço e decidiram que ela não o visitaria naquela sexta à noite pela primeira vez em muitas semanas. Nem conversaria com ele on-line. Em vez disso, ficaria em casa e veria televisão na sala com os pais, numa tentativa de eliminar quaisquer suspeitas a respeito de suas atividades.

Brandy havia acabado de jantar com a mãe, o pai e o irmão caçula quando a mãe perguntou:

— Então, você vai à casa da Lauren hoje?

Brandy não conseguiu classificar o tom na pergunta da mãe. Não parecia desconfiada, mas, ao mesmo tempo, não parecia natural. Era algo no meio.

— Não, pensei só em ficar em casa e passar um tempo com vocês — respondeu Brandy.

Patrícia ficou surpresa. Ela ficou se perguntando se TimM já havia lido a mensagem que ela mandara no lugar da filha e se eles teriam brigado por causa disso e terminado o namoro. Ela torcia para que fosse esse o caso.

— Ah, vai ser bom ter você em casa numa sexta-feira à noite, para variar — disse Patrícia.

Brandy ajudou a mãe a tirar a mesa e foi para a sala de estar, onde o pai e o irmão caçula já assistiam a um episódio do programa *Deal or No Deal*. Patrícia ficou tentada a deixar a noite passar sem confrontar a filha. Ficou tentada a ver o que aconteceria nos próximos dias quando Brandy descobrisse que não seria capaz de se conectar à sua conta secreta no Myspace porque a mãe havia alterado a senha. Ficou tentada a fazer tudo isso, mas, no fim das contas, entrou na sala e disse:

— Já que você está em casa, nós podíamos fazer a sua verificação de Internet agora, em vez de esperar até amanhã.

Brandy disse:

— Tudo bem.

Elas foram para o quarto de Brandy e Patrícia verificou as várias contas on-line da filha, como fazia normalmente. Não encontrou nada anormal, nada que fosse motivo de alarme.

— Está tudo bem? — perguntou Brandy.

— Está tudo bem nessas contas. Mas não há outra que ainda não olhamos? — perguntou Patrícia.

— Não, essas são todas as minhas contas — respondeu Brandy.

— Acho que há mais uma. A sua conta no Myspace — falou Patrícia.

— Não, nós acabamos de olhar essa, lembra? Você disse que achava que aquele cara chamado GoofSlop não tinha nada que ser meu amigo e nós o deletamos — disse Brandy.

— É, tem razão. Tem razão. Mas não é dessa conta no Myspace que eu estou falando — disse Patrícia.

Brandy começou a suar frio. Ela não fazia ideia de o quanto a mãe sabia — se realmente sabia de alguma coisa ou se estava apenas jogando verde para colher maduro, enquanto só o que tinha era uma suspeita e nenhuma prova. Ficou se perguntando se a mãe vinha monitorando tudo o que ela fazia em sua conta como Freyja; se a mãe lera os blogs que escrevera desde o início; se a mãe tinha visto suas selfies com maquiagem gótica e lingerie. Ela concluiu que, se a mãe tivesse visto os posts e as fotos, teria dito alguma coisa há muito tempo. Se a mãe tivesse descoberto algo, esse seria um acontecimento recente, e a única informação que poderia ter obtido da conta de Freyja seria que ela e Tim estavam namorando, o que, presumiu, não era nada tão terrível assim.

— Eu só tenho uma conta, mãe. Você acabou de ver — disse Brandy.

— Ah. Porque eu tive a impressão de que havia outra conta, uma sobre a qual você pode me falar agora de livre e espontânea vontade e, talvez, evitar uma parte do castigo que vai receber, ou então pode continuar bancando a sonsa e receber o dobro do castigo. A escolha é sua — disse Patrícia.

Brandy ainda não conseguia detectar nenhuma pista na acusação da mãe que lhe permitisse determinar se aquilo se baseava apenas em suspeita ou se a mãe tinha provas concretas. Escolheu continuar negando e torcer para que a mãe não tivesse provas.

— Mãe, eu só tenho uma conta no Myspace. Não entendo o que você está fazendo — disse Brandy.

— Então eu acho que você provavelmente não tem ideia de quem é TimM — disse Patrícia.

Brandy sabia que tinha sido pega na mentira.

— Mãe, eu sinto muito. Eu só... eu sabia que você nunca ia me deixar sair com ele nem falar com ele, então eu tive que...

Patrícia a interrompeu:

— Mentir para mim? E se envolver num comportamento absolutamente inaceitável e mais perigoso do que você pode imaginar?

— Não é perigoso, mãe. Eu gosto dele e ele gosta de mim — disse Brandy.

— Bem, vocês podem continuar gostando um do outro. Mas você não pode fazer isso usando o provedor de serviços pelo qual seu pai paga todo mês. Eu mudei a senha da sua conta, então nem se dê ao trabalho de tentar entrar nela. Estou com o seu celular lá embaixo e vou bloquear o seu computador no roteador wireless. E eu sei que você provavelmente acha que vai poder pegar o sinal de wi-fi dos vizinhos, mas não vai, porque eu bloqueei o roteador deles no seu computador. E, se você tentar configurar outra rede através do sinal deles, o seu computador vai me mandar um e-mail, então nem tente. Eu quero que você fique aqui e me escreva um pedido de desculpas, e é melhor que seja sincero. Você vai ficar de castigo no seu quarto até amanhã. Está entendido?

Brandy estava chorando quando falou:

— Por que você é assim? Eu não estava fazendo nada de errado!

— Se isso fosse verdade, você não estaria sendo punida — disse Patrícia, e saiu do quarto da filha, ouvindo-a chorar.

Tim Mooney estava ansioso por uma noite sem fazer nada além de jogar *World of Warcraft*. Ele vinha querendo aumentar sua reputação com os Oráculos há algum tempo e considerava uma noite de sexta sem nenhuma outra obrigação o momento perfeito para realizar algumas tarefas com várias facções que havia negligenciado

    Seu pai sempre deixava dinheiro para a pizza, mas esse não foi o caso hoje. Tim procurou, nos lugares em que o pai normalmente deixava o dinheiro, um bilhete falando algo sobre comida ou alguma comida em si, mas não encontrou nada. Presumiu que tivesse sido apenas esquecimento por parte do pai, portanto, preparou um sanduíche, que levou para o quarto e colocou em cima da mesa enquanto ligava o computador. Ao ver a tela inicial, Tim percebeu que o ícone do atalho do *World of Warcraft* havia sumido. Abriu a pasta do disco rígido e depois a pasta de programas a fim de procurar pelo *World of Warcraft*, mas não achou nada. Fez uma busca exaustiva em todas as pastas no disco rígido do computador à procura do *World of Warcraft*, mas nada achou. Sem querer reinstalar o jogo todo, e sem saber exatamente o que estava acontecendo, Tim procurou possíveis explicações on-line mas, ainda assim, não encontrou nada que explicasse qualquer desinstalação espontânea do *World of Warcraft*. Ele deduziu que devia haver algo errado com seu computador e fez uma varredura completa atrás de vírus, spyware, adware e assim por diante. A varredura não indicou nada fora do normal. Ele acabou se resignando a ter de fazer o que mais queria evitar: reinstalar o jogo todo, um processo que, sabia, iria levar pelo menos uma hora.

    Ele colocou no drive de CD o primeiro dos quatro discos necessários para instalar o jogo original e começou a reinstalação, comendo o sanduíche enquanto esperava. Nada pareceu fora do normal quando ele ejetou o quarto e último disco, tendo completado a instalação do jogo original. Ele aceitou a licença de uso e começou a baixar a primeira de várias atualizações necessárias para rodar o jogo, a última das quais indicou que levaria 25 minutos para ser baixada. Tim saiu do quarto e foi para a sala de estar, onde passou 25 minutos assistindo a um episódio de *Troca de Esposas* pelo qual não tinha o menor interesse. Então voltou para o quarto e viu que as atualizações haviam sido todas baixadas. Ele as instalou e, finalmente, ficou pronto para jogar *World of Warcraft* de novo.

Tim Mooney digitou seu nome de usuário e sua senha, uma ação que havia se tornado quase um reflexo para ele quando entrava na tela de login do site, e recebeu uma mensagem que dizia: "Esta conta precisa ser convertida em uma da Battle.net. Por favor [clique aqui] ou vá para [HTTP://us.battle.net/account/creation/landing.xml] para começar a conversão." Tim redigitou o nome de usuário e a senha, presumindo que cometera algum erro da primeira vez, mas de novo recebeu a mesma mensagem. Ele havia convertido sua conta para uma da Battle.net no primeiro dia. Era obrigatório fazer isso para poder jogar. Ele não sabia se isso tinha a ver com o fato de o jogo ter sido desinstalado e em seguida reinstalado, então entrou em contato com o suporte do Blizzard via chat. Depois de algum tempo esperando, finalmente foi atendido.

Após um minuto de conversa, o representante do SAC da Blizzard informou a Tim que sua conta havia sido cancelada naquele mesmo dia, e que fora feito um pedido especial para cancelar a conta o mais rápido possível, não permitindo nem que o jogo continuasse até o fim do mês. Quando Tim perguntou quem tinha sido o responsável por isso, eles responderam que havia sido o titular da conta, Kent Mooney.

Tim saiu do chat e ficou olhando para a tela de login, sem esboçar qualquer emoção. Seu pai havia cancelado sua conta do *World of Warcraft*. Ele devia estar furioso, mas se descobriu diante da impossibilidade de sentir raiva. Só ficou olhando para a tela de login, sentindo-se desconectado de tudo aquilo, sem ter controle sobre nada. Assistiu ao vídeo "Pálido Ponto Azul" no YouTube, mas aquilo não o reconfortou. Antes, o vídeo o fizera sentir como se a insignificância compartilhada por toda a humanidade proporcionasse uma importância maior às experiências individuais, mas agora a sensação que tinha era de que aquela mesma visão o fazia sentir como se nada tivesse nenhuma importância. Não havia nada que qualquer um pudesse fazer que fosse significar alguma coisa. A vida como um todo, a existência em si, era algo totalmente sem sentido. Ele voltou para a sala e assistiu a um episódio do programa *16 and Pregnant*, esperando o pai voltar para que pudesse lhe perguntar por que cancelara sua conta do *World of Warcraft*.

capítulo
vinte e quatro

O segundo tempo começou com um retorno de 46 jardas do chute inicial feito pelos Culler Cougars seguido por um *touchdown* e um ponto extra após uma sequência de três jogadas, deixando o placar 17 a 7 a favor deles. O técnico Quinn pôde sentir o emprego novo escorrendo pelos dedos. Da linha lateral, ele disse:

— Nós temos que ganhar este jogo. Não temos opção. Eles têm uma boa defesa e um bom ataque, então vamos ter que fazer melhor que isso. Derrubem os bloqueios e executem bem as jogadas.

Danny Vance liderou os Olympians em uma sequência bem-sucedida de 13 jogadas, culminando em um *screen pass* para Tanner Hodge fazer o *touchdown* e levando o placar a 17 a 14. Seus pensamentos de sexo com Brooke Benton haviam esmaecido um pouco e ele achou mais fácil se concentrar em sua tarefa. O recebedor dos Cougars perdeu o controle da bola, que foi recuperada pelos Olympians na linha das 35 jardas. O técnico Quinn falou:

— Isso foi um presente de Deus, meninos. Não vamos desperdiçar.

Danny Vance liderou o time para mais um *touchdown* depois de oito jogadas, essa sequência bem-sucedida culminando em um arremesso pelo meio para Chris Truby, levando o placar a 21 a 17 para os Olympians. O placar permaneceu o mesmo pelo restante do terceiro quarto e no início do último.

Com três minutos restando no relógio, os Olympians foram forçados a fazer um *punt*. Jeremy Kelms, presumindo ser um dos atletas aos quais o técnico Quinn se referiu em seu discurso pré-jogo, esforçou-se ao máximo e chutou um *punt* de 38 jardas que botou os Cougars em sua linha de 14 jardas.

O técnico Quinn reuniu a defesa antes que entrasse em campo e disse:

— Agora é a hora. O jogo, ou melhor, a temporada inteira está nas costas de vocês neste momento. Vocês os param, nós ganhamos e vamos para as finais. Não param, e não vamos. Então, não me decepcionem.

Ele os mandou para o campo e pensou o quanto era absurdo que seu futuro profissional dependesse do desempenho de um grupo de 11 garotos com 13 anos de idade. Ele não tinha qualquer controle sobre a situação.

Após duas sequências bem-sucedidas de três jogadas para primeiros *downs*, os Culler Cougars se viram na linha das 50 jardas com 1 minuto e 12 segundos restando de jogo. Três jogadas depois, eles tiveram que encarar um quarto *down*, com 48 segundos para o fim do tempo. O técnico dos Cougars sabia que um *punt* era inútil. Ele usou o último de seus pedidos de tempo e chamou o ataque para a linha lateral.

Fez um discurso para seus jogadores muito parecido com o discurso pré-jogo do técnico Quinn, citando o fato de que muitos de seus jogadores não iam jogar no ensino médio e que esta podia muito bem ser sua última chance de fazer algo significativo em uma partida oficial. Ele explicou o que eles já sabiam: que sem pelo menos um primeiro *down*, seria o fim do jogo e da temporada para eles. Insistiu que seu melhor plano de ataque seria uma jogada de passes curtos pelo meio. O adversário não estaria esperando por aquilo, pois ainda tinham de ganhar 8 jardas para o *down*. Era provável que o outro time abrisse um pouco a defesa, a fim de se proteger de um arremesso a longa distância e, desde que a linha ofensiva derrubasse seus bloqueios, a jogada deveria ser bem-sucedida.

A jogada foi realizada exatamente como o técnico dos Cougars instruíra e a defesa dos Olympians se abriu exatamente como previsto. A linha ofensiva deles derrubou os bloqueios como combinado e o *fullback* dos Culler Cougars ficou com um buraco aberto bem no meio, na direção de Bill Francis. Para Bill, a jogada aconteceu em câmera lenta, cada segundo sendo gravado em sua memória para sempre. Ele se lembraria das imagens, dos cheiros, dos sabores e dos sons daqueles cinco segundos pelo resto da vida.

O *fullback* dos Cougars correu pelo buraco na linha e não fez nenhum esforço para chegar para o lado, nem para girar, nem para evitar o contato com Bill Francis. Ele baixou a cabeça, enfiou a bola debaixo do braço e correu o mais rápido que pôde em direção a Bill, que se inclinou para trás nos calcanhares com medo do impacto que sabia que iria acontecer. O *fullback* dos Cougars acertou o capacete bem no peito de Bill Francis, que fez uma tentativa desajeitada de derrubá-lo, mas fracassou. Bill Francis se viu deitado de barriga para cima, chiando por ter ficado sem ar com o impacto, enquanto observava o *fullback* dos Cougars correr desimpedido 50 jardas pelo campo e marcar um *touchdown*.

Na arquibancada, Don Truby disse:

— Tim teria parado esse cara.

Kent Mooney concordou:

— É... Eu sei. Eu sei.

Os Cougars marcaram o ponto extra, levando o placar a 24 a 21 a seu favor. Os Olympians chutaram para Tanner Hodge, que retornou a bola para a linha das 34 jardas com 26 segundos restando de jogo. Danny Vance se concentrou e liderou os Olympians de volta ao campo para sua tentativa final de ataque. Ele sabia que provavelmente teriam tempo apenas para três jogadas que precisavam terminar em um *touchdown*. Um *field goal* resultaria em empate, o que levaria seu índice geral a 6 vitórias, 2 derrotas e 1 empate. Esse índice era idêntico ao dos Pound Squires, que tinham uma média de pontos por jogo maior que os Olympians, fator que determinaria qual time conseguiria uma vaga nas finais.

A primeira jogada da sequência foi um arremesso de 13 jardas para Chris Truby para um primeiro *down*, deixando 20 segundos no relógio. A segunda foi um lance para Tanner Hodge, resultando em um ganho de 17 jardas e deixando 5 segundos no relógio. O técnico Quinn pediu o último tempo do jogo e chamou o time para a linha lateral. Seu time precisava de 24 jardas para um *touchdown* e eles tinham uma jogada sobrando. Ele já havia aceitado o fato de que este jogo — e, consequentemente, sua carreira — estava além do seu controle. Olhou para Danny Vance e disse:

— Danny, este é o seu momento. Você cresceu muito nesta temporada e acho que sabe melhor que ninguém neste campo qual jogada vai nos levar àquela *end zone*. Eu acredito em cada um de vocês, e a sua temporada se resume aos próximos cinco segundos. Muito bem, agora, Olympians no três. Um, dois, três, Olympians!

Danny correu de volta para o campo. Ele viu Brooke torcendo da lateral, sua posição expondo ligeiramente as nádegas. Pensou por um instante na vitória do jogo e então na comemoração com sexo com a namorada líder de torcida. Ele não se sentia mais preparado, psicológica ou emocionalmente, para fazer sexo do que havia se sentido no começo da temporada, mas a ideia de sexo como prêmio pela vitória era sedutora. Presumiu que os Cougars iam fazer uma defesa preventiva de passe em profundidade, então cantou um *flat* X para a esquerda, uma jogada planejada para ser lançada para um recebedor a aproximadamente 8 ou 10 jardas da linha de *scrimmage*, a fim de ganhar um primeiro *down*.

— Mas a gente precisa marcar uma porra de um *touchdown* aqui, cara — disse Chris Truby.

— A gente precisa avançar 24 jardas para isso. Se eles vão nos dar as primeiras 10 jardas, eu digo pra gente aceitar. Vou fazer o arremesso bem onde você vai estar, Chris. Ninguém vai estar perto de você. Pega a bola e corre que nem um maluco — disse Danny.

— Valeu, técnico — disse Chris.

Eles se aproximaram da linha de *scrimmage*. Danny iniciou a jogada e tudo se desenrolou exatamente como ele imaginara. Os Cougars retrocederam para se proteger de um passe em profundidade, permitindo que Chris corresse paralelamente à linha de *scrimmage* sem ninguém para marcá-lo. Danny arremessou o passe perfeito que havia prometido e Chris o pegou. Chris se virou para correr pelo campo e viu que tinha de passar só por dois defensores; os outros estavam tão espalhados que não tinham chance de alcançá-lo antes que ele chegasse à *end zone*. Ele empregou um movimento giratório para evitar o primeiro defensor e, conforme foi se aproximando do segundo defensor, tentou fingir outra jogada. Mas não conseguiu enganar o líbero e foi derrubado na linha das 8 jardas sem nenhum tempo sobrando no relógio.

Danny Vance olhou para Brooke Benton na linha lateral. Ela franziu a testa numa demonstração de solidariedade a Danny. Ele ficou mais tempo que o necessário em campo, olhando fixamente para o placar, aceitando aos poucos a realidade de que seu ano como calouro no ensino médio seria mais difícil do que ele esperava no que dizia respeito à obtenção da posição de *quarterback* titular no time.

Ele pensou em todas as decisões que haviam levado àquele momento — decisões tomadas tanto por ele quanto pelo técnico Quinn. Ficou se perguntando se, caso não tivesse ido contra o desejo inicial do técnico Quinn de fazer tantas jogadas de passes curtos, teria feito diferença. Não chegou a nenhuma conclusão. Depois que todos os jogadores já haviam saído de campo, o técnico Quinn falou "Danny, vamos lá" e Danny se juntou ao resto do time enquanto se encaminhavam para o vestiário.

O técnico Quinn não tinha a menor intenção de ser técnico de futebol americano do oitavo ano na Goodrich Junior High School por mais um ano, mas isso estava além do seu controle. Enquanto o time se reunia a sua volta no vestiário, ele disse:

— Galera, vocês jogaram com tudo. Foi só o que pedi a vocês, e vocês me deram isso. Às vezes na vida as coisas não funcionam do jeito que deveriam e vocês têm que aprender com isso, levantar a cabeça e tentar de novo. Aqueles de vocês que forem jogar futebol americano no ensino médio:

lembrem-se desta noite e fiquem mais fortes com isso. Aqueles de vocês que acabaram de jogar seu último jogo oficial: também devem se lembrar deste jogo. Lembrem-se de que, por uma noite, vocês arriscaram tudo e se esforçaram ao máximo por alguma coisa. Isso é importante, um momento importante em suas vidas, e mesmo não tendo obtido a vitória esta noite, vocês todos devem ter orgulho de uma ótima temporada e de um ótimo último jogo. Olympians no três.

Eles todos botaram as mãos juntas no meio do vestiário e as palavras pareceram vazias para Danny Vance quando o técnico Quinn disse "Um, dois, três, Olympians!". Ele pendurou as ombreiras no armário ao lado do capacete, sabendo que não ia usá-los de novo esse ano. Seu próximo conjunto de ombreiras e capacete seria entregue a ele pelo gerente de equipamento da North East High School. E fim de papo.

No caminho de volta para casa, Jim Vance disse ao seu filho muitas das mesmas coisas que o técnico Quinn tinha dito a ele no vestiário: para ter orgulho de seu esforço, para saber que algo devia ser aprendido com a experiência e ter a consciência de que tinha jogado bem. Danny ficou se perguntando se podia ter jogado melhor, se podia ter liderado uma sequência bem-sucedida no segundo quarto de tempo se não estivesse ocupado pensando na Brooke e em transar com ela. Ele chegou à conclusão de que poderia ter sido capaz de ganhar o jogo.

— Sabe, se alguém tem culpa, é aquele garoto Bill Francis. Jesus, que derrubada foi aquela? Ele estava para trás nos calcanhares, sem se mover dentro do bloqueio. Parecia que ele estava apavorado. Você não pode se culpar — disse Jim.

Danny disse "Eu sei" e pensou em Brooke.

Chris foi para casa com o pai, que tentou convencê-lo de que ele havia feito tudo certo. Só não houvera tempo suficiente para ganhar o jogo. Chris falou:

— Pai, tudo bem. Isso não é tão importante assim. Sério.

Chris não se importava com o jogo. Seus pensamentos já haviam se concentrado em como poderia tirar vantagem da crença de que ele não era mais virgem, agora compartilhada pela turma inteira. Ficou imaginando se isso o ajudaria a encontrar uma garota disposta a se envolver em alguns dos atos sexuais estranhos em que estava interessado. Se não na Goodrich, pensou Chris, certamente depois que entrasse no ensino médio, seria capaz de encontrar pelo menos uma menina com gostos sexuais parecidos e que já vira pornografia na internet o suficiente para saber como realizá-los com alguma competência. Futebol era a última coisa em sua mente.

Seu celular vibrou e ele viu que Hannah Clint havia lhe mandado uma mensagem de texto. Aquilo o pegou de surpresa. A mensagem dizia: "Ei, vc sabe algo sobre sites? Vou recompensar vc. A gente pode fazer o q vc quiser."

Do outro lado da cidade, a mãe de Chris, Rachel Truby, se viu lambendo o ânus de Secretluvur enquanto acariciava seu pênis. Nenhum de seus parceiros sexuais jamais havia pedido que ela fizesse nada parecido, e achou prazeroso. Ela sabia que o filho estava no jogo final da fase classificatória do campeonato de futebol americano naquele momento, mas achou difícil dar alguma importância para aquilo. Ela não se arrependia de jeito nenhum por ter perdido a partida para se encontrar com Secretluvur, e se perguntou por um instante se isso fazia dela uma mãe ruim.

Conforme Secretluvur ejaculava em seu rosto e em sua mão, ela pensava cada vez menos no filho e no marido. Eles estavam se tornando mais fantasmagóricos para ela a cada dia. No banheiro do quarto de hotel, Rachel limpou o sêmen de Secretluvur da mão e do rosto. Ela sabia que não queria o divórcio. Seria muito trabalhoso, não valia a pena. Logo Chris faria 18 anos. Ela presumiu que ele passaria para a faculdade. Esperava que fosse em outro estado. Durante o último mês, parecia que as tentativas de Don de transar com ela haviam diminuído. Rachel sabia que ele era um marido decente e legal o bastante para continuar por perto. Desde que seu relacionamento pudesse existir sem o componente sexual, Rachel podia se ver continuando casada com Don pelo resto da vida. Ela até transaria com ele algumas vezes por ano. Isso parecia um preço pequeno a pagar para evitar a confusão de um divórcio, de se mudar para outra casa, de tentar encontrar outro homem. Rachel sabia que no fundo não precisava de um homem em sua vida na função de marido, mas havia se acostumado com isso, e tinha que admitir que se sentiria meio fracassada se os dois se acabassem se divorciando.

Ela apagou a luz do banheiro e voltou para Secretluvur, que dormia. Ela passou os dedos nos pelos ásperos no peito dele e, pela primeira vez, imaginou por que as tentativas de seu marido de transar com ela haviam diminuído. Ficou se perguntando se ele havia desistido ou se teria encontrado uma válvula de escape sexual fora do casamento, da mesma forma que ela. Ela concluiu que a segunda hipótese era a mais provável e percebeu que não se importava. Ela sabia que nunca perguntaria a ele se era esse o caso e, desde que ele fosse bom em manter isso em segredo, ela não poderia culpá-lo por estar fazendo a mesma coisa que ela. Esse foi o último pensamento que passou pela cabeça de Rachel Truby enquanto ela adormecia no peito de Secretluvur com o leve cheiro do sêmen e do ânus dele ainda em seu nariz.

capítulo
vinte e cinco

Kent Mooney estava zangado com o filho e usou o tempo da volta do jogo até em casa para pensar na partida e no fato de o filho saber que sua ex-mulher ia se casar de novo, e de ter contado isso para as pessoas com quem jogava *World of Warcraft*, mas não para ele. Seu filho, Tim, teria feito o bloqueio. Ele não tinha dúvidas quanto a isso. E, de alguma forma, se Tim tivesse estado na partida, todo o resto poderia ter sido perdoado. Mas Tim não esteve na partida.

Ele entrou em casa e encontrou Tim no sofá assistindo a um episódio do programa *America's Best Dance Crew*.

— Então, o seu time perdeu hoje porque o garoto que puseram no seu lugar foi atropelado basicamente na última jogada da partida — disse Kent.

— Que pena. Você sabe o que aconteceu com a minha conta do *World of Warcraft*? — disse Tim.

— Sei. Eu cancelei a conta — respondeu Kent.

— Por quê? — perguntou Tim.

— Porque eu quis. Eu pago por ela e posso cancelá-la quando me der na telha, Tim — respondeu Kent.

Tim pôde ver que o pai estava muito zangado. Tentou encontrar alguma raiva dentro de si, mas não conseguiu. No mesmo tom neutro que se acostumara a usar no último mês, ele falou:

— Mas eu ainda não entendo por que você fez isso.

— Você não tem que entender nada. Acho que é mais ou menos da mesma forma que eu não entendo por que você não me contou que sua mãe ia se casar de novo — completou Kent.

Tim tentou deduzir como o pai sabia daquilo.

— Achei que o Dr. Fong não podia contar essas coisas pra você — disse Tim.

— Então você contou para todos os seus amiguinhos do videogame e também para a porra do seu psiquiatra? — perguntou Kent.

Ainda sem erguer a voz, ainda incapaz de sentir medo diante da ira do pai, nem raiva como reação ao que o pai havia feito, Tim perguntou:

— Como você sabe que o pessoal da minha guilda sabia?

— Eu me conectei à sua conta, Tim. Você joga com um grupo legal de pessoas. Eles tinham umas coisas bem bacanas para dizer sobre como queriam transar com a sua mãe e sobre gente negra — respondeu Kent.

— Você não conhece esses caras. Eles não são assim de verdade. É tudo brincadeira — disse Tim.

— Bem, são brincadeiras que você não vai ouvir em um futuro próximo — disse Kent.

— Não faz sentido você não me deixar jogar — disse Tim.

— Você não me contou que sua mãe ia se casar. Por quê?

— Sei lá. Acho que eu só não queria falar disso. Ela nem queria que eu soubesse também, se isso faz você se sentir melhor. Eu descobri por acaso olhando a página dela no Facebook — respondeu Tim.

— Eu estou pouco me fodendo sobre como você descobriu. Você devia ter me contado. Nós só temos um ao outro, Tim. Sua mãe foi embora. Somos só eu você e é assim que vai ser, provavelmente para sempre — disse Kent.

— Tá, mas como tirar o *World of Warcraft* de mim muda isso? — perguntou Tim.

— Foda-se esse jogo idiota, Tim. É uma perda de tempo. Você devia estar jogando futebol americano como costumava fazer. Eu não sei o que aconteceu este ano, mas o seu lugar é no campo. E no ano que vem você vai tentar entrar no time — disse Kent.

— Eu nem gosto mais de futebol, pai — afirmou Tim.

— Gosta, sim — disse Kent.

— Não gosto, não. Eu gosto de *World of Warcraft* — retrucou Tim.

— É só um jogo, Tim — disse Kent.

— Futebol americano também, pai — disse Tim.

— Bem, mas é o que você vai jogar no ano que vem — disse Kent.

Kent saiu da sala e se dirigiu para o quarto, zangado demais para continuar a conversa com o filho. Ele ligou a televisão do quarto e assistiu a um episódio do programa *So You Think You Can Dance* enquanto pensava no filho e em Dawn Clint. Tinha um encontro com ela na noite seguinte e havia esperado ansioso a maior parte da semana. Presumiu que o encontro terminaria com o que seria sua segunda relação sexual. As lembranças da sensação do corpo dela contra o dele e da sensação de seus seios nas mãos e na boca dele estavam se apagando, se tornando menos acessíveis na memória de Kent. Ele estava animado para reavivá-las.

Tim também foi para o quarto. Ele tentou sentir tristeza, pena de si mesmo, raiva, ódio, medo e qualquer outra emoção do gênero, mas viu-se incapaz de vivenciar qualquer coisa além de um completo distanciamento da situação. Conectou-se à sua conta do Facebook e olhou as fotos da mãe. Havia algumas em que Greg Cherry e ela apareciam juntos, mas o álbum de fotos com as imagens do noivado continuava privado. Novamente, Tim tentou sentir algo, ter alguma reação emocional à realidade de que sua família havia se desintegrado, para nunca mais ser reparada. E, de novo, não conseguiu.

Ele se conectou à sua conta do Myspace e viu que tinha uma mensagem da conta da Freyja de Brandy Beltmeyer. Achou estranho, por causa da conversa que tiveram na escola, quando haviam decidido adiar qualquer comunicação até a semana seguinte. Ele abriu a mensagem e leu. O tom da mensagem de Brandy era diferente, o estilo de escrita era diferente. No começo nem pareceu que tinha sido ela que havia escrito a mensagem, mas Tim acabou concluindo que o estilo e o tom eram estranhos por causa do que estava escrito ali. Ficou claro que ela estava terminando com ele. Nenhuma explicação fora dada, mas Tim concluiu que nenhuma explicação seria necessária. Depois de ler a mensagem, ele saiu da conta no Myspace e assistiu ao vídeo do "Pálido Ponto Azul" várias vezes, pensando em como tudo era insignificante.

Qualquer coisa que qualquer pessoa fizesse na vida seria apagada em algum momento. Não havia sentido para a vida, em ter objetivos, em ter uma família. E, já que Tim se considerava sem família, começou a aceitar o fato de que era o exemplo perfeito da insignificância que definia a existência. Sua mãe tinha uma nova vida da qual ele não fazia parte e era assim que ela preferia que fosse. Seu pai queria que ele fosse a criança que costumava ser, mas ele sabia que nunca mais seria aquela criança. A garota que ele achava que amava havia decidido terminar o relacionamento entre eles, por razões desconhecidas para Tim. E, além de tudo isso, a única coisa na qual ele conseguira encontrar alívio no último ano, o *World of Warcraft*, fora agora extirpada de sua vida contra sua vontade. Ele tentou imaginar que possível futuro sua vida teria, mas se viu mais uma vez incapaz de produzir até mesmo a imagem mais básica de estar na faculdade ou em um escritório ou em uma casa com a própria família. Ele não conseguia imaginar nada além daquela noite. Não tinha nenhum controle sobre nada do que estava acontecendo com ele e, mesmo que tivesse, não teria tido importância.

Tim ficou sentado diante do computador, assistindo a vários clipes de cosmólogos e filósofos discutindo a insignificância da humanidade por várias horas até que ouviu o pai desligar a televisão no quarto. Ele escovou os dentes e, sem raiva nem medo, e sem nenhuma necessidade de provar nada para seu pai nem atingi-lo, Tim foi silenciosamente até a cozinha, pegou uma faca afiada na gaveta de talheres e voltou para o banheiro. Encheu a banheira de água quente, entrou nela, pensou uma última vez no fato de que nada jamais teria importância, e usou a faca de carne para cortar as artérias femorais. A água quente tornou a experiência quase prazerosa para Tim. Ele fechou os olhos e imaginou como seria o novo bairro da mãe, o bairro no qual ela ia morar com Greg Cherry.

Acordado pelo som irritante de água correndo no banheiro, Kent Mooney gritou "Tim!". Depois de não receber resposta, levantou irado da cama e foi até o banheiro, onde encontrou Tim inconsciente, nu e flutuando em uma banheira cheia do próprio sangue.

Kent arrastou o filho para fora da banheira freneticamente e ligou para a emergência. Depois de constatar que o filho ainda respirava, Kent foi instruído a amarrar toalhas nas coxas do filho no local dos cortes e esperar pelos paramédicos, que já estavam a caminho. Depois de chegarem e avaliarem a situação, eles afirmaram que Kent teve muita sorte de ter encontrado Tim tão pouco depois de os cortes terem sido feitos. Eles disseram que, se tivessem se passado mais trinta minutos, Tim muito provavelmente teria sangrado até a morte. Era a primeira vez que Kent chorava desde que ele e a mulher haviam se separado.

capítulo
vinte e seis

Naquela tarde de sábado, Tracey Vance e o marido Jim calçaram os sapatos e ela pegou as chaves do carro na mesa da cozinha. Tracey olhou para Danny e disse:

— Nós devemos estar de volta em algumas horas. Você e a Brooke podem alugar um filme se quiserem, e tem dinheiro para pedir comida se quiserem também. Comporte-se.

— Tá bem — disse Danny.

— Eu sei que você está chateado por causa do jogo, mas, acredite, vai ficar tudo bem. Você está no oitavo ano. Ainda tem toda a vida pela frente e esse jogo não era tão importante assim, na verdade — disse Jim.

Danny respondeu "Eu sei", apesar de não concordar muito com aquilo.

— Venha, não queremos nos atrasar — disse Tracey.

Ela não via a hora de poder transar com o marido sem camisinha e achava, guardadas as devidas proporções, que tinha alcançado uma certa vitória feminina naquele dia. Foi mais ou menos como se sentiu quando ganhou o anel de brilhantes de Jim. Ela estava mais feliz do que estivera em muito tempo.

Jim olhou para o filho, que ainda parecia chateado, e, enquanto saía pela porta, disse:

— Veja pelo lado bom: pelo menos ninguém vai colocar um raio laser no seu saco.

Isso fez Danny sorrir.

Brooke Benton chegou à casa de Danny alguns minutos depois que os pais dele haviam saído para a vasectomia de Jim.

— Sinto muito, gato. Eu sei que aquele jogo era importante pra você, mas você jogou muito bem e, na minha opinião, você ainda tem, tipo, a melhor chance de ser o *quarterback* titular do time no ano que vem — disse Brooke.

— É, quem sabe? Não depende mais de mim. Não tem nada que eu possa fazer agora, a não ser tentar entrar pro time no ano que vem e ver o que acontece, acho — disse Danny.

— É, acho que sim. Então, o que a gente vai fazer?

— Minha mãe disse que a gente pode alugar um filme ou sei lá, e ela deixou dinheiro pra comida se você quiser pedir alguma coisa.

— Ah, é, a gente pode fazer isso. Ou, eu estava pensando... quanto tempo seus pais vão ficar fora?

— Algumas horas.

— Bem, e se a gente... você sabe...

— Você ainda quer transar?

— Quero. Acho que a gente devia mesmo, sério. Você ainda tem aquelas camisinhas que o seu pai te deu?

— Tenho, mas é que... eu ainda não sei se a gente está pronto pra isso, sabe?

— Eu estou pronta e acho que a gente devia fazer só uma vez, e aí a gente não precisa fazer de novo se você não quiser.

Danny olhou para Brooke. Ele se lembrou do segundo quarto de tempo do jogo, quando não conseguiu marcar nenhum ponto. Ele a culpava um pouco por isso e, em parte, achou que transar com ela à força seria um tipo de vingança. Além do mais, ele sentia que, se acabasse logo com isso, seria uma coisa a menos com que se preocupar antes do ensino médio.

— Tá bem — disse ele.

Eles foram para o quarto de Danny, que tirou uma camisinha da caixa que o pai lhe dera e colocou na cama ao lado deles. Os dois tiraram a roupa e Brooke acariciou seu pênis, que ficou ereto quase que instantaneamente.

— Tá bem, pode botar — disse ela.

Danny desenrolou a camisinha pelo comprimento do pênis.

— Tudo bem. Tô pronta — disse Brooke.

Danny deslizou o pênis para dentro da vagina dela. Brooke sentiu dor e pediu:

— Ai, vai mais devagar

Danny não atendeu ao pedido de Brooke. Enquanto o pai fazia uma vasectomia, Danny Vance rompeu o hímen de Brooke Benton e continuou a enfiar o pênis na vagina dela com o máximo de força que pôde até ejacular. Quando deslizou o pênis para fora dela, viu sangue, e quando olhou nos olhos dela, viu lágrimas.

Este livro foi composto na tipologia Minion Pro
Regular, em corpo 11,5/15, e impresso em
papel off-white no Sistema Cameron da
Divisão Gráfica da Distribuidora Record.